Piège de feu

ALEX KAVA

Piège de feu

BestSellers

Titre original : BLACK FRIDAY

Traduction française de JEANNE DESCHAMP

Photos de couverture

Femme : © CLEMENGER/CAMERAPRESS/OREDIA
Immeuble en feu : © BOB ANDERSON/MASTERFILE

83/85, boulevard Vincent-Auriol, 75646 PARIS CEDEX 13.

Service Lectrices — Tél. : 01 45 82 47 47
www.harlequin.fr

ISBN 978-2-2808-1942-8 — ISSN 1248-511X

A Walter Platt Carlin
13 novembre 1922 — 6 septembre 2008

Epoux, père, officier, gentleman, ami
Tu étais assurément unique en ton genre
Et il ne se passe pas un jour sans que nous ressentions ton absence

1

Matinée du vendredi 23 novembre
Centre commercial Mall of America
Bloomington, Minnesota

Rebecca Cory ne broncha pas, malgré le coude insistant qui lui labourait les omoplates. A deux reprises déjà, elle s'était laissé bousculer dans la queue sans rien dire. Un rapide coup d'œil jeté par-dessus son épaule la persuada de ne pas réagir non plus à ce troisième assaut : l'armoire à glace tatouée qui se tenait derrière elle portait un pantalon de camouflage et un débardeur. Mais ni blouson ni manteau. Un parti pris vestimentaire audacieux si l'on songeait au froid polaire qui régnait à l'extérieur. Mais vu la chaleur qu'il faisait ici, dans le centre commercial bondé, l'idée était peut-être moins aberrante qu'il n'y paraissait.

Même en évitant de le regarder de trop près, elle n'avait pu manquer l'énorme dragon violet et vert qui ornait le bras de l'individu. La queue de l'animal s'enroulait autour de son cou massif. Et sa gueule ouverte sur une langue enflammée émergeait de l'emmanchure serrée de son T-shirt. L'énorme tatouage se prolongeait jusqu'en dessous du coude ; ce même coude qui ne cessait de lui marteler le dos.

Rebecca s'exhorta à la patience. La queue qui s'étirait jusqu'au comptoir du café avait déjà diminué. Quelques minutes encore et elle repartirait avec sa commande, échappant à la pression des corps anonymes. Pour tuer le temps, elle se concentra sur les chants de Noël diffusés par les haut-parleurs. Ou, du moins, sur les bribes qui dominaient le brouhaha des conversations et les hurlements des enfants surexcités enchaînant les caprices.

Ecoutez les clochettes du joyeux temps des fêtes…

Elle adorait la chanson du Bonhomme Hiver. Mais il faisait si chaud dans cet horrible centre commercial qu'elle n'avait même pas le sentiment d'être à l'approche de Noël : elle était en sueur. Si seulement elle avait pensé à laisser son manteau à Dixon et à Patrick ! Mais ils avaient filé pour chercher une table — obtenue de haute lutte quelques instants plus tard dans l'aire de restauration déjà prise d'assaut.

Rebecca fredonna avec la musique. Elle connaissait les paroles par cœur. Ils avaient décliné tout leur répertoire de chants de Noël durant le trajet interminable qui les avait menés du Connecticut au Minnesota. Vingt et une heures de voiture… Plus de deux mille kilomètres à avaler d'une traite, à coups de boissons énergisantes, de mauvais café et de hamburgers. Elle n'avait toujours pas récupéré son retard de sommeil, même s'ils s'étaient tous écroulés la veille, après le traditionnel dîner de Thanksgiving chez les grands-parents de Dixon. Le premier vrai repas de fête auquel elle avait assisté depuis des années. Tout y était : la belle table décorée, la dinde, la purée faite avec de vraies pommes de terre et le gâteau au potiron. Le grand-père de Dixon avait récité le bénédicité. Et Nanna les avait tous resservis copieusement, même ceux qui ne demandaient rien. Rebecca étouffa un soupir. Dixon ne connaissait pas son bonheur : famille, traditions, stabilité, amour inconditionnel. Découvrir que ces concepts gardaient une réalité, même s'ils avaient brillé par leur absence dans son propre foyer, lui avait redonné espoir.

Un autre coup de coude.

Ça commence à bien faire, à la fin.

Elle résista à la tentation de tourner la tête. *Qu'est-ce que je fous ici, bon sang ?*

Elle détestait les centres commerciaux. Or le lendemain de Thanksgiving était le jour le plus fréquenté de l'année. Elle ne comprenait même pas comment elle avait pu se laisser baratiner par Dixon pour l'accompagner dans cet enfer. Déjà qu'il l'avait entraînée jusqu'ici, dans le Minnesota, en lui faisant miroiter une aventure inoubliable ! Dixon était le grand spécialiste des plans foireux. Il avait déjà commencé en maternelle, en lui faisant croire que le goût du dentifrice valait celui de la barbe à papa. Depuis le temps, elle aurait dû comprendre que le goût des « aventures » de Dixon ressemblait à celui des filaments roses de sucre cristallisé : trop suave et sans relief particulier. Beaucoup de bruit pour rien, en somme. Quoi de surprenant de la part d'un garçon qui n'hésitait pas à citer Batman dans une conversation sérieuse ?

Et le pauvre Patrick, embarqué, lui aussi, dans ce projet de dingues ! Et qui faisait des efforts admirables pour rester coopératif.

Patrick.

Lui, c'était une autre histoire. Elle aurait dû trouver

son attitude attendrissante. Au lieu de quoi, elle voyait d'un œil soupçonneux le fait qu'un type comme lui — cool, stable, équilibré — accepte de se taper deux mille kilomètres en voiture pour le seul plaisir de passer quelques jours en sa compagnie et celle de Dixon. Cela faisait beaucoup de route rien que pour coucher avec elle.

Non. Ne sois pas injuste.

Elle savait qu'il n'avait aucune famille dans le Connecticut. Sa mère vivait à Green Bay, dans le Wisconsin. Et, à part elle, il n'avait qu'une vague demi-sœur dans le district de Columbia. Patrick avait évoqué la possibilité de couper par le Wisconsin sur le chemin du retour. Comme s'il cherchait à justifier son adhésion au projet. C'était l'impression qu'elle avait eue, en tout cas. S'il y avait moyen, il s'arrêterait volontiers à Green Bay, le temps de faire un petit coucou à sa mère. Mais si c'était trop compliqué, aucune importance : ce serait pour une autre fois.

Ça, c'était du Patrick tout craché. Discret. Plus mûr que la moyenne. Et stable comme un roc. Dixon le trouvait rasoir. Ce n'était pas le terme qu'elle aurait choisi. Pour elle, Patrick était fiable. C'était d'ailleurs ce qu'elle appréciait chez lui, même si elle n'était pas très sûre de ce que *lui* attendait d'elle. Oui, elle se surprenait à apprécier sa fiabilité. Et même sa compagnie — même si elle rechignait à l'admettre.

Ils étaient devenus amis parce qu'ils travaillaient au même endroit : le Champs, un bar sportif situé en face de l'université de New Haven où ils étaient étudiants. Patrick tenait le bar ; elle était en salle. Mais comme elle n'avait pas l'âge requis pour servir des boissons alcoolisées, Patrick devait parfois venir l'aider si aucune autre serveuse majeure ne se trouvait dans le secteur. Quand cela arrivait, il ne râlait jamais. Même lorsqu'il croulait sous les commandes.

Il était patient. Doux. Gentil. Que des qualités louches, en somme.

A ses yeux, du moins. C'était quand même bizarre — ou peut-être surtout triste et pathétique — qu'elle trouve systématiquement suspect un garçon qui se montrait sympa envers elle. Au début, en tout cas, elle s'était tenue sur ses gardes avec Patrick. Elle l'était beaucoup moins, maintenant. Après Dixon, elle considérait Patrick comme son meilleur ami, même si sa mère trouvait anormal que ses meilleurs amis soient de sexe masculin.

— Tu couches avec les deux, ou quoi ? avait-elle voulu savoir.

Lorsque Rebecca lui avait répondu qu'elle n'avait de relations sexuelles ni avec l'un ni avec l'autre, sa mère avait écarquillé les yeux, l'air déconcerté.

— Ah bon ? Tu n'es pas lesbienne, quand même ? s'était-elle récriée, avant de préciser hâtivement que tous les goûts étaient dans la nature et qu'elle n'avait, bien sûr, aucun préjugé contre les homosexuels, hommes ou femmes.

Pendant les trois années qui avaient précédé, Rebecca avait vu ses parents se séparer avec force pleurs, scènes et menaces de part et d'autre. Sitôt le divorce prononcé, son père s'était remarié avec une collègue, tout en jurant, la main sur le cœur, qu'il venait de la rencontrer. Sa mère avait riposté avec toute une batterie d'amants. Après les avoir regardés faire, Rebecca avait décidé de se servir de leur débâcle sentimentale comme d'un point d'appui pour se hisser vers autre chose. Son avenir serait son salut. Elle ne laisserait personne — ni couple parental en dérive ni petit ami — se mettre en travers de son chemin.

Sa seule certitude dans la vie, d'ailleurs, c'était son amour pour les animaux en général et les chiens en particulier. Sa propre guérison passerait par les soins qu'elle apporterait à ses patients à plumes et à poils. Elle savait qu'il lui faudrait bûcher dur pour devenir vétérinaire. Mais elle était prête à y mettre le temps et l'énergie nécessaires. Car le métier auquel elle aspirait rachèterait tout le reste — il effacerait la solitude et l'ennui de ses années d'études. Un jour, peut-être, elle aurait sa propre clinique vétérinaire. Elle vivrait avec des chiens, des chevaux et deux ou trois chats. Sa mère n'avait même pas voulu qu'elle prenne un petit chien dans l'appartement où elles s'étaient installées après le divorce. Ce n'était pas plus mal, finalement. Le fait de ne rien devoir à personne lui avait facilité les choses lorsqu'elle était partie vivre sur le campus. Il n'y avait pas eu d'animal domestique pour la retenir. Pas de petit ami pour la distraire de son but. Quant à sa mère…

Lorsqu'elle lui avait demandé si elle rentrait à la maison pour Thanksgiving, Rebecca avait failli lui répondre qu'elle n'avait plus de « maison » depuis longtemps. Mais sa mère n'aurait pas compris. Elle ne l'aurait certainement pas autorisée non plus à traverser la moitié du pays en compagnie de Dixon et de Patrick. Alors, elle lui avait menti.

Enfin… A moitié.

Elle avait dit que son père l'avait invitée à passer ces quelques jours avec lui et sa nouvelle famille. Ce qui était la stricte vérité. Son père lui avait bel et bien demandé de se joindre à eux pour leur périple extravagant à la

Jamaïque. Et sa mère s'était évidemment bien gardée de vérifier l'information : elle aurait préféré avaler des serpents vivants plutôt que d'adresser la parole à son ex-mari.

Lorsque Rebecca regagna leur table, Patrick avait fini de faire la queue, lui aussi : trois viennoiseries trônaient sur le Formica. A en juger par l'expression impatiente de Dixon, Patrick lui avait demandé d'attendre qu'elle revienne pour attaquer son roulé à la cannelle.

Pas seulement fiable et mûr. Tu peux aussi ajouter « respectueux » *à la liste.*

Penser aux qualités de Patrick lui amena un sourire aux lèvres. Au même moment, Andy Williams se mit à chanter : « *Je serai de retour pour Noël* ». Le centre commercial devait avoir la même collection de CD de Noël que Dixon.

— *Prépare de la neige et du gui,* chantonna ce dernier lorsqu'elle posa sa cannette sur la table, suivie des cafés qu'elle avait achetés pour Patrick et elle.

Elle était à peine assise que Dixon planta les dents dans son roulé en décapsulant sa boisson de sa main libre. Son ami d'enfance avait du charme, du talent, de l'humour. Mais il avait tendance à oublier tout le reste — ses amis compris — lorsqu'il avait une nouvelle lubie en tête. Laquelle lubie était à l'origine de leur présence dans le centre commercial ce matin : la dernière en date des obsessions de Dixon était liée au sac à dos rouge qu'il avait posé à ses pieds.

— Hé, regardez ! Chad et Tyler sont arrivés.

Dixon fit un signe de la main à ses deux copains, mais le duo passa son chemin sans même lui jeter un regard. Leur attitude suffisante ne surprit pas Rebecca outre mesure. Mais elle s'abstint d'observer à voix haute que les deux soi-disant amis de Dixon continuaient de le traiter avec la condescendance appuyée que l'on réserve aux « pots de colle » ou autres indésirables dans les classes primaires. Ils avaient tous fréquenté le même lycée lorsqu'elle vivait encore dans le Minnesota. Un lycée qu'elle avait dû quitter en cours d'année quand sa mère l'avait traînée avec elle dans le Connecticut après le divorce. Une fois son bac en poche, Dixon s'était inscrit à la fac de New Haven — en partie pour la retrouver. Mais dès qu'il revenait dans le Minnesota, il retombait sous la coupe de Chad et de Tyler. Ces deux-là n'avaient qu'un coup de fil à passer pour qu'il accoure ventre à terre.

Rebecca vit que Chad et Tyler avaient enfilé l'un et l'autre un sac à dos rouge identique à celui de Dixon. Elle ne voulait même pas *commencer* à imaginer dans quel projet tordu il s'était laissé embarquer. En règle générale, elle s'arrangeait pour ne rien savoir des actions militantes de Dixon.

Rebecca posa son manteau sur le dossier de sa chaise, releva la frange qui lui collait au front et étira son dos malmené par les coups de coude de l'homme au tatouage.

— On nous a demandé de commencer au troisième étage, puis de descendre, niveau par niveau.

— C'est quoi, au juste, votre plan ? demanda Patrick.

Rebecca faillit lui envoyer un coup de pied sous la table. Mais il était déjà trop tard pour arrêter le flot. Dixon épousait les causes les plus contradictoires et en changeait comme de T-shirt. Pour les sacs à dos rouges, il s'agissait probablement d'une des riches idées de Chad et de Tyler. Dixon lisait des thrillers technopolitiques et collectionnait les bandes dessinées. Il avait une passion pour les super-héros, avec un faible récent pour Batman. Il était capable d'imiter Homer Simpson avec un certain talent et connaissait par cœur tous les personnages du *Seigneur des Anneaux*. Non seulement il repérait Vénus (et parfois Mars) dans le ciel, mais il pouvait nommer sans faillir les trois étoiles de la constellation d'Orion. Lorsqu'il lui avait annoncé qu'il avait choisi la cybercriminalité comme matière principale à la fac, Rebecca avait eu du mal à dissimuler sa surprise. Difficile d'imaginer qu'il puisse se détacher de son univers fictionnel assez longtemps pour s'intéresser à de véritables infractions pénales !

Dixon avala le reste du roulé à la cannelle en se tournant vers Patrick.

— Est-ce que tu réalises que *80 pour cent* des jouets vendus aux USA sont fabriqués en Chine ? Et ce ne sont que des jouets ! Si je voulais dresser la liste des autres produits importés, j'en aurais pour des heures. Tiens, par exemple : les petits badges patriotiques avec le drapeau US que tout le monde porte sur son revers… Eh bien, même ceux-là sont… *made in China* !

Il laissa planer un silence, comme s'il venait d'apporter la preuve imparable qui validait son raisonnement — alors qu'il sonnait comme un tract appris par cœur.

Rebecca échangea un regard éploré avec Patrick. Impossible d'arrêter Dixon, à présent. Une fois lancé, il devenait sourd à tout argument rationnel.

— Plus d'un demi-million d'emplois américains sont délocalisés vers d'autres pays chaque année. Rien que pour fabriquer des produits d'utilité courante dont nous ne pouvons pas nous passer.

— Comme ton nouvel iPhone, par exemple.

Rebecca désigna le gadget qui dépassait de la poche de chemise de Dixon. Le kit mains libres qu'il portait accroché en permanence autour du cou faisait partie intégrante de son personnage.

— Il est vraisemblablement fabriqué en Chine et tu ne peux pas te passer de lui.

— Attends ! Ce n'est pas pareil !

Dixon leva les yeux au plafond puis jeta un regard entendu à Patrick, l'air de dire qu'elle racontait n'importe quoi.

— Et en plus, ce téléphone, c'est un cadeau. Une récompense parce que j'ai accepté de trimballer ce sac à dos toute la journée.

— Ah, d'accord. Evidemment. Cela justifie le fait qu'il soit fabriqué en Chine, en effet.

Dixon salua sa repartie ironique d'un simple haussement d'épaules.

— Et je suis tout à fait capable de vivre sans ce téléphone, miss Je-sais-tout.

Elle haussa les sourcils en signe de défi.

— Ah vraiment ?

— Bien sûr.

Rebecca tendit la main.

— Alors prête-le-moi pour la journée. Tu me dois bien ça puisque tu as perdu mon portable.

— Je ne l'ai pas perdu. J'ai juste oublié où je l'ai posé.

Déjà, son sourire s'effaçait. Le regard fixe, il s'absorba dans ses pensées, comme s'il testait mentalement sa capacité à vivre douze heures d'affilée sans la moindre communication électronique avec le reste du monde. Rebecca en était convaincue : ce serait au-dessus de ses forces. Jamais il n'accepterait de lui prêter son nouveau jouet ! Elle se préparait déjà à entendre son refus… mais il tira sur le cordon qu'il portait autour du cou et le lui tendit en même temps que l'iPhone.

— Tu fais gaffe, hein ? Il est tout neuf.

— Et le sac à dos, alors ? demanda Patrick.

Rebecca et Dixon le regardèrent comme s'ils avaient oublié de quoi il était question. Patrick désigna le sac posé aux pieds de Dixon.

— Vous voulez prouver quoi, avec ce truc ?

— Ah, ça, mon ami, c'est l'arme secrète.

Il n'en fallait pas davantage pour le relancer : sourire aux lèvres, il débita la suite de son discours en mode « publi-info ».

— Ce sac contient un appareil ingénieux qui émet un signal. Totalement inoffensif, bien sûr, spécifia-t-il avec un grand geste du bras. Mais il produit suffisamment d'interférences pour semer la zizanie dans les installations informatiques. Cela devrait secouer un peu les commerçants. Et leur ouvrir les yeux, avec un peu de chance. La dernière fois que je suis venu chez mes grands-parents, Chad et Tyler m'ont emmené dans un meeting. C'était un prof de fac vraiment cool qui faisait la conférence. Il roule en Harley, le type. Gros modèle.

Rebecca ne put s'empêcher de sourire. Dixon était strictement incapable de distinguer une Harley d'une Yamaha. Mais elle ne fit aucun commentaire.

— C'est une tronche, ce gars. Il a roulé sa bosse au Moyen-Orient, en Afghanistan, en Russie, en Chine. Ce professeur — Ryan — affirme que les gens ne réagiront que si on les touche au portefeuille. Sinon personne ne lèvera le petit doigt, même si on supprime des milliers d'emplois chaque année et que l'invasion en provenance du sud en fait disparaître le double.

— L'invasion en provenance du sud ?

Ce fut au tour de Rebecca de lever les yeux au ciel. Elle avait suivi toutes les causes, tous les combats de Dixon. Par amitié pour lui, elle avait écouté patiemment ses diatribes, assisté à ses révoltes et enduré ses indignations. Mais, de temps en temps, il avait besoin d'être remis à sa place. A tous les coups, dans une semaine, il militerait avec la même conviction pour la sauvegarde des baleines échouées sur les plages de Tasmanie.

— Et pourquoi le cadenas ? demanda Patrick, toujours intrigué par cette histoire de sac à dos.

Dixon haussa les épaules, comme si le cadenas n'était qu'un point de détail. Il en avait terminé avec son blabla militant, d'ailleurs. Rebecca le voyait à sa tête. Il était impatient de passer à l'action. Il se redressa pour chercher Chad et Tyler des yeux. Ce qui la conforta dans sa théorie : l'idée venait d'eux, et non de lui. Dixon avait dû se laisser influencer, comme d'habitude. Au lycée, Chad et Tyler étaient auréolés du prestige que leur conférait leur statut de stars sur le terrain de football. Dixon avait toujours gravité dans leur orbite. Pourtant, chaque fois qu'il se laissait entraîner dans leurs histoires, cela se soldait par des ennuis. Pourquoi continuait-il d'accourir comme un toutou au premier coup de sifflet de leur part ? Elle avait renoncé à le comprendre. Peut-être qu'un semestre de plus à New Haven, loin du Minnesota, finirait par le soustraire à leur influence ?

Le côté sympa de Dixon, c'était sa fidélité en amitié. On pouvait compter sur lui dans les moments difficiles. Elle l'avait vérifié par elle-même, dans les premiers temps du divorce : lorsque ses parents avaient commencé à s'écharper, Dixon lui avait assuré un soutien sans faille. Il lui avait dit et répété qu'elle n'avait aucune responsabilité dans leur séparation. Il l'avait rassurée. Il avait même réussi à la faire rire, alors qu'elle se croyait condamnée à la morosité jusqu'à la fin de sa vie.

Le iPhone de Dixon se mit à sonner. Ou, plus exactement, à émettre les premières mesures du thème de *Batman*. Rebecca le lui tendit en soupirant.

— Tu exagères. Ça fait à peine cinq minutes que je l'ai.

— Hé, j'y peux rien, moi, si j'ai plein d'amis !

Mais lorsqu'il répondit à l'appel, son sourire triomphant s'effaça très vite, cédant la place à une expression de panique.

— Oui, d'accord… Bien sûr. J'arrive tout de suite.

Rebecca se pencha vers lui au-dessus de la table. Le bruit de fond du centre commercial s'était encore amplifié. Une voix suave annonçait dans un haut-parleur que la visite du Père Noël était imminente.

— Qu'est-ce qui se passe ?

Dixon était livide.

— C'était mon grand-père. Ils viennent de transporter Nanna à l'hôpital. Elle a peut-être fait un infarctus.

— Oh, non, Dixon…

Patrick se levait déjà pour prendre son blouson.

— On y va avec toi, si tu veux ?

— Merci, mais ça n'est pas la peine.

Dixon tenta de se lever et jura en trébuchant sur le sac à dos.

— Ah ! mince.

Il se retourna pour scruter la foule.

— J'avais promis à Tyler et à Chad…

Ramassant le sac à dos avec une expression soucieuse,

il le laissa tomber sur la table comme s'il n'avait plus la force de le tenir.

— Ça va. T'inquiète. Je m'en occupe.

Rebecca prit le sac à dos. Elle fut surprise de le trouver si lourd mais le hissa quand même sur une épaule, en réprimant une grimace d'effort.

— Il suffit de se balader avec, c'est ça ?

— Je ne peux pas te demander de faire ça.

— Tu ne me le demandes pas, je te le propose. Allez, fonce.

— Et comment ferez-vous pour rentrer ?

— T'angoisse pas pour ça. On trouvera un moyen avec Patrick.

Gênée par le poids du sac, elle se servit de son bras libre pour entourer les épaules de Dixon en une étreinte maladroite. Avant de partir, il lui rendit le iPhone. Elle essaya de refuser mais il insista d'un geste.

— Si, si, garde-le. Une promesse est une promesse.

Ils regardèrent Dixon s'éloigner dans la foule pendant qu'une famille de quatre personnes s'emparait déjà de leur table. Elle convint avec Patrick de le retrouver dans une heure près du magasin *Gap*. Ses pensées tournaient autour de la grand-mère de Dixon lorsqu'elle s'arrêta pour faire une pause aux toilettes. Elle connaissait Mme Lee depuis l'enfance. Et Nanna l'avait toujours traitée comme si elle faisait partie de la famille. Elle lui avait même attribué l'ancienne chambre de sa fille, à l'occasion de ce séjour.

— Je sais qu'elle est un peu démodée, depuis le temps. Mais je n'ai pas eu le cœur de changer le papier peint, lui avait expliqué Mme Lee en lui montrant la pièce.

Les marguerites, avait-elle précisé, étaient les fleurs préférées de la mère de Dixon.

Rebecca avait déjà traversé l'aire de restauration lorsqu'elle réalisa qu'elle avait laissé le sac à dos rouge accroché à la porte du W.C. Pestant tout bas, elle fit demi-tour pour aller le récupérer.

Son regard tomba sur Chad qui arrivait en sens inverse.

Zut. Pourvu qu'il ne me voie pas !

Ses yeux étaient rivés sur lui lorsque l'explosion se produisit. Tout se passa au ralenti. Paralysée sur place, elle vit un éclair rouge et blanc engloutir le corps de Chad. Le son de la déflagration lui parvint aux oreilles au moment précis où le feu jaillissait autour d'elle.

Une force invisible la décolla du sol : elle fut littéralement soulevée par une vague d'air brûlant. Alors que le surcroît de pression lui broyait la poitrine, elle fut projetée à terre sous une pluie de métal et de verre brisé. Ses poumons prirent feu, eux aussi. Pas moyen de bouger. Quelque chose de lourd s'était affaissé sur elle. La maintenait clouée au sol. Des gravats, peut-être ? Respirer était une douleur. Une odeur de cheveux brûlés lui emplit les narines.

La première chose qu'elle vit en ouvrant les yeux fut un bras arraché gisant, détaché, juste à côté d'elle. Pendant une fraction de seconde, elle eut la conviction horrifiée qu'il s'agissait du sien. Puis elle aperçut le dragon vert et violet. Il était éclaboussé de sang.

Des particules brillantes tombaient du plafond comme une neige silencieuse. Rebecca ferma de nouveau les yeux. La voix de Doris Day chantant « *Qu'il neige, qu'il neige…* » couvrait les gémissements.

Puis vinrent les premiers hurlements.

2

Newburgh Heights, Virginie

Maggie O'Dell glissa un plat de champignons farcis au four, puis elle interrompit ses préparatifs pour jeter un regard par la fenêtre. Dans le jardin qui s'étendait à l'arrière de la maison, Harvey, son retriever, se chargeait de l'animation. Il courait, bondissait et rattrapait son Frisbee. Il faisait de l'épate, en rajoutait devant son public. Et ses invités se prêtaient au jeu, riant et poursuivant le grand chien blanc, se jetant dans l'herbe couverte de feuilles mortes. Trois adultes exerçant des professions exigeantes s'ébattaient comme des gamins insouciants. Maggie sourit. Rien de tel qu'un chien pour faire ressortir l'enfant qui sommeille en chacun de nous.

— C'est un exploit, observa son amie Gwen Patterson, les mains occupées à hacher des oignons.

Maggie crut d'abord qu'elle parlait des amuse-gueules variés qu'elles avaient préparés ensemble. Leurs réalisations culinaires tenaient plus du buffet chic que d'un simple apéro entre copains — mais ce n'était pas à cet exploit que pensait Gwen.

— Je voulais dire : le fait de nous avoir réunis ce

soir. Dans un même lieu. Sans scène de crime. Et sans cadavre.

— L'idée de manger à l'œil et de boire de la bière en regardant du foot à la télé suffit généralement à rameuter du monde, non ?

Gwen sourit.

— C'est une façon de voir les choses… Tu ne m'as pas dit pourquoi ton frère n'a pas pu se libérer, au fait ?

— J'imagine qu'il a eu d'autres propositions.

Occupée à laver des légumes, Maggie tournait le dos à son amie. Ce qui tombait bien, en l'occurrence. Elle ne voulait pas que Gwen s'aperçoive qu'elle était déçue de l'absence de son frère. Or elle parvenait plus facilement à garder un ton léger qu'à bannir toute émotion de son visage. Il n'y avait pas de quoi fouetter un chat, bien sûr. Mais si elle ne veillait pas au grain, la psychologue se réveillerait en Gwen. Elle s'évertuerait à questionner, à fouiller, à creuser.

— J'ai débarqué dans la vie de mon frère sans crier gare. Je ne pouvais pas m'attendre à ce qu'il me fasse une place aussi rapidement !

Maggie jeta un coup d'œil derrière elle. Son instinct ne l'avait pas trompée : son amie s'était désintéressée de ses oignons et la considérait sans rien dire, d'un air attentif.

— On verra s'il y a moyen d'organiser quelque chose avec lui à Noël ! enchaîna Maggie en s'efforçant de paraître optimiste.

Mais le cœur n'y était pas. Lorsqu'elle avait eu son frère au téléphone, elle n'avait même pas osé aborder la question des fêtes. Un seul rejet par conversation lui suffisait amplement.

Le silence de Gwen se faisant plus lourd, elle jugea prudent de changer de sujet.

— Tu crois qu'il y aura assez à manger pour tout le monde ?

Ils étaient censés se retrouver pour se détendre, après tout. Une soirée entre amis, sans contrainte et sans prise de tête. Juste histoire de boire quelques bières ensemble et d'avaler de la sauce piquante en suivant des matchs de foot universitaires.

— Il y en a plus qu'il n'en faut, assura Gwen en retournant à sa planche à découper.

Les mains sur les hanches, Maggie examina les toasts et les plats disposés sur l'îlot. C'était la première fois qu'elle organisait une vraie réception chez elle. Elle n'avait pas coutume non plus d'assister à celles des autres. C'était drôle, au fond. Obtenir une extension de garantie sur la vie pouvait vous pousser à faire des choses inhabituelles. Deux mois plus tôt, son boss et elle avaient été exposés au virus Ebola. Elle avait survécu. Mais Kyle Cunningham — son supérieur direct au FBI — n'avait pas eu cette chance.

Maggie tenta de repousser les images blafardes qui affluaient à sa mémoire. Service hospitalier de biosécurité, niveau 4. Elle en gardait un profond sentiment de claustration. Et le souvenir d'une terrible impuissance face au déclin de Cunningham. En très peu de temps, elle avait vu cette force de la nature, cet homme qui avait toujours été son modèle, se muer en un squelette étique hérissé de tubes et d'aiguilles. Elle ferma les yeux et, tournant toujours le dos à Gwen, se raccrocha au plan de travail en faisant mine d'inspecter les plats.

Interdit de broyer du noir, O.K. ? Respire. Détends-toi. Profite de la vie.

— Je ne suis pas si sûre que nous ayons de quoi nourrir tout le monde. J'ai déjà eu l'occasion de faire quelques périples en voiture avec Julia. Elle est menue, pourtant… mais je t'assure qu'elle est capable d'engloutir une montagne de sandwichs !

Comme s'il avait suffi de prononcer son nom pour la faire apparaître, Julia Racine entra par la porte arrière. Ses courts cheveux blonds étaient ébouriffés, quelques feuilles mortes restaient accrochées à son sweat-shirt et elle avait une tache de boue sur son jean. Une odeur d'automne flottait dans son sillage. Elle ressemblait plus à une chanteuse pop qu'à un enquêteur de la brigade criminelle de Washington DC.

Julia tenta de lisser ses cheveux en bataille.

— Ton chien triche, Maggie. Il connaît tous les raccourcis.

Sa voix perdit de son insouciance lorsqu'elle vit que Gwen et elle étaient occupées à préparer à manger. Maggie sourit intérieurement. Julia, longue et élancée, se sentait de trop dans une cuisine. Pas seulement dans la sienne, mais dans n'importe quel endroit normalement dévolu à des occupations dites « féminines ». L'enquêtrice croisa les bras sur la poitrine et se cala dans un coin. Elle aurait vraisemblablement préféré retourner dehors avec Harvey, Ben et Tully. Julia Racine n'était pas habituée aux femmes et à la domesticité. Ce que Maggie pouvait d'ailleurs très bien comprendre. Trop d'heures passées sur des scènes de crime en compagnie masculine. Sur bien des plans, sa collègue lui faisait penser à une version rajeunie d'elle-même.

— Tiens, derrière toi, Julia…

Maggie désigna le placard contre lequel elle s'était adossée.

— … tu trouveras des petites assiettes blanches carrées. Tu peux en sortir une pile et les poser sur l'îlot ? Pendant que tu y es, prends aussi les verres.

Racine parut déconcertée par sa requête. Mais Maggie se tourna de nouveau vers l'évier et continua de laver ses légumes sans lui donner d'autres instructions. Du coin de l'œil, elle vit Julia se ressaisir et s'acquitter nonchalamment de la tâche qu'elle lui avait confiée.

Elle posa sa botte de céleri fraîchement lavé sur du papier essuie-tout, à côté de la planche à découper de Gwen. Puis elle sélectionna deux branches et en tendit une à Julia pendant qu'elle picorait l'autre. Cette fois, lorsque l'inspecteur Racine revint se poster devant le comptoir, elle ne paraissait plus tout à fait aussi empruntée.

Elle croqua son céleri.

— Alors, Maggie ? Entre Ben Platt et toi, ça donne quoi ?

Maggie jeta un coup d'œil à Gwen.

— C'est une bonne question, admit cette dernière.

Gwen esquissa aussitôt un petit mouvement d'épaules, comme pour se dédouaner de s'être liguée avec Julia contre elle. Maggie commença à regretter d'avoir mis sa collègue à l'aise dans sa cuisine.

L'inspecteur Racine posa les poings sur les hanches.

— Il est assez craquant, ton Ben. Si on est amateur du style soldat de fortune.

— Ben est médecin, se surprit à protester Maggie.

— Médecin militaire, précisa Gwen.

Maggie ne releva pas la remarque de Gwen, mais se tourna franchement vers Julia. Elle réussit à capturer brièvement son regard avant que l'inspecteur Racine ne juge nécessaire de baisser la tête pour rectifier la pile d'assiettes qu'elle venait de poser sur le plan de travail. Perplexe, Maggie se demanda dans quelle mesure la question de Julia ne traduisait pas une certaine jalousie. Jalousie contre Platt, il s'entend. Quelques années plus tôt, à l'occasion de leur première rencontre, Julia avait avoué ressentir une attirance pour elle et lui avait même fait des avances. D'une façon ou d'une autre, elles avaient surmonté ces difficultés de départ et étaient devenues amies. Juste amies. Même si, dans des moments comme celui-là, Maggie se demandait si Julia ne gardait pas un petit espoir de voir les choses aller plus loin.

Peut-être à cause d'un revers temporaire dans sa vie amoureuse. Julia n'avait pas prononcé un mot, ce soir, sur sa compagne du moment. Alors que Maggie lui avait proposé de venir avec la personne de son choix. Elle aurait pu contre-attaquer en la questionnant sur son élusive amante qui, si ses souvenirs étaient bons, était sergent à l'armée et elle-même soldat de fortune. Mais Maggie se contenta d'affirmer calmement :

— J'aime beaucoup la compagnie de Ben.

La musique de son portable sonna la fin de la conversation. Maggie poussa un soupir de soulagement.

— Ici Maggie O'Dell.

Dès qu'elle reconnut la voix de son nouveau patron, cependant, elle sentit une contraction familière dans les muscles de ses épaules et de sa nuque. Son week-end de congé se terminait avant même d'avoir commencé.

3

Bloomington, Minnesota

On l'appelait le Project Manager. Il ne s'en offusquait pas. Il préférait même ce surnom à certains autres, dont on l'avait affublé par le passé. Comme John Doe n° 2, par exemple. Project Manager lui correspondait bien. Alors que, même aujourd'hui, avec le recul, ce « John Doe n° 2 » continuait de le hérisser. Pas seulement parce que « John Doe » désignait l'individu lambda, mais à cause du « n° 2 ». Il était toujours à la tête d'un projet, jamais en position de second. Bien sûr, le fait d'avoir été pris pour l'assistant avait tourné à son avantage. Mais il s'en fichait, à présent. Tout cela était de l'histoire ancienne. L'affaire remontait à quinze ans, non ?

Le nom qui figurait sur son nouveau permis de conduire était Robert Asante. Il ne manquait jamais de le rectifier lorsqu'on le prononçait de travers.

— A-sanne-tééé… C'est sicilien, précisait-il, comme s'il gardait un attachement sentimental à ses origines.

Cette soi-disant ascendance italienne faisait merveille pour justifier sa peau mate. Qu'il tenait en vérité d'un père nord-africain. C'était à sa mère caucasienne qu'il devait son déguisement le plus fatal : ses yeux bleu indigo. Quiconque semblait se questionner sur ses ancêtres cessait d'hésiter en voyant son regard. Quoi de plus improbable, après tout, qu'un terroriste arabe aux yeux bleus ?

Et combien de terroristes portaient une alliance en or à leur annulaire gauche ? Quand on lui demandait ses papiers, il ouvrait toujours son portefeuille de telle sorte qu'apparaisse la « photo de famille » où il figurait avec une belle femme blonde et deux petites filles. Même l'oreillette sans fil dans son oreille droite, son blouson de cuir, qu'il portait sur un jean avec un polo de marque et des chaussures de sport de luxe, correspondaient au portrait type de l'homme d'affaires étasunien. Des détails. Rien que des détails. Mais Asante savait qu'ils faisaient toute la différence. C'était cette minutie, cette attention vigilante à des éléments en apparence anodins qui lui avaient valu son surnom de Project Manager.

Il regagna son aire de stationnement et resta assis au volant de sa voiture. Il s'était garé de l'autre côté de la rue, à distance prudente du centre commercial. Assez près pour percevoir l'écho des explosions, mais suffisamment loin pour se tenir à l'écart du chaos qu'elles allaient provoquer. En outre, ce parking présentait l'avantage non négligeable d'être hors du champ des caméras de vidéourveillance. Il s'en était assuré par deux fois à l'occasion d'un de ses multiples galops d'essai. S'il y avait eu des caméras, cela n'aurait pas changé grand-chose, vu la vitesse à laquelle son pare-brise se couvrait de neige. Même si quelqu'un passait à proximité, il était désormais invisible de l'extérieur.

Quelques instants plus tôt, il avait vérifié sur l'écran de son ordinateur miniaturisé que chacun de ses porteurs se trouvait bien au niveau indiqué. Trois porteurs séparés.

Trois « bip » distincts qui lui parvenaient à l'oreille. Trois points de lumière verte qui se déplaçaient sur son écran.

Les repérer avait été un jeu d'enfant. La partie la plus simple de sa mission. A leur insu, il avait dissimulé un système GPS sur chacun d'entre eux. Ne restait plus maintenant, par une simple pression, qu'à déclencher les explosions. Trois effleurements suffiraient. Sa mission était si bien planifiée qu'elle se réduisait à une sorte de jeu vidéo sur écran tactile. Il fit sauter le premier porteur. Puis le second à seulement quelques secondes d'intervalle. L'un après l'autre, sans laisser à quiconque le temps de se ressaisir.

Porteur 1, d'abord. Puis Porteur 2. Et enfin Porteur 3.

Il entendit distinctement l'écho de chaque déflagration. Trois explosions successives en réponse à trois petites pressions dérisoires sur une surface anodine. L'opération avait abouti avec un total succès.

Asante ferma brièvement les yeux. Rien n'était comparable à cette montée d'adrénaline. C'était meilleur que la drogue. Meilleur que le sexe. Meilleur même qu'un excellent whisky pur malt savamment vieilli. Ses doigts en picotaient encore.

Bon, d'accord, le picotement était peut-être dû à la température.

Il se renversa contre son siège dont le dossier en vinyle était durci par le froid. Après des centaines d'heures, des semaines, des mois de planification, la première étape venait de s'accomplir en toute beauté. Il prit quelques inspirations profondes sans s'inquiéter de voir se matérialiser la buée blanche de son souffle. Il ne sentait pas le froid. Rien que l'adrénaline qui continuait de pulser dans ses veines.

Il se prépara à appeler pour obtenir confirmation de son succès. C'est alors que le son s'insinua dans son oreille. Très faible, d'abord.

— Bip.

Puis un temps de silence. Peut-être un mauvais fonctionnement de son écran ?

Un autre bip.

Impossible.

Il se redressa vivement et souleva l'ordinateur de poche. Un autre bip se fit entendre. Plus affirmé, cette fois.

— Bip... bip... bip.

En même temps que le son improbable, une lumière verte commença à clignoter sur l'écran.

Le Project Manager amena l'appareil si près de son visage qu'il se cogna presque le nez dessus. Mais, même ainsi, il ne parvint pas à en croire ses yeux.

Il jura.

Un de ses porteurs était toujours en vie.

4

Mall of America

Patrick Murphy venait de s'engager sur un Escalator pour descendre d'un étage quand la première explosion ébranla les marches de l'appareil. Autour de lui, les gens se raccrochèrent à la rampe et promenèrent un regard étonné sur les lieux. Mais il n'y eut aucune manifestation de panique. Ne venait-on pas d'annoncer l'arrivée imminente du Père Noël ? Les dirigeants du centre commercial avaient sans doute prévu une mise en scène spéciale… Un feu d'artifice, peut-être ? Les dimensions du Mall s'y prêtaient. Patrick n'avait jamais vu de centre aussi gigantesque. Sur quatre niveaux, il comprenait un parc de loisirs de quatre hectares et un aquarium géant. Hallucinant, comme endroit.

Non, la première déflagration ne causa aucune inquiétude visible, même si tous les regards restaient tournés vers le haut et vers l'arrière. Ce fut la deuxième détonation qui créa la panique. Cette fois, il n'y avait plus de doute. Il se passait quelque chose d'anormal.

Au lieu de suivre la foule, Patrick chercha à rebrousser chemin. Il se fraya un passage de force, donnant des coups d'épaule pour se faufiler à contre-courant du flot descendant. Dévalant l'escalier roulant, les gens arrivaient à trois par marche et n'hésitaient pas à frapper à gauche et à droite avec leurs sacs de courses pour libérer le passage. Patrick tenta de se glisser entre les corps paniqués qui déboulaient sur lui. Mais il dut s'agripper à la rampe pour ne pas perdre l'équilibre. Il avait une morphologie de nageur, avec des épaules bien développées, une taille mince, des jambes longues. Ainsi que la patience et l'endurance nées de la pratique régulière d'une activité physique. Mais remonter à rebours de la foule était plus difficile encore que de nager contre le courant : il eut la sensation de prendre une vague de surf à l'envers.

— Dégage de là, merde ! lui cria un homme vêtu d'une parka et bâti comme un rugbyman en lui balançant son bras, poing serré, dans les côtes.

Une adolescente cramponnée à la rampe lui hurla sa panique au visage, tellement paralysée de frayeur qu'elle l'empêchait de passer.

La troisième déflagration retentit plus près. Si près que les vibrations firent presque onduler les marches de l'Escalator. Cette explosion signa la défaite de Patrick. Vaincu, il pivota vers l'avant et se laissa porter par la foule paniquée jusqu'en bas de l'escalier roulant. Sitôt parvenu au niveau inférieur, cependant, il se détacha du flot mouvant et reprit l'Escalator ascendant, soulagé de le trouver quasiment vide. Il gravit au pas de course les marches en mouvement. Déjà des odeurs de soufre et de fumée le prenaient à la gorge, sans qu'il ralentisse l'allure pour autant. Il se demanda ce qui le faisait agir ainsi. Sa formation avait-elle suscité en lui de nouveaux réflexes ? Ce n'était pas la première fois qu'il obéissait aveuglément à son instinct. En temps normal, il faisait confiance à ses impulsions. Mais aujourd'hui, il n'était pas très sûr de comprendre ce qui le motivait.

Au cours de l'année écoulée, il avait changé d'orientation et bouleversé ses projets d'avenir. L'idée semblait d'autant plus saugrenue qu'il avait déjà atteint sa quatrième année. Et qu'il finançait ses études à la sueur de son front. Mais ce qui avait débuté comme l'affirmation d'une vocation était rapidement devenu une passion. Le tout grâce à un père qu'il n'avait jamais connu. Mais ce n'était pas à cause de son nouveau module en Sciences du feu qu'il courait maintenant vers la fumée au lieu de fuir à toutes jambes. Les nombreuses heures de bénévolat qu'il avait effectuées à la caserne de pompiers n'expliquaient pas non plus la frénésie qui s'était emparée de lui, même si les soldats du feu étaient formés pour courir à l'intérieur d'un bâtiment en flammes au moment où le reste de la population se ruait dans le sens inverse.

Cet élan, cette hâte, ce sentiment d'urgence qui lui comprimait la poitrine tout en le propulsant vers le lieu de l'explosion avaient très peu à voir avec son entraînement.

Et tout à voir avec Rebecca.

Il l'avait laissée au troisième niveau, vers l'aire de restauration. Or c'était précisément de là que semblait provenir le son des explosions. Il ne pouvait pas quitter le centre commercial sans elle. Pas question non plus de l'attendre en bas. Il avait besoin de s'assurer qu'elle était indemne, ni en état de choc ni blessée. N'avait-elle pas eu bien des fois le même réflexe solidaire envers lui ? Régulièrement, elle s'était inquiétée de son sort, les soirs où ils travaillaient ensemble chez Champs, le bar en face de la fac.

Elle l'observait du coin de l'œil lorsqu'elle attendait au comptoir pendant qu'il préparait les commandes.

— Ça n'a pas l'air d'aller, Patrick, disait-elle parfois.

Ces soirs-là, après leur service, lorsqu'ils avaient fini de tout nettoyer et que, morts de fatigue, ils devaient retourner plancher sur leurs livres de cours, elle se perchait sur un tabouret de bar, appuyait le menton sur sa paume et l'encourageait à lâcher ce qu'il avait sur le cœur.

— Qu'est-ce qui ne va pas, alors ? Raconte.

Et elle ne le poussait pas seulement à parler ; elle savait aussi écouter. Elle était capable de garder le silence et de le laisser vider son sac sans l'interrompre, avec cette gravité attentive et cette empathie dans le regard qu'il n'avait jamais rencontrées ailleurs que chez elle.

Le système anti-incendie s'était déclenché, mais la fumée était toujours aussi dense. Il sortit ses lunettes de soleil de sa poche puis tira son T-shirt sur son nez pour se protéger. Il progressa en longeant les murs, s'arrêtant brièvement pour laisser passer des fuyards hystériques courant en aveugle vers les escaliers et les ascenseurs. Il se déplaçait avec prudence, cherchant à absorber chaque détail de la scène brouillée par la fumée et les verres teintés de ses lunettes. Partout des obstacles se dressaient devant lui : non seulement des tables renversées et des décombres de plâtre et de verre mais tous les objets que les gens avaient abandonnés dans leur fuite : des paquets, des sandwichs à peine entamés, et même des sacs.

Brusquement, les sacs à dos rouges lui revinrent à la mémoire.

Il avait éprouvé un certain malaise en écoutant Dixon

leur raconter la blague innocente qu'il s'apprêtait à commettre avec les dénommés Chad et Tyler. Pendant qu'il expliquait son histoire de brouillage avec des émetteurs sans fil, Patrick avait eu l'impression désagréable que quelque chose clochait. Il aurait dû écouter son instinct.

Pourquoi placer un *cadenas* sur un sac à dos, s'il s'agissait simplement de se balader avec pour dérégler quelques caisses enregistreuses ?

5

Rebecca trébucha — mais résista à la tentation de regarder où elle venait de mettre les pieds. Mieux valait ne pas savoir ce qu'elle avait heurté, cette fois-ci. Tout en marchant, elle promenait ses mains sur son visage et les ramenait chaque fois couvertes de sang. Pas forcément le sien, d'ailleurs. Elle tenta de glisser les doigts dans ses cheveux longs mais elle se coupa sur des échardes de verre ou des éclats de métal.

Elle avait froid et elle tremblait ; sa vision était brouillée et son cœur battait si fort qu'elle peinait à respirer. Sa gorge était douloureuse, sa langue enflée. Elle avait dû la mordre au moment du choc. Chaque fois qu'elle réussissait à inspirer un peu d'air, elle avait l'impression d'avaler de l'acide. Une odeur écœurante, faite de soufre et de cannelle, flottait dans l'air. Elle porta la main à sa bouche pour réprimer un haut-le-cœur.

Un homme de petite taille la heurta de plein fouet et faillit la renverser. Jetant un regard en arrière, elle vit qu'il tenait sous la main une bouillie sanglante à l'endroit où aurait dû se trouver son oreille. Des visiteurs hagards couraient en tous sens, cherchant leur chemin dans l'espace enfumé et jonché de gravats. Certains, blessés, saignaient. D'autres semblaient indemnes, mais terrifiés.

Tous se hâtaient sur des jambes chancelantes, pressés de fuir coûte que coûte — même s'ils ne semblaient plus savoir vers où ils couraient. Dans leur précipitation, certains laissaient tomber leurs possessions ; d'autres, au contraire, s'y cramponnaient. Rebecca mit le pied dans une flaque sombre. Elle pria pour que ce soit du café ou du coca mais elle n'ignorait pas que cela pouvait être du sang. En essayant d'éviter la tache sombre suivante, elle dérapa sur une part de pizza écrasée.

Doucement. Calme-toi.

Mais comment garder la tête froide dans ces conditions ? Les gens passaient près d'elle au pas de course, la bousculaient sans même lui jeter un regard. Des tout-petits hurlaient de terreur jusqu'à ce que leurs mères les soulèvent dans leurs bras pour s'élancer de nouveau, abandonnant poussettes, porte-bébés, sacs de couches et peluches derrière elles. Des témoins criaient de peur ; des blessés hurlaient leur souffrance. Une épaisse fumée continuait de s'élever des endroits où les déflagrations s'étaient produites. De courtes flammèches léchaient encore les vitrines des magasins malgré le brouillard qui tombait des têtes d'extincteurs automatiques insérées dans les plafonds.

Dans les haut-parleurs, une voix annonça la fermeture du centre en mentionnant « un incident au troisième niveau ». Les chants de Noël continuaient de résonner, imperturbables, dans les allées envahies de blessés.

A moins qu'ils ne résonnent que dans sa tête ?

Dans un cas comme dans l'autre, Rebecca trouvait macabre et bizarrement réconfortant d'entendre Bing Crosby chanter qu'il serait « de retour pour Noël ». La voix familière du crooner était le seul élément de normalité auquel se raccrocher tandis qu'elle avançait en trébuchant sur des sandwichs écrasés, des morceaux de verre, des tables brisées et des flaques de sang. Des hommes et des femmes gisaient à terre. Certains, blessés, semblaient incapables de se lever. Les autres étaient complètement inertes.

Que devait-elle faire ? Où aller ? Saisie de panique, elle sentit qu'elle entrait en état de choc. Elle avait acquis suffisamment de connaissances pendant sa première année d'études vétérinaires pour reconnaître les symptômes. Les signes étaient les mêmes pour les chiens et pour les humains : accélération du rythme cardiaque, confusion, pouls faible, sensation de froid glacial. Et, pour finir, l'effondrement.

Dans une tentative désespérée pour arrêter le processus, elle se frotta les bras. Elle découvrit alors que l'explosion ne l'avait pas laissée indemne. Une douleur fulgurante irradia dans son bras gauche. Comment avait-elle pu ne rien remarquer plus tôt ? Un morceau de verre de huit centimètres sortait de la manche de son manteau. Même sans voir le point d'entrée, elle sut immédiatement qu'il était fiché profondément dans sa chair. Une nausée violente la prit à la gorge. Ses jambes se dérobèrent. Elle vacilla, se raccrocha de justesse à une barre métallique pour ne pas s'effondrer, et se retrouva à genoux.

Ne regarde pas, surtout. Ne panique pas. Respire.

Elle aperçut un policier dans la foule et se crut un instant sauvée. Non, rectifia-t-elle, pas un policier. Juste un agent de sécurité en uniforme puisqu'il n'avait pas d'arme.

Oui. C'est ce qui permet de les distinguer les uns des autres.

Elle le savait pour avoir travaillé dans l'animalerie d'un petit centre commercial pendant son année de terminale. Le vigile était suffisamment proche pour qu'elle l'entende crier d'un ton paniqué dans son émetteur-récepteur :

— Ça a fait du grabuge, oui. Beaucoup de grabuge.

Il semblait si jeune ! A peine plus âgé qu'elle, probablement. Et sa voix tremblait.

— Non, non. Je ne vois plus personne avec un sac à dos rouge.

Elle tressaillit.

Les sacs à dos.

Elle tenta de se redresser, y renonça, puis réussit à se tourner pour regarder vers l'endroit où elle avait vu Chad juste avant l'explosion.

Il n'y était plus. Tout ce qu'elle parvenait à discerner, c'était un pan de mur brûlé. De la fumée. Des débris. Et un tas qui ressemblait à un reste de détritus noircis achevant de se consumer.

Chad ?

Elle fut prise de vertige. Sa gorge était si contractée qu'elle suffoqua.

N'y pense pas. Ne regarde pas. Concentre-toi sur autre chose...

Elle tourna la tête dans l'autre sens et réussit à se mettre debout, toujours accrochée à sa barre métallique, les articulations des doigts blanchies par l'effort, les jambes flageolantes. Là où, quelques minutes plus tôt, se trouvaient encore les toilettes des femmes, il n'y avait plus qu'un grand trou noir. Les toilettes où elle avait laissé par mégarde le sac à dos de Dixon, accroché à la porte du premier W.C. Le sac à dos qu'elle était censée porter à l'épaule.

C'est donc ça qui a explosé. Les trois sacs à dos rouges.

Elle retomba à genoux et se laissa glisser à même le sol, sans forces. Sous ses mains, elle perçut quelque chose de visqueux, mais elle ne s'en émut pas.

A quelques secondes près...

A quelques secondes près, elle aurait été réduite, elle aussi, à un tas de détritus fumant.

Quelque part de l'intérieur de son manteau s'élevèrent les premières mesures du thème de *Batman*. Au milieu du sauve-qui-peut général et sur fond de gémissements, cette musique particulière semblait couler de source. Dans cette version en noir et gris d'une réalité qui n'avait plus rien à voir avec le monde ordinaire, le thème principal du film de l'homme chauve-souris s'insérait à la perfection.

6

Newburgh Heights, Virginie

La journée ne prenait pas le tour que Maggie O'Dell avait espéré.

Son équipier R.J. Tully alluma la télévision dans le salon, mais au lieu d'écouter les prévisions des chroniqueurs sportifs, il surfa rapidement sur les chaînes d'information du câble.

Il se tourna vers le reste du groupe massé devant le bar qui séparait la cuisine du séjour.

— Aucune nouvelle pour le moment.

— Kunze m'a dit que cela venait de se produire, précisa Maggie. La police locale n'est même pas encore sur les lieux.

Benjamin Platt fronça les sourcils.

— Comment sait-il qu'il s'agit d'un attentat terroriste, alors ?

Tout en griffonnant la liste de ce qu'elle devrait emporter dans le Minnesota, Maggie s'efforça de communiquer les maigres informations que son patron, le directeur assistant du FBI, lui avait données :

— L'info n'est pas encore officielle. Le gouverneur est un ami personnel de Kunze.

— C'est pour ça qu'il fait directement appel au FBI ? s'exclama Julia Racine.

Maggie haussa les épaules. L'avantage d'avoir des amis qui étaient également des collègues, c'est qu'ils saisissaient au quart de tour le contexte et les enjeux de sa vie professionnelle. Le *désavantage* d'avoir pour amis des collègues, c'est qu'ils ne pouvaient s'empêcher de se comporter en collègues, justement.

— Il semble qu'il y ait eu au moins deux explosions dans le centre commercial. Peut-être trois. On pense que d'autres cibles pourraient être visées.

Gwen ne chercha pas à dissimuler son irritation.

— Pourquoi t'envoyer, toi ? C'est absurde ! Tu es *profiler*, que je sache. Pas spécialiste en explosifs !

Tully les rejoignit en pointant la télécommande vers l'écran.

— Ils ont intérêt à établir un profil le plus vite possible pour savoir où chercher et comment.

Il coupa le son mais continua de zapper méthodiquement d'une chaîne à l'autre.

— Il faut qu'ils rassemblent un maximum d'éléments avant que les témoins oculaires ne commencent à douter d'eux-mêmes et à réinterpréter ce qu'ils ont vu.

Maggie jeta un coup d'œil à Tully pour tenter de deviner s'il regrettait de ne pas être du voyage. Tully et elle avaient été équipiers avant les restrictions budgétaires. Et avant qu'il ne soit suspendu, surtout. Suspendu avec maintien de salaire. C'était le protocole en vigueur chaque fois qu'un agent commettait un homicide dans l'exercice de ses fonctions. Deux mois auparavant, Tully avait tiré sur un homme qu'il avait jadis considéré comme un ami. George Sloane était mort sur le coup. Après enquête, la direction du FBI estimerait que l'action était justifiée.

Tully lui-même finirait par se ranger à cet avis… au bout d'un certain temps, bien sûr.

— Bon, d'accord. Admettons que Kunze veuille se faire accompagner d'un *profiler*, reprit Gwen en tripotant le couteau qui lui avait servi à couper ses légumes. Mais je ne vois pas pourquoi il faudrait que ce soit toi, Maggie !

Gwen enfonça le bout de sa lame dans la planche à découper, la retira, puis frappa de nouveau, comme si elle jouait nerveusement avec la pointe d'un stylo.

— Tu es sûre que ce n'est pas dangereux pour toi de prendre l'avion ?

Sa question amusa Maggie. Agée de quinze ans de plus qu'elle, Gwen ne parvenait pas toujours à refréner ses élans maternels envers elle. Maggie jeta un coup d'œil à la ronde — et constata qu'elle était la seule à sourire. Tous ses amis paraissaient préoccupés. L'affaire Sloane, qui avait abouti à la suspension temporaire de Tully, lui avait valu un séjour à l'USAMRIID (l'institut de recherche médicale des maladies infectieuses de l'armée US), sous la garde du médecin colonel Benjamin Platt.

— Je suis en excellente santé, Gwen. Demande à mon médecin, si tu ne me crois pas.

Elle se tourna vers Ben. Il garda son sérieux, comme s'il n'était pas encore disposé à abonder dans son sens.

— Kunze pourrait envoyer quelqu'un d'autre, insista Gwen. Tu sais très bien pourquoi il te colle cette mission sur le dos !

Cette fois, Maggie perçut une pointe de colère dans la voix pleine de sollicitude de son amie. Elle fut pas la seule, à l'évidence. Même Harvey — installé dans la cuisine, un os entre les pattes — redressa la tête, l'air inquiet. Dans le silence embarrassé qui suivit, la minuterie du four se déclencha, comme pour rappeler le but initial de ce qui aurait dû être une joyeuse réunion entre amis.

Maggie appuya sur une touche pour l'éteindre et couper la sonnerie.

Un nouveau silence tomba que Julia fut la première à rompre.

— Bon, je donne ma langue au chat. Apparemment, je suis la seule ici à ne rien piger aux sous-entendus. Pourquoi ce nouveau directeur assistant…

— Directeur assistant par intérim, rectifia Gwen.

— Par intérim ou non, pourquoi envoie-t-il Maggie ? Vous avez l'air de penser qu'il s'agit d'une mesure de rétorsion, c'est ça ? Mais à cause de quoi ? De qui ? J'ai l'impression d'avoir manqué un épisode.

Maggie capta le regard de Gwen et la fixa avec insistance afin de lui faire comprendre que son attitude devenait embarrassante. Les explosions qui venaient de se produire dans le Minnesota avaient peut-être fait des blessés, voire des morts. Ce n'était pas le moment de se focaliser sur des histoires de politique interne et de rancœurs imaginaires.

Ce fut Tully, finalement, qui éclaira la lanterne de Julia.

— Ray Kunze, le directeur assistant *par intérim*, estime que nous avons fait preuve de négligence dans l'affaire George Sloane.

— De négligence ?

— Kunze accuse Maggie et Tully d'être responsables de la mort de Cunningham ! s'emporta Gwen.

Maggie secoua la tête. Même si les reproches de

Kunze lui avaient fait mal, elle tenait à rétablir la stricte vérité.

— Il n'a jamais dit cela, Gwen.

— Il l'a insinué, en tout cas. Il a bien laissé entendre que vous aviez « contribué » au décès de Cunningham, non ?

Tully haussa les épaules.

— Kunze a déclaré que nous aurions intérêt à faire nos preuves, Maggie et moi.

Maggie était sidérée d'entendre Tully exposer les faits avec une pareille décontraction. Les yeux rivés sur l'écran TV, il lançait ses commentaires par-dessus l'épaule, avec autant de désinvolture que s'il leur avait annoncé les scores des matchs de qualification. Maggie, elle, n'avait pas pris les accusations de Kunze à la légère. Et Gwen le savait. Son amie avait peut-être deviné sa colère. Et l'avait prise sur ses propres épaules lorsque Maggie s'était lassée du fardeau.

Essuyer les reproches de Kunze aurait été plus facile s'ils n'avaient pas réactivé en elle une culpabilité toujours latente. Il lui arrivait bel et bien de s'accuser de la mort de Cunningham, tout à fait indépendamment des accusations de Kunze au sujet de leur « négligence contributive ».

Ses connaissances en psychologie auraient dû l'aider à prendre du recul, pourtant. Au vu de ses symptômes, il était facile de reconnaître chez elle un syndrome de culpabilité du survivant. C'était parfaitement classique, dans ce genre de cas. Elle avait beau le savoir, il lui arrivait parfois — la plupart du temps, tard la nuit, les yeux rivés au plafond de sa chambre — de ressasser les événements survenus deux mois plus tôt. Et de se heurter chaque fois à la même réalité implacable : Cunningham et elle avaient été exposés au même virus. Il avait été infecté, elle non.

Penser à son mentor altéré par la maladie, se souvenir avec quelle rapidité cet homme athlétique, en parfaite condition physique, avait été fauché par le virus Ebola, creusait chaque fois un vide abyssal dans sa poitrine. La nausée qui en résultait était très réelle, très physique. Cunningham était mort ; elle était vivante. De là à conclure qu'il était mort *à sa place*, il n'y avait qu'un pas qu'elle se surprenait à franchir aux petites heures de la nuit, en nage, le cœur battant et hanté par des cauchemars.

— Kunze t'envoie dans le Minnesota pour faire plaisir à son ami gouverneur, poursuivit Gwen. Toi. Alors que le FBI à Minneapolis a probablement quelqu'un sur place qui pourrait faire le boulot.

— Gwen…, protesta Maggie en se mordant la lèvre.

Elle aurait voulu lui ordonner de se taire. Lui dire que son attitude devenait indécente. Elles auraient pu avoir cette discussion en tête à tête… mais pas devant Ben et Julia. Ni devant Tully, d'ailleurs.

— Je trouve que ce n'est pas normal, c'est tout. Kunze…

Gwen se tut brusquement. Tully venait de remettre le son. Tous se tournèrent vers la télévision. Leur ami jongla avec les boutons jusqu'au moment où ils entendirent clairement le flash d'information spéciale diffusé sur Fox TV :

— Des explosions ont été signalées dans le Minnesota, au troisième niveau du Mall of America, annonça la voix du présentateur.

Une vue aérienne de l'immense centre commercial

apparut à l'écran. Probablement une image d'archive, car le parking n'était pas plein et on voyait encore des feuilles aux arbres.

— Les numéros d'urgence ont été submergés d'appels, poursuivit la voix désincarnée. Les secours se dirigent vers le centre commercial, de même que nos hélicoptères. Nous aurons plus d'informations dans quelques minutes. Comme vous le savez sans doute, le Mall of America est le plus grand centre commercial des Etats-Unis. Plus de cent cinquante mille visiteurs y étaient attendus aujourd'hui. Le lendemain de Thanksgiving est souvent surnommé le « vendredi noir », tant il y a de monde dans les magasins ce jour-là.

Un silence pesant s'abattit sur la petite assemblée. L'indignation, les accusations, la colère cédèrent place à une profonde désolation. Ben, qui se tenait à côté de Maggie, passa son poids d'une jambe sur l'autre. Son épaule effleura la sienne.

— Oublie les questions de politique interne, dit-il. Fais ce que tu sais faire de mieux.

Avant qu'elle ne puisse lui répondre ou lui demander ce qu'il entendait par là, il compléta de lui-même :

— Va coffrer ces salopards.

7

Mall of America

— Nous avons un problème.

Asante se fraya un chemin sur le parking en effervescence tout en murmurant dans son oreillette sans fil. Il dut contourner les acheteurs qui semblaient pétrifiés sur place, les yeux rivés sur le centre commercial en feu, et éviter ceux qui se ruaient vers leur voiture en hurlant.

— Quel genre de problème ? chuchota son interlocuteur, si bas qu'Asante l'entendit à peine.

— L'un des porteurs est vivant.

Un silence se fit sur la ligne. Il se prolongea tant qu'Asante crut que la communication avait été coupée. Puis la voix reprit :

— Comment est-ce possible ?

— A toi de me le dire.

— J'ai entendu les trois déflagrations. Personne ne peut survivre à ce type d'explosion.

— Tu étais sur place ? s'enquit Asante d'un ton légèrement accusateur.

L'assurance de son interlocuteur vacilla.

— Ben… oui.

— Et tu as tout vu ?

— J'ai assisté à l'arrivée des trois porteurs dans l'aire de restauration.

Il y eut un temps d'hésitation, puis son contact admit :

— Le porteur n° 3 était avec deux amis. J'ai pensé que ce n'était pas un problème.

Asante ne fit aucun commentaire, même s'il fut tenté de rappeler à son exécutant qu'il n'était pas payé pour penser. Quels que soient la compétence, l'enthousiasme et le dévouement apparents de son staff, il avait appris à ne se fier qu'à lui-même. C'était une leçon qui lui avait été inculquée à la dure, bien avant Oklahoma City. Depuis, il veillait à travailler avec des fusibles comme McVeigh ou Nichols — histoire de leur faire porter le chapeau en cas de pépin.

— J'y retourne, annonça-t-il sèchement.

— Dans le Mall ?

— Oui.

Un nouveau silence accueillit sa déclaration. Un silence qui signifiait : « Vous êtes fou à lier. »

— Et moi ? Que voulez-vous que je fasse ?

La question avait été posée d'une voix hésitante, comme si son contact redoutait qu'il lui demande de l'accompagner.

— Démerdez-vous pour savoir qui sont les deux autres.

Asante crut percevoir un soupir de soulagement sur les ondes.

Il continua de se frayer un chemin dans la neige jusqu'à l'arrière du centre commercial, où se trouvait la porte qu'il avait empruntée un peu plus tôt pour sortir du bâtiment. Avant de quitter le sanctuaire de sa voiture, il avait troqué sa casquette de l'équipe de base-ball des Carolina Panthers contre une autre, marquée « Premiers Secours ». Il avait également remplacé ses baskets par des boots choisies trois tailles au-dessus de la sienne. Une marque de semelle pouvait vous trahir aussi sûrement qu'une empreinte digitale. Surtout quand la neige s'incrustait à l'intérieur. Par mesure de précaution, il avait rembourré les boots avec des chaussettes afin de pouvoir courir s'il le fallait.

Quant à ses baskets, il les avait jetées dans le sac marin qu'il portait à l'épaule, avec quelques autres articles indispensables, comme la seringue remplie d'un liquide transparent qu'il avait toujours sur lui en cas de besoin. C'était une des raisons pour lesquelles il méritait son surnom de Project Manager. Il voulait être maître de chacune de ses opérations jusque dans ses moindres détails. Et décider de sa propre mort le cas échéant. Mais aujourd'hui, c'était au porteur survivant qu'il réservait son mélange létal.

Initialement, il n'avait pas prévu de revenir sur le lieu des explosions, mais la situation était telle qu'il préférait réviser son script et prendre toutes les précautions nécessaires. Il avait étudié longuement l'agencement et le fonctionnement du centre commercial. Et il aurait pu s'orienter entre ses murs les yeux fermés. Dans quelques instants, le responsable de la sécurité du centre annoncerait qu'il y avait eu un « incident » et ordonnerait la fermeture générale. Les magasins baisseraient leurs rideaux métalliques. Les kiosques seraient bouclés, les marchandises mises à l'abri. Au troisième niveau, le système de protection incendie avait déjà dû se déclencher. Les Escalator et les jeux du parc d'attractions ne tarderaient pas à s'immobiliser dans un grincement de ferraille.

La centrale de pompiers avait été alertée dès l'instant où les têtes d'extincteurs automatiques s'étaient mises en marche. Asante s'attendait à tout moment à entendre rugir les premières sirènes : d'après ses calculs, les secours auraient déjà dû arriver. L'enneigement les avait ralentis, sans doute. La police locale les suivrait de près. Une brigade antiterroriste serait dépêchée sur place, ainsi qu'un commando de tireurs d'élite. Mais pour le moment, seul le personnel de sécurité du centre était sur les lieux. Sans armes. Il estima qu'il lui restait au minimum dix minutes — trente au grand maximum — avant de devoir jongler avec une invasion de défenseurs armés.

Il régla sa montre de plongée pour lancer le compte à rebours. Trente minutes. C'était plus qu'il n'en fallait pour localiser le porteur n° 3 et l'éliminer.

8

Patrick brisa la vitre pour attraper l'extincteur. A quelques mètres de là, l'explosion avait arraché les devantures des magasins et crevé un mur de brique, mais le verre de l'armoire protectrice qui abritait la bonbonne anti-incendie ne s'était même pas fissuré. Il s'empara de l'appareil et retira la bague de sécurité. Ainsi armé, il s'avança dans les couloirs, où il ne trouva que de la fumée. Pas la moindre flamme. Il n'en poursuivit pas moins son chemin dans l'air épais, humide et chaud comme celui d'une matinée estivale. Quand il s'aperçut qu'il était parti dans la mauvaise direction, il se plaqua contre le mur pour laisser passer un flot de visiteurs affolés.

Une voix mécanique réitéra le message dépourvu d'émotion qu'il avait déjà entendu un moment plus tôt :

— Mesdames, messieurs, un incident s'est produit dans votre centre commercial. Gardez votre calme. Et marchez tranquillement jusqu'à la sortie la plus proche.

Le système de diffusion sonore continuait de cracher ses chants de Noël, mais plus personne ne les écoutait.

Patrick s'arrêta pour porter secours à une jeune femme qui tentait d'extraire son bébé d'une poussette-canne.

L'enfant paraissait indemne, mais il criait à pleins poumons La mère, les yeux écarquillés, donnait des signes évidents de choc.

— Mon Dieu, mon Dieu, mon Dieu, marmonnait-elle inlassablement.

Ses doigts tremblants se débattaient en vain avec la couverture et les sangles de sécurité qui maintenaient l'enfant attaché. Elle trébucha et se mit à osciller d'avant en arrière, privée d'équilibre comme si elle avait été sous l'emprise de l'alcool. Patrick nota qu'elle ne portait pas de chaussures. Ses pieds posés sur le sol tapissé d'éclats de verre étaient en sang. Promenant un regard autour de lui, il repéra une paire d'escarpins abandonnés. Les siens, sans doute. Il les ramassa et les lui tendit.

— Tenez. Ne restez pas pieds nus.

Elle ne parut pas l'entendre. Ne leva même pas les yeux vers lui. Emportant l'enfant dans ses bras, elle courut vers l'Escalator, abandonnant derrière elle la poussette, le sac de couches, son sac à main… et ses chaussures. Indifférente au sillage ensanglanté qu'elle laissait derrière elle.

Patrick éteignit un foyer d'incendie dans un kiosque noirci qui vendait des téléphones cellulaires. Reconnaissant certaines enseignes, il comprit qu'il arrivait enfin près de l'aire de restauration. Normalement, les tables devaient être là, sur sa droite. La fumée, ici, était plus épaisse et il avait de plus en plus de mal à voir où il mettait les pieds. Il dut chercher son chemin à tâtons en s'appuyant au mur. Des gravats jonchaient le sol, râpeux, glissants, inégaux. Il commençait à se demander si les semelles en caoutchouc de ses baskets One Star étaient assez épaisses pour le protéger des débris de verre et du métal coupant. A travers la fumée, il repéra le panneau des toilettes qui pendouillait dans le vide. Et se souvint que c'était là qu'il avait vu Rebecca la dernière fois.

Enfin.

Mais il n'y avait plus trace de porte. A sa place subsistait un trou déchiqueté et béant. Le mur était voilé, déformé et noirci. Des briques dépassaient et pendaient, détachées, comme des éléments d'un jeu de construction que l'on aurait renversés et poussés en sens inverse. De l'eau suintait de l'un des trous dans le mur et une odeur d'œufs pourris flottait sur l'ensemble. Les eaux usées, peut-être ? Il se demanda avec horreur si Rebecca se trouvait encore dans les toilettes au moment de l'explosion.

Alors qu'il la cherchait vainement des yeux, il se prit les pieds dans quelque chose de mou et s'affala contre le mur. Il s'ouvrit la paume sur un fragment de brique déchiquetée mais réussit à ne pas tomber. Lorsqu'il baissa les yeux sur ce qu'il avait heurté, il ne vit d'abord que les longs cheveux noirs et crut qu'il s'agissait d'un mannequin de vitrine. Les jambes tordues et nouées à moitié fourrées dans un sac poubelle avaient l'aspect lisse du plastique. Mais ce n'étaient pas des yeux de verre qui le fixaient sous la chevelure en désordre. La mâchoire avait été arrachée, laissant un sourire béant. Le premier réflexe de Patrick fut de se baisser pour aider la jeune femme à se relever. Mais au dernier moment, il eut un mouvement de recul en comprenant qu'elle était sans doute morte.

Il regarda de nouveau l'amas de jambes nouées sur lequel il avait trébuché. Et, pour la première fois, il sentit la tête lui tourner et ses genoux faiblir.

Les membres inférieurs n'étaient plus attachés au reste du corps.

9

Pépinières Lanoha
Omaha, Nebraska

Nick Morrelli sortit sa carte de crédit. Comme sa sœur Christine l'observait, il veilla à ne pas froncer les sourcils, faire la grimace ou s'éclaircir la voix — tous signes qu'elle était susceptible de guetter chez lui.

Elle lui avait déjà dit qu'il ne devait pas payer l'immense sapin Nordmann haut de gamme qu'ils avaient choisi. Trois fois, elle lui avait répété qu'elle pouvait prendre l'achat à sa charge, l'obligeant à prétendre que payer n'était pas un problème pour lui. Pourquoi faudrait-il que ce soit un problème, d'ailleurs ? Certes, il venait de lâcher un prestigieux poste de procureur à Boston pour retourner vivre à Omaha. Mais ce n'était pas comme s'il avait été viré ou poussé dehors !

La décision venait de lui et correspondait à un choix conscient. Elle n'avait rien d'un coup de tête.

« Coup de tête » était le terme qu'employaient sa mère et Christine pour qualifier son départ de Boston.

— Ton père sait que tu l'aimes, Nick, lui avait expliqué sa mère lorsqu'il lui avait annoncé qu'il revenait dans le Nebraska. Il n'attend pas de toi que tu renonces à ta carrière pour l'accompagner dans sa fin de vie.

Nick avait été tenté de lui répondre qu'elle se trompait. Antonio Morrelli avait toujours attendu des autres qu'ils bouleversent leurs projets pour se conformer aux siens. C'était encore plus vrai aujourd'hui, alors que ses derniers instants semblaient proches. Quelques années plus tôt, un grave accident vasculaire cérébral l'avait laissé muet et paralysé. Désormais, Antonio n'avait plus que son regard pour se faire entendre. Un regard qui avait perdu son éclat perçant.

Et pourtant.

Nick était peut-être victime de sa propre imagination, mais il était quasiment certain de lire les mêmes regrets qu'autrefois, la même déception, dans les yeux larmoyants et à demi éteints que son père posait sur lui.

Nick avait pourtant passé une bonne partie de sa vie à tenter de satisfaire les attentes paternelles. Il avait déployé une énergie phénoménale pour marcher dans les pas de son grandiose géniteur. Son père avait joué comme quarterback dans l'équipe des Nebraska Huskers. Nick s'était donc arrangé pour suivre son exemple. Mais il n'avait joué qu'une seule saison. Ce qui avait beaucoup déçu Antonio qui, lui, avait réussi à se maintenir pendant toute la durée de ses études. Des études de droit, en l'occurrence. Un choix que Nick avait évidemment fait sien à son tour. Sauf qu'il n'avait pas eu envie de prendre la place que son père avait gardée pour lui dans le cabinet juridique qu'il avait fondé.

Nick était même allé jusqu'à se porter candidat au poste de shérif. Et il avait été élu, prenant la place que son père venait de quitter pour partir à la retraite, encore tout auréolé de sa gloire.

Mais, une fois de plus, Nick avait embarrassé le vieux Morrelli en démasquant un tueur que son père avait laissé courir pendant son mandat. L'exploit aurait dû racheter tout le reste : Nick avait fait ses preuves, pour une fois. Mais ce n'était pas sous cet angle qu'Antonio Morrelli avait vu les choses. Il avait accusé son fils de l'avoir mis dans une position humiliante, de l'avoir ridiculisé en entachant sa réputation.

Partir vivre à Boston avait été le premier acte véritablement autonome que Nick avait accompli. Il l'avait fait pour lui-même et par lui-même. Son père n'avait jamais été procureur de district. Il n'avait jamais plaidé dans des procès ultramédiatisés portant sur de gros trafics de drogue ou des homicides en série. Nick, lui, avait régulièrement été amené à intervenir dans ce genre d'enquêtes lorsqu'il était procureur adjoint dans le Suffolk. Mais cela n'avait pas suffi. Puisqu'il était de retour chez lui. Après quoi courait-il, au juste ? Il était incapable de le dire. Il espérait seulement que, cette fois-ci, l'approbation du vieux Morrelli ne figurait pas sur la liste de ses motivations inconscientes.

C'était pourtant l'interprétation que sa mère faisait de son retour au pays. A l'entendre, on aurait pu croire qu'il était revenu dans le Nebraska uniquement pour accompagner son père, dont la santé déclinante laissait présager qu'il allait vers son dernier Noël. Sa sœur Christine, elle, considérait qu'il avait regagné Omaha afin de servir de référent masculin à son neveu adolescent privé de père. Ce qui était en partie vrai : Nick aimait beaucoup Timmy. Il tenait à jouer un rôle important dans sa vie. Mais, pour être franc, les motifs de son retour n'étaient pas tout à fait aussi nobles que sa mère et sa sœur voulaient le croire. Ils étaient même très franchement égocentriques.

Oui, il tenait à être près de sa famille pour le dernier Noël qu'ils passeraient tous ensemble. Mais il avait aussi cherché à fuir la solitude qui s'était brusquement installée dans sa vie. Le vide qui s'était infiltré dans son appartement de Boston avait fini par contaminer toute son existence — y compris son univers professionnel. Il avait très nettement l'impression qu'il lui manquait quelque chose. Et ce n'était pas son ex-fiancée, Jill Campbell. Bizarrement, le fait qu'elle soit sortie de sa vie avait peu de rapport avec la solitude dont il faisait l'expérience. Mais il y avait pire encore : quitter Boston n'avait pas changé grand-chose au problème. La sensation de perte l'avait suivi dans le Nebraska. Comme s'il transportait avec lui une sorte de vide interne. Ce n'était peut-être pas le bon terme pour décrire le phénomène, mais c'était l'image qu'il en avait.

Ses nouvelles fonctions, au sein d'une société spécialisée dans la sécurité et la télésurveillance, l'aidaient à se changer les idées. Il appréciait le challenge. Et il était bien payé. Ou, plus exactement, il *serait* bien payé quand son premier salaire arriverait sur son compte en banque. Il ne travaillait même pas depuis un mois.

Christine fit une remarque qui l'arracha brutalement à ses pensées.

— Je sais que tu es malheureux en ce moment.

— Je ne suis pas malheureux !

— Ce n'est pas une honte de l'admettre.

« Inutile de jouer la comédie » semblait dire le regard de sa sœur. Bon, d'accord, elle avait raison : il était un peu déprimé. « Malheureux » s'accordait bien avec « seul » et « vide ».

— C'est normal que tu traverses un passage à vide, décréta Christine.

Il réprima un soupir. Sa grande sœur semblait déterminée à discuter de ses problèmes existentiels entre deux rangées de sapins de Noël.

— Il n'y a pas si longtemps que tu as rompu avec Jill. Cela fait quoi, maintenant… Cinq mois ?

— Je ne suis pas malheureux à cause de Jill.

Il avait rectifié sèchement en espérant qu'elle laisserait tomber le sujet. Mais il prit conscience — trop tard — qu'il avait reconnu ce qu'il venait juste de nier : qu'il était mal dans sa peau. Cela dit, si sa sœur le connaissait aussi bien qu'elle le prétendait, elle aurait compris que son épisode de vague à l'âme n'avait rien à voir avec son ex-fiancée.

Christine prit un air détaché et fit mine de s'intéresser au prix des guirlandes lumineuses.

— Si ce n'est pas Jill, alors ce doit être Maggie, fit-elle observer comme en passant.

Ce fut comme si elle lui enfonçait un poignard entre les côtes. Il dut faire un effort pour ne laisser paraître aucune réaction. Il s'était employé pendant tout le mois écoulé à se convaincre que Maggie O'Dell était *out* — définitivement *out*. Il avait pourtant fait tout ce qui était en son pouvoir pour qu'elle s'intéresse à lui. S'il revenait encore une fois à la charge, il tournerait à l'obsédé, au pervers ou au psychopathe. C'était fini. Terminé. Il était temps de passer à autre chose.

C'était le petit discours qu'il se répétait quasiment en continu. Mais si sa tête l'entendait clairement, son cœur, lui, restait frappé de surdité.

Christine prit son silence pour une confirmation.

— Oui, je sais, murmura-t-elle. C'est compliqué.

Compliqué ? Pas tant que cela, au fond. Il avait fait la connaissance de Maggie quatre ans plus tôt, alors qu'il enquêtait sur une affaire de meurtre, en sa qualité de shérif de Platte City. C'était sous sa casquette de profiler du FBI que Maggie avait fait irruption dans sa vie. Intelligente et drôle, dure mais belle. A l'époque, il avait connu beaucoup de femmes — et partagé son lit avec nombre d'entre elles — mais il n'avait encore jamais rencontré quelqu'un comme Maggie O'Dell. Entre eux, il y avait eu une alchimie immédiate. C'était du moins le souvenir qu'il conservait de leur rencontre. Mais Maggie était encore mariée, à l'époque.

Ils avaient néanmoins gardé le contact. Et après le divorce de Maggie, il lui avait donné quantité d'occasions d'être séduite par sa personne. Il était même allé jusqu'à laisser entendre qu'il était ouvert à toutes les possibilités, y compris celle d'établir quelque chose de durable ensemble. Une stabilité qu'il n'envisageait qu'exceptionnellement, à l'époque. Mais Maggie l'avait repoussé pour des raisons pas très claires. « Elle n'est pas encore prête », en avait-il conclu. En ce temps-là, le mot rejet ne faisait pas encore partie de son vocabulaire.

Mais, l'été dernier, leurs chemins s'étaient croisés de nouveau. Sur une affaire liée à celle qui les avait réunis la première fois. Leurs retrouvailles avaient réveillé une flambée de souvenirs chez lui. Et réactivé des sentiments qu'il ignorait éprouver encore. Le choc l'avait laminé, comme s'il avait reçu un coup de massue. Il en avait même rompu ses fiançailles.

Une fois libre, il avait déployé avec Maggie les seules stratégies qu'il connaissait. Il l'avait donc couverte de fleurs, de cartes postales, d'e-mails et d'invitations, malgré la distance géographique qui les séparait. Avec le sentiment de faire tout le nécessaire dans son rôle de prétendant officiel. Jusqu'au jour où il avait découvert qu'elle avait quelqu'un d'autre dans sa vie. Il n'avait pas su s'y prendre, et l'avait laissée filer entre ses doigts. Cette fois, c'était cuit pour lui.

Il l'avait perdue à cause d'un certain Benjamin Platt. Nick avait relevé le numéro d'immatriculation de la Land Rover qu'il avait trouvée garée devant chez elle. Platt était un colonel de l'armée et un médecin. Un soldat et un scientifique. Et Nick n'était pas persuadé qu'un joueur de base-ball devenu juriste, même grand, brun et doué d'un charme légendaire, puisse rivaliser avec un individu de cette stature.

— Si on se concentrait sur nos achats de Noël ? suggéra-t-il après un trop long silence.

Il devina, à l'expression éloquente de Christine, qu'elle était convaincue d'avoir visé juste. Le fait qu'elle puisse lire en lui avec une telle facilité ne le mettait pas forcément en joie.

Elle s'apprêtait à répondre quand deux employés firent irruption dans le magasin.

— Il y a eu une triple explosion dans le Mall of America ! Paraît qu'il y a des dizaines de morts !

Surgissant des allées, les clients s'attroupèrent autour d'eux pour en savoir plus. Jurant tout bas, Nick tâtonna sa parka pour en tirer son téléphone portable.

— Il faut que j'y aille, Christine. C'est un des centres commerciaux dont nous assurons la sécurité.

A peine avait-il sorti l'appareil de sa poche qu'il se mit à sonner.

10

Mall of America

Une fois à l'intérieur, Asante n'eut aucun mal à lutter contre la vague d'hystérie générale. La foule réagissait de façon ridicule. C'était la raison pour laquelle il ne s'attardait jamais après un attentat. Certains de ses anciens complices éprouvaient une forme de jouissance à assister au chaos : l'odeur animale du sang et de la peur, la lutte effrénée pour survivre, les cris, les sanglots, les hurlements de l'humanité dans son état le plus vulnérable. Ou plutôt l'humanité dans son état le plus pathétique. C'était en tout cas ainsi que lui, Asante, voyait les choses. Un seul regard jeté sur les clients terrorisés du Mall suffit à le conforter dans son opinion.

Il y avait des années qu'il était revenu de ses illusions. Ceux qui proclament avec emphase que les catastrophes dévoilent ce que l'humanité a de meilleur ont tendance à vous faire oublier qu'elles font aussi émerger ce qu'il y a de pire chez l'être humain. Debout en haut de l'Escalator, Asante observa les mouvements désordonnés du public livré à la panique. Il dut réprimer un sourire. Les gens se poussaient, se renversaient, enjambaient les blessés sans leur accorder un regard et couraient en abandonnant leurs biens les plus précieux. S'ils trouvaient cet attentat effrayant, ils n'avaient pas fini de trembler. Car cela n'était qu'un début, un simple apéritif.

Il suivit son signal GPS en rasant les murs, au cas où certaines caméras fonctionneraient encore. Il savait que, sous cet angle, il ne risquait guère d'être filmé. Il marchait vite — mais il aurait préféré courir. Le temps lui filait entre les doigts. Se frayer un chemin parmi la foule massée devant les sorties lui avait pris plus de temps que prévu. Le signal semblait le ramener à l'endroit précis où les porteurs avaient commencé : dans l'aire de restauration.

Asante s'immobilisa brusquement et se laissa tomber sur les genoux. Recroquevillé sur son sac marin, il fit mine d'être blessé, le temps qu'un agent de la sécurité passe en courant. Si le vigile avait vu « Premiers Secours » inscrit sur sa casquette, il l'aurait escorté pour le conduire jusqu'aux blessés. Ce qui n'était pas le but recherché. Il avait sa propre victime à trouver.

Pendant qu'il était au sol, il alluma l'oreillette sans fil qu'il portait dissimulée dans l'oreille gauche. Avec une bande adhésive, il avait fixé son ordinateur, à peine plus grand qu'un *smartphone*, sur la face interne de son avant-bras. Ainsi il gardait les mains libres et pouvait suivre le petit signal lumineux vert qui clignotait sur l'écran. Il composa un numéro sur le pavé numérique et monta le son. Quelques secondes plus tard, il put écouter l'échange d'informations et de jurons entre les agents de sécurité du centre commercial.

— Et les flics ? Qu'est-ce qu'ils foutent ?

— Ils arrivent.

— Putain, mais ça va durer encore longtemps ?

Cette fois, Asante ne put s'empêcher de sourire. Leur

attente prolongée lui laissait le temps de faire son boulot tranquillement. L'aire de restauration lui rappela un café de Tel Aviv dévasté par un attentat à la bombe. Il avait supervisé l'opération pendant ses premières années d'activité, quand il n'était encore qu'un apprenti dans l'art de la terreur. Quel meilleur terrain d'apprentissage que celui de la plus vieille des guerres ? Il avait beaucoup appris depuis — et ce fut en connaisseur qu'il observa les tables et les chaises brisées, éparpillées comme des baguettes de Mikado. Les murs étaient maculés d'un mélange improbable de beignets chinois, de pizzas, de café, de chair et de sang. Le sol scintillait sous les éclats de verre et le brouillard qui jaillissait des extincteurs contribuait encore à opacifier l'atmosphère, humidifiant ceux qui fuyaient et trempant ceux qui n'avaient d'autre choix que de rester à terre.

Asante suivit la lumière verte qui clignotait sur son écran. Il tapota l'écran à deux reprises lorsqu'il dysfonctionna, indiquant que sa cible se trouvait juste devant lui. Il secoua la tête, actionna plusieurs boutons et finit par réaliser que son système GPS fonctionnait tout à fait normalement. Mais au lieu de Dixon Lee, c'est une toute jeune femme qui s'offrit à son regard. Elle était recroquevillée en chien de fusil derrière une table renversée, tout près de la balustrade qui dominait l'atrium.

Elle avait cessé de bouger mais elle était, sans l'ombre d'un doute possible, la source du signal lumineux clignotant.

Merde.

C'était donc ça, son porteur en goguette ?

11

Newburgh Heights, Virginie

Maggie avait dû abandonner ses invités pour faire sa valise. Mais elle avait d'abord obtenu d'eux qu'ils ne changent rien au programme prévu.

— Soyez gentils : ne laissez pas le buffet moisir sur place ! On a mis un temps fou, Gwen et moi, pour tout préparer… Allez, s'il vous plaît ! avait-elle plaidé avec un sourire.

Julia Racine avait été la première à acquiescer. Même si elle l'avait fait à sa manière.

— Ouais, bon, pour moi, pas de problème. J'ai les crocs. Et il en faut plus qu'un petit carnage d'avant Noël pour me couper l'appétit.

Sa repartie eut le mérite de détendre l'atmosphère : tout le monde s'était mis à rire. Maggie ne fut pas surprise, cependant, lorsqu'un coup léger fut frappé à sa porte. Elle savait que Gwen aurait encore quelques mots à lui dire.

— C'est bon, tu peux entrer !

— Tu es sûre ?

Benjamin Platt se tenait sur le seuil de sa chambre. Il

avait l'air d'un écolier timide plus que d'un colonel de l'armée. Maggie tenta de dissimuler sa surprise.

— Oui, oui, entre.

Il tenait sa sacoche de médecin à la main. Une sacoche en cuir noir qu'elle aurait reconnue entre toutes. Ces deux derniers mois, Ben était venu l'examiner à plusieurs reprises, suite à sa mise en quarantaine à l'USAMRIID. Elle savait que, dans son sac, il avait son matériel de prélèvement sanguin, et toujours au moins deux doses de vaccin contre le virus Ebola.

— Tu continues à trimballer ton attirail de parfait hématologue, à ce que je vois ?

— Eh oui ! C'est devenu une habitude depuis que nous nous sommes rencontrés, toi et moi.

— C'est fou, l'effet que je peux avoir sur les hommes !

Ben plissa les yeux. Il était sérieux, à présent. Oubliée, la légèreté de leurs habituelles joutes oratoires.

— Normalement, ta piqûre de rappel est prévue pour la fin de la semaine prochaine. Mais considérant ta destination…

Il attendit d'avoir accroché son regard pour poursuivre :

— … et compte tenu de ce que tu risques de trouver sur place, j'aime autant te faire ce vaccin maintenant.

L'anxiété qu'elle lut sur son visage n'était pas faite pour la rassurer. Pendant sa quarantaine, alors qu'elle luttait contre la terreur en attendant ses résultats d'analyses, ce même Ben Platt avait gardé un sang-froid frisant la sérénité zen. Il lui avait recommandé d'aborder les problèmes dans l'ordre où ils se présentaient, de ne rien anticiper. Il lui avait promis qu'ils affronteraient le mal dès qu'ils l'auraient identifié. Le « mal » en question avait pris le visage grimaçant du virus Ebola Zaïre — le plus ravageur de tous, baptisé « le grand faucheur ». Même si elle avait été exposée, elle n'avait exprimé aucun symptôme. Le temps d'incubation pour le virus Ebola était de vingt et un jours. Il s'en était écoulé cinquante-six depuis qu'elle avait été en contact avec une enfant contaminée. Le fait qu'elle ait continué à tenir un compte exact du temps passé sans symptôme montrait assez à quel point elle avait pris la menace au sérieux.

— Tu penses que je risque...

— Rien du tout, non. C'est juste une précaution. Ton système immunitaire a été violemment sollicité.

— D'accord.

Elle commença à dégager de la place sur sa commode pour qu'il puisse poser la sacoche. Le sac Pullman ouvert sur le lit était déjà presque plein. Elle avait appris depuis longtemps à avoir un minimum d'affaires toujours prêtes. Pendant que Ben préparait une seringue, Maggie chercha un gros pull à col roulé dans sa pile. Elle connaissait suffisamment le Midwest pour ne plus sous-estimer la rigueur de ses hivers.

— Il neige là-bas, fit observer Ben, comme s'il lisait dans ses pensées.

— Juste de la neige-neige ou une neige à snow-boots ?

Ben interrompit ses manipulations pour la regarder.

— Il y a une différence ?

— Oh oui. Tu n'es jamais allé dans le Midwest en hiver ?

— A Chicago. Mais c'était au printemps, en fait.

— La première fois que je suis intervenue là-bas,

j'étais juste équipée de mocassins plats en cuir. Il est tombé quelque chose comme vingt centimètres de neige. Et comme j'étais dans le coin le plus paumé que l'on puisse imaginer dans le Nebraska, je me suis retrouvée dans un magasin d'outillage agricole…

— Laisse-moi deviner… Tu es ressortie avec un modèle de bottes en caoutchouc vert taille 46 ?

— Quelque chose comme ça, oui.

Maggie fouilla dans son placard et en sortit des jambières imperméables qui se pliaient aisément. Lorsqu'elle se retourna pour les placer dans ses bagages, Ben la regardait en souriant.

— Quoi ?

Il secoua la tête mais continua de sourire.

— Rien. C'est juste que je te trouve assez incroyable.

Maggie espéra que la rougeur qui envahissait son cou ne monterait pas jusqu'à son visage. Elle souleva les jambières en néoprène pour les lui montrer, puis les glissa dans son sac.

— Je savais que mes chaussures sexy finiraient par te faire craquer.

— Navré de te décevoir…

Ben reposa la seringue et s'approcha. Assez près pour toucher sa joue du revers de la main.

— … mais le mal était déjà fait. La première fois que j'ai vu tes pieds nus dans des chaussettes de sport blanches trop grandes, là-bas, à l'USAMRIID, mon cœur s'est plus ou moins arrêté de battre.

Maggie n'aurait su dire si c'était le contact de sa main ou l'étonnant — et inhabituel — aveu qui suspendit un instant ses propres battements cardiaques. Elle s'efforça de rester mutine.

— Mmm… Je vois. Fétichiste du pied ?

— Incurable, oui.

Un nouveau coup frappé à la porte les surprit l'un et l'autre. Cette fois, c'était Gwen.

— Désolée de vous interrompre, mais le chauffeur du FBI vient d'arriver. Il va te conduire à l'aéroport, Maggie.

12

Mall of America

Le morceau de verre n'était pas aussi enfoncé dans sa chair que Rebecca l'avait cru. La blessure saignait, mais pas abondamment. Aucune artère atteinte, donc. Mais le verre était toujours en place. Elle devait le retirer.

Tu peux le faire.

Evidemment, qu'elle pouvait le faire.

Elle avait nettoyé et soigné toutes sortes de blessures. Sur des chiens, d'accord. Mais quelle différence ? Elle avait traité des morsures, des chairs lacérées par des barbelés ou par la cruauté des propriétaires. Il lui était même arrivé d'assister le vétérinaire dans la prise en charge d'un chien passé sous une voiture. L'animal était en sale état. Ce qu'elle avait sous les yeux maintenant n'était pas très différent. Se traiter soi-même aurait dû être plus facile : pas de grands yeux tristes levés vers vous d'un air de reproche. Si seulement elle n'avait pas mal à tête… Et si son estomac cessait de jouer aux montagnes russes !

L'agent de sécurité était reparti sans rien lui demander, ce qui était déjà une bonne chose. Elle souffrait, elle avait peur, mais elle était soulagée. Etrange, non ? Elle ne pouvait s'empêcher de se demander si le personnel de sécurité avait remarqué les sacs à dos ou s'ils avaient repéré individuellement chacun des porteurs. Chad, Tyler et Dixon avaient-ils été observés via les caméras de surveillance ? Elle avait du mal à imaginer que trois jeunes lambda aient pu être identifiés au milieu de la foule, alors que le centre croulait sous les visiteurs. Cela dit, ils étaient peut-être d'autant plus vigilants, justement. Sinon, comment auraient-ils su, pour les sacs à dos rouges ?

Rebecca scruta les alentours et ne vit pas d'autre uniforme. Mais la possibilité que certains agents de sécurité se promènent en civil ne pouvait être entièrement écartée. S'ils avaient repéré les garçons et qu'ils avaient fait le rapport entre les sacs à dos et les explosions, elle devait être dans le collimateur également. Risquait-on de la reconnaître ?

Peut-être pas avec cette espèce de harpon planté dans le bras.

Et elle souffrait à en hurler.

Il lui semblait entendre des sirènes, à présent. Et des cris s'élevaient de l'atrium au-dessous d'elle. Quelqu'un dans la foule hurla : « Police ! Police ! »

Mais les cris furent aussitôt couverts par un son strident. Une alarme électronique venait de se déclencher quelque part. Mais personne ne parut s'en soucier. Rien ne semblait pouvoir tempérer l'hystérie ambiante.

Rebecca ne bougea pas. Elle essayait d'évaluer la gravité de son état. Son manteau était en lambeaux sur le côté gauche. Sans doute à cause des éclats de verre projetés par l'explosion. Bizarrement, elle ne se souvenait de rien.

C'est hallucinant. Comment peut-on ne pas se souvenir d'un truc pareil ?

Tout s'était passé tellement vite. Elle avait sans doute de la chance de s'en être tirée sans plus de dommages qu'un morceau de verre fiché dans le bras gauche. Elle retira avec précaution les restes de tissus lacérés et dégagea la plaie. La vue de sa propre chair, d'un rouge violacé, à vif et déchirée, lui procura un mouvement de recul. Elle resta un instant immobile, la tête renversée contre la balustrade, à attendre que la vague de nausée s'atténue. Autour d'elle, les gens continuaient à courir. Une ruée massive qui faisait tout trembler autour d'elle. Impossible de se concentrer, avec le vacarme de l'alarme qui lui vrillait les oreilles. Un autre son, tout aussi insupportable, vint s'y ajouter, semblable à des rafales de vent s'engouffrant dans un tunnel. Elle ferma les yeux et réalisa que ce n'était pas le vent qu'elle entendait mais le son heurté, gémissant, de sa propre respiration.

Eh ! Tu vas réagir un peu mieux que ça, ma grande !

L'urgence, pour le moment, c'était de retirer ce bout de verre.

Allez, Rebecca. Tire-moi ce truc de là. Un. Deux. Trois. Tu l'arraches d'un coup sec, comme quand on enlève un pansement.

Mais il lui fallait d'abord quelque chose pour arrêter le sang. Elle ouvrit brusquement les yeux. Elle avait besoin d'un tissu à mettre sur la plaie pour combler le trou laissé par la plaque de verre. Sinon, ce serait l'hémorragie assurée. Penser à ces détails pratiques l'aida à se ressaisir. Elle se sentit de nouveau en état de se concentrer, de réfléchir. Elle saisit un morceau déchiré de son manteau et entreprit d'en détacher la doublure qui serait plus propre et plus douce que la matière extérieure.

— Laissez-moi vous aider, mademoiselle.

Rebecca leva les yeux et vit un homme debout derrière elle. Il portait une casquette inscrite « Premiers Secours ». Mais il était en jean et en chaussures de montagne. Pas d'uniforme. Même s'il lui était difficile de voir ce qu'il portait sous son manteau d'hiver. L'homme avait un sac marin sur l'épaule. Elle aurait dû se sentir sauvée. Hors de danger. Mais quelque chose clochait dans son attitude. Et pourquoi brandissait-il une seringue déjà remplie ?

13

Omaha, Nebraska

Nick Morrelli consulta les horaires de vol sur son *smartphone* pendant que Christine s'installait au volant pour les reconduire à la maison. A l'extérieur de la voiture, Timmy et son ami Gibson suaient et soufflaient avec l'employé des pépinières Lanoha pour charger l'immense sapin de Noël sur le toit du 4x4. Nick avait proposé de leur prêter main-forte mais les deux ados avaient décrété qu'ils s'en sortiraient. Il n'avait pas insisté. Il n'avait plus qu'une idée en tête : trouver le moyen le plus rapide de se rendre à Minneapolis.

Il avait été choisi par son nouveau patron pour représenter leur société de sécurité, United Allied Security, auprès du centre commercial. Son expérience de shérif de comté l'avait familiarisé avec les scènes d'homicide ainsi que leurs aspects médico-légaux. En tant que procureur, il avait le background juridique idéal pour défendre les intérêts de la société. C'était ainsi, en tout cas, que son patron, Al Banoff, lui avait présenté les choses. Nick supposait qu'il tenait là une de ces opportunités en or dont il importait de se saisir. Même si l'opportunité en question risquait de se mesurer en nombre de décès.

— Ils estiment qu'il y a combien de morts ? s'enquit Christine.

Nick lui jeta un regard d'avertissement.

— Quoi ? marmonna-t-elle.

— Arrête de te comporter en journaliste.

— Je ne réagis pas en journaliste ! Je me comporte en être humain, tout simplement.

— C'est ça, oui.

Il attendit, sachant que sa sœur ne se laisserait pas décourager à la première rebuffade.

— Sérieusement, Nick. C'est grave, n'est-ce pas ?

Cette fois, même sans la regarder, il comprit au son enroué de sa voix que son émotion était sincère. Du coin de l'œil, il vit sa sœur passer nerveusement les doigts dans ses cheveux blonds avant de croiser les mains sur ses genoux. Un attentat dans un centre commercial bondé le lendemain de Thanksgiving : c'était une situation qui pouvait toucher n'importe qui n'importe où. Et cette évidence-là vous prenait à la gorge et vous laissait comme suffoquant, un goût de terreur en bouche.

— Oui, je crois que c'est grave.

— Cela me rappelle la tuerie d'Hawkins, chuchota-t-elle.

— Ça s'est passé à peu près à cette époque de l'année, non ?

— Le 5 décembre.

Nick vivait à Boston au moment du carnage, mais il savait que tout l'Etat du Nebraska avait été bouleversé par ce fait divers. Un garçon de dix-neuf ans, Robert Hawkins, était entré dans le centre commercial de

Westroad, avait pris l'ascenseur pour le troisième niveau et avait ouvert le feu sur la foule en contrebas. Entre le moment où il avait commencé à tirer et celui où il avait retourné le fusil contre lui-même, huit autres personnes étaient mortes. Toutes victimes choisies au hasard, visiteurs comme employés.

— Cette fusillade nous a tous violemment retournés, ici à Omaha, murmura Christine en s'assurant que son fils n'écoutait pas par la vitre ouverte. Je n'ose même pas imaginer le choc pour les familles.

Dans la vie, Nick fonctionnait en procédant point par point. Il hiérarchisait ses priorités en veillant à se focaliser sur l'action concrète. Il lui était donc impossible — pour le moment du moins — de se mettre dans la peau des familles des victimes. Même si cela pouvait paraître cruel, il avait besoin de rester centré sur la tâche qui lui incombait. Lorsqu'il était encore procureur, cette tâche consistait à identifier les coupables et à faire ce qu'il fallait pour les mettre à l'ombre. Ses nouvelles fonctions étaient un peu plus délicates. Les prémisses étaient les mêmes : trouver les auteurs du délit. Puis comprendre comment et par quel moyen leur pare-feu de sécurité avait été contourné. Non, pas contourné. Pulvérisé, plutôt.

La voix de sa sœur le ramena en sursaut à la réalité présente.

— Je te conduis à l'aéroport.

— Apparemment, il reste de la place sur un vol Delta. Il part dans deux heures.

— Tu auras le temps de préparer ta valise ?

Il haussa les épaules.

— Si j'oublie un truc, j'aurai un centre commercial entier sous la main pour compléter mes bagages.

Nick crut voir l'ombre d'un sourire se dessiner sur les lèvres de sa sœur. Mais il disparut très vite et les doigts de Christine se crispèrent sur le volant. Ce ne fut plus la sœur que Nick vit en elle mais la mère lorsque les deux ados hilares s'entassèrent sur le siège arrière.

— Tu vas louper le match entre le Colorado et le Nebraska, oncle Nick, observa Timmy.

— Ah, mince. Tu me l'enregistreras, O.K. ?

Son regard croisa celui de Christine. Ils échangèrent le même message au même moment. Ah, avoir quinze ans de nouveau et la certitude que le monde ne tourne que pour nous !

14

Mall of America

Patrick repéra Rebecca à l'instant où les premiers ordres résonnaient un niveau plus bas.

— Police ! Levez les bras !

Son amie semblait ratatinée contre la balustrade qui séparait l'espace ouvert de l'atrium de l'aire de restauration. Ou ce qu'il en restait, du moins. Les tables et les chaises étaient brisées et renversées, pulvérisées en des milliers d'éclats, comme après le passage d'une tornade. Rebecca était consciente mais tenait son bras gauche collé contre le corps. Un homme était penché au-dessus d'elle. Apparemment dans le but de lui porter secours.

Mais pourquoi Rebecca plutôt qu'une autre ?

Bon. Inutile de sombrer dans la paranoïa. Il avait lui-même donné un coup de main à la jeune mère qui tentait d'extraire son bébé de sa poussette. Que les gens s'entraident en situation de crise, cela n'avait rien d'anormal. En approchant, Patrick vit les lettres blanches sur la casquette de base-ball. « Premiers Secours » ? Bizarre. Il n'avait pas remarqué l'arrivée de la moindre équipe de secouristes. Sourcils froncés, il jeta un coup d'œil par-dessus la balustrade. Deux officiers de police en uniforme filtraient l'entrée du centre commercial deux étages plus bas. C'étaient les premiers intervenants extérieurs qu'il voyait à l'œuvre. Mais le centre était immense et il ne les avait peut-être pas vus entrer.

Un blue jean. Des grosses boots. Un sac marin.

Patrick ne se sentait toujours pas tranquille. Et le type avait quelque chose à la main qui ressemblait à… Merde ! On aurait dit une aiguille ou une seringue.

Il avait déjà travaillé à plusieurs reprises avec des brigades de secours et d'incendie. Mais il n'avait jamais vu de soignant aborder une victime seringue en main.

— Hé ! cria-t-il de toutes ses forces.

Sa voix se perdit dans le vacarme ambiant. Il hurla plus fort.

— Rebecca !

Il la vit tressaillir, mais pas en réaction à son appel. D'un mouvement rapide, elle bondit sur ses pieds, envoya valser un pied de table dans les jambes du type et détala dans la direction opposée. L'homme chancela mais recouvra presque aussitôt son équilibre. Fourrant la seringue dans sa poche, il se rua vers Rebecca en bousculant les deux adolescentes qui se trouvaient sur son passage. Dans le chaos ambiant, personne ne lui prêta attention.

Patrick se précipita derrière eux.

Que se passait-il donc, bon sang ?

15

Washington D.C.

La base aérienne militaire d'Andrews rétrécit rapidement à mesure que l'avion s'élevait. Se forçant à ne pas la chercher des yeux, Maggie s'interdit de continuer à regarder par le hublot. Avec les tueurs, elle savait s'y prendre. Mais se trouver à 11 000 mètres d'altitude, sans recours ni contrôle, exigeait toujours de sa part un certain effort mental.

Un effort mental ou un whisky. Sec.

Le fait de voyager en jet privé n'offrait aucun réconfort même si les fauteuils étaient dignes d'un palace. Pour aggraver encore les choses, Ray Kunze, le directeur assistant de son service au FBI, était assis juste en face d'elle, à côté d'Allan Foster, un sénateur aux cheveux argentés qui représentait le Minnesota au Congrès de Washington. A sa gauche, Maggie avait le directeur adjoint du département chargé de la sécurité du territoire — un dénommé Charlie Wurth. Les trois hommes étaient enfin retombés dans le silence après avoir échangé les civilités d'usage, quelques piques, puis les commentaires attendus sur l'attentat. Sans oublier les manifestations requises d'incrédulité et de colère. Maggie, elle, s'était tout simplement renversée contre le dossier de son siège et avait mentalement coupé le son.

— Nous avons eu des messages d'avertissement, fit observer pour la seconde fois Foster, le sénateur.

Kunze hocha la tête.

— Nous saurons très vite si nous avons affaire à un groupe organisé ou si c'est juste un fou qui a pété les plombs.

Kunze tourna les yeux vers elle et inclina la tête, comme s'il s'agissait d'un signal convenu entre eux pour la pousser à le soutenir verbalement.

— Notre agent spécial O'Dell devrait pouvoir trancher rapidement. Dès qu'elle aura vu les enregistrements vidéo, elle nous brossera un portrait du ou des criminels.

Maggie se garda bien d'acquiescer ou de formuler une quelconque promesse.

— Quelle est la nature exacte de ces avertissements ? demanda-t-elle au sénateur.

— Nous n'avons pas encore établi leur bien-fondé. Pas plus que nous ne les avons authentifiés, d'ailleurs, répondit Kunze à la place du sénateur. Mais je suis certain que dès que nous aurons vu les terroristes — tels qu'ils ont été filmés par les caméras de vidéosurveillance et décrits par les témoins oculaires — nous serons en mesure de déterminer si ces avertissements nous offrent ou non une matrice de recherche appropriée.

Maggie ne put s'empêcher de fixer Kunze d'un regard incrédule. Parlait-il toujours de façon aussi alambiquée ? Il ne se serait pas exprimé autrement s'il avait été entouré de caméras de télévision et d'une armada de reporters.

Elle haussa les épaules comme s'il lui était indifférent d'obtenir ou non l'information.

— Simple curiosité. Les menaces et les avertissements en disent souvent beaucoup plus que ce que leurs auteurs souhaitent communiquer.

Le sénateur Foster trouva son regard et hocha la tête.

— C'est très vrai… Et les avertissements sont les seuls éléments dont nous disposons pour le moment, ajouta-t-il comme pour parer à d'éventuelles objections.

— Vous m'avez bien dit que la société qui assure la vidéosurveillance dispose d'enregistrements vidéo ? lança Kunze à Wurth.

Là encore, Maggie eut l'impression d'un politicien qui cherchait d'avance à jeter le blâme, au cas où.

— C'est exact. Ils doivent avoir un support sur lequel sont stockés les flux vidéo.

Wurth avait répondu avec un tel calme que la veine saillante sur le front de Kunze donnait, par contraste, une impression de frénésie incontrôlée.

— Mais vous savez ce que c'est, les installations de sécurité chez les commerçants ! poursuivit Wurth. Ils se soucient plus des voleurs à l'étalage que d'un éventuel attentat. Si les caméras ont filmé les terroristes, nous aurons de la chance. Espérons également que le matériel de vidéosurveillance n'aura pas été détruit ou piraté.

Maggie savait que Wurth avait décroché son poste à la sécurité du territoire après avoir remis un rapport d'enquête sur les erreurs et les fraudes commises par le gouvernement fédéral après le passage de l'ouragan Katrina à La Nouvelle-Orléans. Il avait la réputation d'un homme d'action qui ne craignait pas d'aller au bout de sa tâche. Et qui ne montrait pas de complaisance excessive pour les pouvoirs en place. Entre son homologue du FBI, le sénateur aux cheveux blancs et lui, Wurth serait de loin le moins soucieux du politiquement correct et du protocole organisationnel.

C'était étrange, songea Maggie en regardant l'homme à la peau ébène, petit et sec comme un coup de trique, sortir une enveloppe en papier kraft de sa serviette. Etrange et rafraîchissant de rencontrer quelqu'un qui ne limitait pas a priori son champ d'action par crainte de nuire à sa carrière. En d'autres termes, cela faisait du bien de tomber sur quelqu'un dont le principal souci ne consistait pas à sauver sa réputation.

Elle vit Kunze pêcher un dossier dans une volumineuse serviette en cuir. Maggie l'accepta lorsqu'il le lui tendit, jeta un regard aux trois hommes, puis commença à inventorier rapidement son contenu. Chacun de ses compagnons l'observait à sa façon. Et chacun d'eux laissait transparaître ainsi la nature de son attente. Les trois hommes étaient aussi différents dans leur allure que dans les intérêts qu'ils défendaient.

Maggie estimait que Wurth devait avoir son âge — soit trente-cinq ans environ. Il paraissait athlétique malgré sa petite taille. Sitôt arrivé à bord, il s'était débarrassé de sa veste et avait remonté les manches de sa chemise rose pâle en desserrant le nœud de sa cravate rouge vif. Elle l'avait tout de suite trouvé sympathique. Enfin quelqu'un dans cette profession qui ne se sentait pas obligé de prendre des airs. Ni de dissimuler ses origines ouvrières. Il était assis sur le bord de son fauteuil, et battait du pied pour canaliser son énergie.

En face de lui, Foster, affalé dans son fauteuil, ses longues jambes allongées croisées aux chevilles, empiétait sans complexe sur l'espace commun. Les coudes dressés sur les accoudoirs, il avait posé le bas de son visage sur ses doigts entrelacés, ce qui accentuait le sillon médian qui creusait son menton. Il faisait penser à un professeur d'université, réfléchi, avec une élocution lente et pénétrée, comme s'il prenait le temps de peser chaque mot.

Le physique de Kunze contrastait fortement avec celui de ses deux compagnons. La tête carrée, les épaules massives, il ressemblait au videur élégamment habillé d'une boîte de nuit sélecte. Son regard pouvait facilement paraître vacant, alors que son esprit acéré enregistrait et analysait chaque mouvement de l'adversaire. Kunze se servait de son apparence « tout en muscles et rien dans la cervelle » à son avantage. Selon certaines rumeurs, il en jouait dès qu'il en avait l'occasion.

Ses supérieurs hiérarchiques disaient de lui qu'il était direct et qu'il avait l'esprit vif. Maggie le considérait comme impulsif et emporté. Ses collègues le décrivaient comme un homme déterminé, passionné, capable de coller à ses objectifs. Maggie le voyait comme imprévisible, colérique et vindicatif. En termes simples, c'était une pauvre brute qui ne méritait même pas de marcher dans l'ombre de Kyle Cunningham. La dernière personne au monde, donc, à qui elle aurait confié la tâche de succéder à son patron.

Avant que Kunze ne soit affecté aux fonctions de directeur assistant temporaire de l'Unité des sciences du comportement du FBI, elle n'avait jamais eu l'occasion de travailler avec lui. Ce qui n'avait pas empêché Kunze d'arriver dans le service avec une opinion d'elle déjà arrêtée. Une opinion préconçue et erronée. Elle avait la réputation, en tant qu'agent, de prendre parfois quelques libertés avec le règlement. Un comportement que Kunze jugeait inacceptable. Soit. Mais les accuser, l'agent Tully et elle, d'avoir contribué, par négligence, au décès de Cunningham était absurde et sans fondement. Et elle avait du mal à saisir où Kunze était allé pêcher cette théorie ridicule. L'attitude du directeur assistant par intérim lui aurait presque semblé risible si ses accusations n'avaient pas constitué une menace bien réelle.

Le dossier qu'il venait de lui remettre contenait des copies de mauvaise qualité de mémorandums, des retranscriptions de conversations téléphoniques et quelques e-mails. Le tout assez banal, à première vue. Le groupe s'était baptisé « Citoyens pour la fierté de l'Amérique » et employait le sigle CFA pour se désigner. Maggie connaissait cette mouvance ainsi que d'autres groupes aux idéaux similaires. La plupart de ces activistes se faisaient connaître sur les campus universitaires et par le biais d'internet. Leurs actions ne différaient guère de celles des groupes qui défendaient la « suprématie blanche » dans les années 80 et 90. Leur stratégie, en revanche, était radicalement nouvelle : ils déguisaient leurs théories racistes sous un voile de normalité qui s'accompagnait d'une certaine prétention à la légitimité.

Au lieu de se terrer dans des endroits reculés, les groupes — qui continuaient à se réclamer des idéaux et de la fierté de la « vraie » Amérique — organisaient des pique-niques en famille, parfois sponsorisés par telle ou telle paroisse, même s'ils n'étaient affiliés à aucune Eglise ni organisation chrétienne. Ils tenaient également des rassemblements sur les campus. Si les souvenirs de Maggie étaient exacts, la plupart de ces groupes prêchaient les valeurs familiales ; ils invitaient le gouvernement à fermer complètement les frontières ; ils encourageaient leurs adhérents à ne consommer que des produits fabriqués sur le territoire national et condamnaient la fuite des emplois vers l'étranger. Maggie se souvint d'avoir vu récemment, alors que la saison des achats de Noël commençait, une pleine page publicitaire dans *USA Today*, sponsorisée par les Citoyens pour la fierté de l'Amérique. L'article appelait au boycott des jeux électroniques. En invoquant la prévention des dépendances et la protection d'une jeunesse américaine menacée de perdition.

Des pique-niques, des manifestations pacifiques sur des campus, des campagnes de publicité — rien ne laissait présager que ce genre de groupe s'amuserait à lâcher une bombe dans un centre commercial bourré de « bons Américains ».

Maggie était sur le point de demander sur quels éléments ils se basaient pour prendre ces menaces particulières au sérieux, lorsqu'un steward vint leur demander s'ils souhaitaient boire quelque chose. Kunze leva la tête.

— Un café pour moi. Noir et bien serré.

Maggie attendit. D'un même mouvement, Wurth et Foster se tournèrent vers elle et l'invitèrent à passer sa commande. Kunze ne manifesta aucun trouble, pas même un vague signe de remords pour son manque de savoir-vivre.

Elle demanda un Coca light et Wurth suivit son exemple. Puis Foster donna au serveur des instructions détaillées pour la confection d'un cocktail à base de gin et de Martini. A concocter en trois étapes, apparemment.

Maggie arrêta le steward alors qu'il s'apprêtait à partir.

— Excusez-moi… Auriez-vous quelque chose de comestible à bord ? Je n'ai rien mangé aujourd'hui.

Elle songea au petit festin qu'elle avait préparé pour ses amis et sentit son estomac se creuser.

— Je vais voir ce que je peux trouver.

— Ah ! tiens, bonne idée. Je me mettrais bien quelque chose sous la dent, moi aussi ! renchérit Wurth.

Cette fois, Maggie vit Kunze se renfrogner. Elle retint un sourire et se replongea dans son dossier. Même si sa situation restait inconfortable, elle avait peut-être trouvé un allié en la personne de Wurth.

16

Mall of America

BECCA, NE FAIS CONFIANCE A PERSONNE ! DIXON

C'était le texto que Rebecca avait vu apparaître sur l'écran du iPhone. Elle en avait pris connaissance inopinément, au moment où elle avait arraché la doublure de son manteau et que le téléphone était tombé de sa poche. Depuis l'explosion, elle avait complètement oublié que Dixon lui avait confié son nouveau jouet. Même lorsqu'elle avait entendu le thème de Batman quelques instants plus tôt, elle avait été trop faible et trop sonnée pour imaginer que cela pouvait être la sonnerie d'un portable.

Rebecca aurait fui avec ou sans la mise en garde de Dixon. Quelque chose clochait chez ce type, malgré sa casquette « Premiers Secours ». Elle avait appris en prépa véto qu'il était conseillé, à la fois pour l'animal et pour son sauveteur, d'endormir une bête blessée. Mais cette consigne ne valait pas pour les humains. Pas à sa connaissance, du moins. Et même si cela avait été le cas, pourquoi ne s'était-il pas intéressé en priorité à ceux qui gisaient là, tout près, dans un état plus critique

que le sien ? Non, elle avait perçu une intention sinistre chez ce type.

Son instinct ne l'avait pas trompée. Lorsqu'elle s'était relevée d'un bond pour échapper à la seringue, il s'était élancé derrière elle en tentant de lui attraper le bras. Il la suivait toujours, d'ailleurs, quoique à distance. Par chance, elle avait réussi à s'immiscer dans la foule qui descendait par l'Escalator. Elle se recroquevilla entre un couple d'âge mûr et un groupe de femmes qui portaient des enfants hurlants et paniqués. Quelques mètres plus haut, deux vieilles dames occupaient toute la largeur d'une marche. Elles s'étaient enlacées pour se soutenir mutuellement et bloquaient efficacement le passage.

Rebecca risqua un coup d'œil par-dessus son épaule. *Il* était là, en haut de l'Escalator. Une douzaine de marches derrière elle. Elle évita d'établir un contact oculaire, mais sentit son regard rivé sur elle. Coincée sur l'escalier mécanique, elle avait l'impression de vivre une scène tournée au ralenti. Il lui était impossible de tirer parti de la barrière temporaire qui se dressait entre eux pour augmenter son avance. Personne n'osait plus descendre l'escalier roulant en marchant — et encore moins en courant. Les personnes qui se trouvaient avec elle étaient à la traîne, ralenties par l'âge, le choc, le handicap ou leurs blessures. Les visiteurs encore valides avaient déjà atteint le rez-de-chaussée et se massaient vers les sorties.

Rebecca s'empara du téléphone et composa un texto :

C'EST QUOI CE PLAN DE CINGLE DANS LEQUEL TU M'AS EMBARQUEE, DIXON ?

La réponse arriva, presque immédiate.

J'AI EU TROP PEUR QU'IL TE SOIT ARRIVE QUELQUE CHOSE. ET CHAD ET TYLER ?

Ils atteignaient le bas de l'Escalator. Le doigt de Rebecca volait sur le clavier.

QUELQU'UN EST A MA POURSUITE. QUI EST-CE ? VITE !

Ils parvinrent au deuxième niveau. Rebecca tenta de se maintenir au cœur du petit groupe qui formait un filet de sécurité autour d'elle. Mais ses compagnons se dispersèrent, chacun disparaissant dans une direction différente. Un nouveau coup d'œil par-dessus l'épaule. *Il* était encore coincé sur l'Escalator, visiblement consumé par l'impatience, prêt à pousser la dame âgée qui lui barrait le chemin.

Rebecca bondit vers une allée latérale, et buta presque aussitôt sur un présentoir de lunettes de soleil. Son pied dérapa mais elle réussit à garder l'équilibre. Les élancements dans son bras redoublèrent d'intensité. Prise de vertige et de nausées, elle dut lutter pour ne pas se laisser tomber au sol. Dans le reflet d'une vitrine, elle *le* vit déboucher à l'angle d'une boutique et s'engager dans l'allée qu'elle venait de prendre. Il marchait à pas rapides. Sans courir. *Pas encore.*

L'inconnu paraissait sur le qui-vive, comme s'il enregistrait en permanence ce qui se passait autour de lui. Les yeux rivés sur la vitrine, Rebecca surveillait son reflet des yeux, sans perdre une seconde à tourner la tête par-dessus l'épaule. Tous les magasins étaient fermés et les stores métalliques qui barraient les entrées lui coupaient toute retraite possible.

En dépit de sa faiblesse, elle continuait à marcher d'un bon pas. Un autre groupe arrivait en même temps qu'elle devant le second Escalator. Elle se hâta pour les rejoindre et réussit à se glisser au milieu d'eux au moment où ils mettaient le pied sur la première marche. Un rapide regard vers l'arrière. *Il* était toujours là, en haut de l'escalier roulant. Trois mètres à peine les séparaient désormais.

Rebecca voulut attraper la rampe mouvante de sa main gauche mais elle la retira en sursaut au contact du sang.

Des quantités de sang.

Sa main mouillée et collante en était couverte. Lorsqu'elle comprit que c'était le sien, son estomac se rebella de nouveau Sa blessure au bras saignait plus abondamment qu'elle ne l'avait cru.

Tenant le téléphone dans sa main droite, elle rédigea rapidement un nouveau texto.

OU ES TU ? QUEL HOSTO ?

— Becca !

Elle se retourna en sursaut. Se pouvait-il que l'homme connaisse son identité ? Elle le vit qui tournait la tête vers le haut et suivit la direction de son regard. Penché sur la balustrade du deuxième niveau, Patrick lui adressait de grands signes.

« Patrick. »

Grand et mince. Fiable. Elle sentit, même de loin, sa solidité. Son inquiétude. Une substance noire lui maculait une partie du visage. Et la main qu'il agitait était entourée d'un bandage sanglant.

Elle leva le bras et lui sourit.

Elle était si soulagée que la tête lui tournait.

L'étau qui lui enserrait la gorge se desserra. Tout allait s'arranger ; elle n'était plus seule. Ils avaient presque atteint le pied de l'escalier roulant. Si elle s'arrangeait pour rester accrochée à son petit groupe, elle serait en sécurité jusqu'à ce que Patrick la rejoigne. *Patrick*. Glissant un regard par-dessus son épaule, elle le vit en haut de l'Escalator. L'homme à la casquette de secouriste l'avait repéré également. Elle plissa les yeux. Le type avait un objet dans la main… Quelque chose qui étincela brièvement au moment où il le glissa dans sa poche.

Un couteau ? Une arme à feu ? La seringue ?

Le iPhone vibra, annonçant la réponse de Dixon :

HOSPITAL STE MARY. VIENS ME REJOINDRE. NE TE FIE A PERSONNE. MEME PAS A PATRICK.

17

En vol

Maggie mit le dossier de côté. Elle s'intéressait davantage à l'appel téléphonique que venait de recevoir le directeur adjoint à la sécurité du territoire. Wurth prenait soigneusement des notes dans son carnet tout en acquiesçant d'un air entendu à ce que lui disait son interlocuteur. Pour le reste du petit groupe assis autour de lui, il était impossible de deviner de quoi il retournait.

Ray Kunze n'eut pas la politesse d'attendre. Il adressa un signe de la main à Wurth, puis il haussa les épaules, paumes tournées vers le haut, l'air de dire : « Que se passe-t-il, nom de Dieu ? » Wurth n'en tint pas compte. Il continua de griffonner dans son calepin de cuir, en soulignant des mots et en rajoutant des points sur les « i » entre deux prises de notes. Maggie l'interpréta comme un tic nerveux chez un homme débordant d'énergie. Mais c'était aussi une manière de contrôler l'information et, surtout, d'exclure son entourage. Le directeur adjoint avait peut-être, lui aussi, deux ou trois petits tours politiques dans son sac.

— Trois bombes, annonça-t-il en pressant un des

boutons de l'appareil pour clore la communication. Ce matin, le service de sécurité du centre commercial a remarqué au moins trois individus de sexe masculin portant les mêmes sacs à dos rouges. Ils ont commencé à observer leurs allées et venues quelques minutes avant les explosions.

— Des Arabes ?

Foster ne prit même pas la peine de nuancer la brutalité de sa question.

— Leurs caméras de sécurité sont de mauvaise qualité, répondit Wurth. Personne ne peut encore affirmer quoi que ce soit. Pour l'instant, leur seule préoccupation est de s'assurer qu'il ne reste aucune bombe dans le centre commercial. Certains terroristes adorent attendre que les flics arrivent sur les lieux pour lancer une seconde salve.

Maggie ne le savait que trop bien. C'était précisément ce qui leur était arrivé deux mois plus tôt quand Cunningham et elle étaient intervenus sur ce qui semblait être une alerte à la bombe. Dans une tranquille petite banlieue pavillonnaire. Une maison ordinaire. Une femme et sa petite fille semblaient visées. C'était un leurre, en fait. Et Cunningham… Non. Pas question d'y penser. Pas maintenant. Elle se refusait à revivre cette scène pour la millième fois.

Elle jeta un regard à Kunze. Il tira sur le col trop ajusté de sa chemise et desserra sa cravate tout en enfournant la dernière bouchée d'un bagel tartiné de fromage frais. Entre deux mastications, il demanda en s'essuyant le coin des lèvres :

— Alors ? Combien de morts ?

A ce moment précis, Maggie mesura à quel point Cunningham lui manquait. Ses manières brusques, mais courtoises ; les plis de sollicitude qui marquaient le coin de ses yeux ; son autorité naturelle, si imposante qu'il lui suffisait d'entrer dans une pièce pour en modifier l'atmosphère. Même sa façon de se moquer d'elle lui manquait. Dix années durant, Kyle Cunningham avait été son mentor. Il lui avait transmis les ficelles du métier. Elle s'était inspirée de lui, non seulement dans sa manière de travailler sur une enquête, mais aussi dans sa façon de se positionner face à ses collègues. Il lui avait appris quand il fallait parler et quand il fallait se taire, ce qu'il fallait rechercher et comment le faire. Même ses choix vestimentaires, elle les tenait en partie de lui. D'une certaine manière, Cunningham avait remplacé son père. Si bien qu'en le perdant elle avait eu le sentiment d'être doublement orpheline. Nul besoin d'avoir une maîtrise en psychologie — c'était pourtant son cas — pour analyser le retour de ses cauchemars. Cauchemars qui la ramenaient encore et toujours à la cérémonie d'enterrement de son père, telle qu'elle l'avait vécue à douze ans.

— Il est trop tôt pour avancer des chiffres.

La voix de Wurth l'arracha à la vision du cercueil paternel pour la replonger dans leur boîte de conserve en plein ciel. Le directeur adjoint était en train d'éluder la question de Kunze :

— Vous savez comment les choses se déroulent, à ce stade. On ne peut pas attendre des responsables de la sécurité du centre commercial qu'ils nous fournissent des données exactes sur ce qui se passe.

— Et pourquoi pas ? demanda Maggie.

Elle vit que sa question prenait Wurth par surprise.

— Vous les avez crus lorsqu'ils vous ont raconté

qu'il y avait trois hommes, trois sacs à dos identiques et trois bombes.

Kunze en oublia de manger. Il se pencha vers Wurth, visiblement curieux d'entendre sa réponse.

— Il semble que les bombes aient toutes été déclenchées au troisième niveau. Mais le centre était noir de monde. D'après les estimations, il y avait entre cent cinquante mille et deux cent mille visiteurs. Pour se faire une idée, il aurait fallu connaître le pouvoir explosif de chacun des sacs.

Wurth haussa les épaules.

— Il n'y a pas eu de décompte des corps, si c'est ce que vous voulez savoir. Mais d'après les premiers rapports, je peux vous dire que ça a fait du dégât… Un sacré putain de dégât.

18

Mall of America

Asante avait laissé passer sa chance. Et il avait horreur du travail bâclé.

Il suivit des yeux la jeune femme qui se faufilait dans la gangue protectrice que formait la foule, de plus en plus compacte à l'approche des sorties. Asante n'avait pas reconnu le jeune type qui lui avait adressé un signe de la main. Mais ce n'était pas Dixon Lee.

Ici, au rez-de-chaussée, des flics hurlaient aux gens de lever les mains. Ils portaient des gilets pare-balles et des jeans et arboraient ouvertement leurs plaques fixées avec des bandes Velcro autour d'une cuisse ou d'un bras. Tous se démenaient pour essayer d'ouvrir un passage dans la foule et permettre l'entrée des pompiers et des secouristes.

Les vrais secouristes.

Asante résista à la tentation de retirer discrètement sa propre casquette et de la fourrer dans son sac. Il la garda vissée sur sa tête, au contraire, et singea les flics, ordonnant sèchement aux gens de s'écarter pour lui céder le passage. Personne ne parut se demander pourquoi il s'éloignait du sinistre pour se hâter vers une sortie de service à l'arrière du bâtiment. Et cela pour la seconde fois en moins d'une heure. Il marchait d'un pas déterminé, sans courir, se frayant un chemin à coups de coude ou slalomant entre les groupes. La sortie réservée aux employés n'était pas fléchée si bien qu'il n'y avait que très peu de monde. Il poussa la lourde porte et se glissa à l'extérieur. L'alarme qu'il avait déconnectée avant les explosions demeura silencieuse. Mais elle aurait pu se déclencher sans que cela porte à conséquence. Son appel se serait noyé dans les sonneries, les sirènes, les coups de sifflet et les hurlements.

Il se dissimula un instant derrière les bennes à ordures, le temps de jeter un regard prudent autour de lui. Puis, l'air autoritaire sous sa casquette, il traversa le parking d'un pas assuré. Le niveau de désorganisation était trop élevé pour qu'on lui prête la moindre attention. Sans compter la neige qui tombait à gros flocons, poussée par le vent qui forcissait. Le temps constituait pour lui un allié inattendu.

Avant d'atteindre sa voiture, Asante mit son oreillette en marche et composa une suite de chiffres sur l'ordinateur toujours fixé à son bras. Ce fut une voix de femme qui lui répondit, cette fois. Calme et à l'écoute.

— Oui ?

— Je vous envoie deux photos, annonça-t-il en arrachant son gant pour passer le doigt sur l'écran tactile.

Sur l'Escalator, il avait eu le temps de prendre rapidement les jeunes en photo avec son téléphone portable.

— Il est possible que la fille soit arrivée ce matin avec le porteur n° 3. Il a dû lui prêter son appareil. C'est comme ça qu'elle s'est retrouvée affublée du signal.

Il pianota habilement sur son clavier et déroula le menu pour télécharger puis envoyer les photos.

— Débrouillez-vous pour me trouver leurs noms, adresses et tout le bataclan. Commencez par la fille. Je veux toutes les informations de base : numéros de cartes de crédit, du passeport, permis de conduire, emprunts bancaires, ordonnances, profession des parents, frères et sœurs, etc.

— Aucun problème. Je vous trouve ça.

— Je vous ferai savoir quelles photos il faudra rendre publiques, comme prévu, et à quel moment.

— C'est comme si c'était fait. Autre chose ?

— J'ai un avion à prendre. Je voudrais que Danko se charge de suivre le signal GPS du porteur n° 3.

Il effleura le pavé tactile et fit apparaître l'écran GPS. Apparemment, la fille était restée coincée à l'intérieur du centre commercial. Asante monta dans sa voiture et observa un instant la scène qui se déroulait de l'autre côté du parking en se demandant s'il ne ferait pas mieux de retourner achever la gamine.

— J'ai peut-être une meilleure solution, s'éleva la voix féminine.

Il tressaillit.

— Pardon ?

— J'ai sous les yeux le dernier message texto émanant du signal. Je peux indiquer à Danko où le sujet se dirige.

Naturellement. Comment avait-il pu oublier qu'ils avaient accès aux communications des porteurs ? Il sourit. Le travail ne serait pas bâclé, en fin de compte.

— Où ?

— A l'hôpital Ste Mary. A l'instant où nous parlons,

elle cherche les indications sur Google pour s'y rendre. En fait, je m'aperçois…

Son interlocutrice marqua une pause pour laisser échapper un petit soupir de triomphe.

— Je m'aperçois que je peux accéder à tous les messages qui ont été échangés par ce signal.

19

Mall of America

Emboîtant le pas au vigile qui était chargé de l'escorter, Nick Morrelli s'avança vers l'entrée principale du centre commercial. Il secoua la neige qui s'amassait sur son trench-coat et passa une main gantée dans ses cheveux.

Merde. J'aurais dû prendre mes bottes.

Dix minutes pour faire ses bagages — et il avait oublié l'essentiel ! Le temps était sec à Omaha quand il était parti.

Jerry Yarden, le vigile de l'United Allied Security qui l'avait accueilli à sa descente d'avion, prétendait que la neige tombait déjà moins dru. Il estimait manifestement qu'il était normal de se frayer péniblement un chemin dans les dix centimètres de poudreuse qui encombraient déjà les trottoirs. On était dans le Minnesota, après tout.

— Si vous voulez mon avis, dans une heure, il ne neigera plus.

Nick ne répondit pas. Il avait déjà bien assez de mal à ne pas se laisser distancer sur le parking. Yarden avait une tête de moins que lui mais il avançait sans glisser ni déraper — avec une solide paire de bottes aux pieds.

Nick finit par ralentir et laissa Yarden se diriger vers un nouveau barrage de policiers. C'était le troisième qu'ils rencontraient. Pendant que Yarden montrait sa carte d'identité, Nick le rejoignit précautionneusement. Une couche de neige durcie s'était fixée sous la semelle de ses mocassins en cuir. Et il n'en aurait pas fallu beaucoup pour qu'il s'étale par terre et se couvre de ridicule. Il attendit son tour, puis, sans un mot, montra son badge ainsi que sa carte professionnelle à l'officier de police qui gardait la porte. Celui-ci avait sa propre plaque affichée sur la cuisse. Un bonnet noir enfoncé sur les oreilles, il portait un gilet pare-balles ainsi qu'un émetteur-récepteur accroché à l'épaule. Son fusil d'une main, le policier prit ses papiers de l'autre et les porta à hauteur de ses yeux, sans jamais baisser la tête ni cesser de surveiller ce qui se passait à proximité.

Nick fit l'objet d'un examen scrupuleux. Le policier ne comparait pas seulement son visage avec la photo : il semblait vouloir le transpercer du regard, comme pour détecter une faille, le pousser à révéler une faiblesse interne, l'amener à trahir une intention cachée. Nick fut tenté de le féliciter pour la rigueur de ses méthodes. Mais un tel compliment sous-entendrait qu'il s'était attendu à une moindre performance de sa part. Il garda donc le silence et récupéra son badge et ses papiers avec un simple hochement de tête. Dès que Yarden et lui furent passés, l'officier reprit sa surveillance, prêt à affronter la menace suivante.

Même si, d'après le responsable de la sécurité, seul le troisième niveau avait été touché, le rez-de-chaussée portait les stigmates de l'explosion. Des débris de plâtre pulvérisé couvraient une immense guirlande qui pendait du plafond et poudraient l'énorme sapin de Noël installé dans l'atrium central. Le système de protection anti-incendie ne s'était pas déclenché dans la partie inférieure du complexe, mais l'atmosphère y était froide et humide. Si déplaisante que Nick fut tenté de relever le col de son trench-coat.

Déployées devant le magasin Macy's, deux équipes de secouristes aboyaient des ordres tout en distribuant des couvertures et en apportant les premiers secours aux victimes. Nick les observa un instant puis il leva les yeux. Que se passait-il au troisième étage ? Il se surprit à essayer de discerner les signes de l'explosion. Des snipers vêtus de gilets pare-balles et de casques noirs étaient postés en haut des escaliers roulants à l'arrêt. Ils tenaient leurs armes en main, prêts à tirer à la moindre alerte. Une odeur de brûlé et de soufre empestait l'atmosphère. L'écho des ordres que hurlaient les pompiers et les secouristes résonnait dans tout le bâtiment.

— Rien ne nous oblige à monter au troisième, déclara Yarden, comme s'il cherchait à le rassurer.

Nick baissa les yeux pour le regarder. Le vigile avait ôté son bonnet de laine, révélant de grandes oreilles décollées et des cheveux roux dressés droit sur la tête. Avec ses joues écarlates, il ressemblait à un elfe de la mythologie nordique. Son physique très particulier ajoutait encore au côté surréel de la scène.

— Nos bureaux sont un peu plus loin, expliqua-t-il. La police les a isolés avec des cordons de sécurité. M. Banoff a réussi à les convaincre de tout laisser en état jusqu'à votre arrivée.

— Personne n'a encore vu les enregistrements ?

Yarden secoua la tête.

— Il y a plus urgent à faire, pour le moment.

Le petit homme roux s'immobilisa et regarda autour de lui pour s'assurer que personne ne leur prêtait attention.

— M. Banoff leur a expliqué qu'ils avaient tout intérêt à nous laisser passer ces vidéos au crible. Que ça leur ferait gagner du temps. Vu que nous connaissons bien le matériel, les angles de vue, etc.

De la pointe d'un index maigre, Yarden fit signe à Nick de se pencher vers lui.

— Ce n'est pas la peine de vous faire un dessin. Vous comprenez ce qu'a voulu dire M. Banoff par « passer ces vidéos *au crible* », n'est-ce pas ?

Pour la première fois depuis qu'il était entré dans le centre, Nick sentit son estomac protester. L'idée que son employeur puisse tenter de protéger ses propres intérêts en de telles circonstances le prit à la gorge. Incapable de répondre à Yarden, il se contenta de hocher la tête.

20

— Il faudrait la maintenir de façon à ce qu'elle ne puisse pas bouger. Vous pensez y arriver ?

Patrick leva les yeux vers la femme noire sanglée dans son uniforme trop serré.

— Ça devrait aller, oui.

Il ne parvenait pas à détacher les yeux des mains gantées de latex violet, des doigts experts qui soignaient le bras blessé de Rebecca. La plaie paraissait profonde. Vraiment profonde.

Non, il ne pensait pas avoir de difficultés à maintenir Rebecca immobile. Il avait le sentiment qu'elle l'était déjà un peu trop, immobile, en fait. Il aurait voulu qu'elle dise quelque chose, n'importe quoi, mais qu'elle parle. Et qu'elle ouvre les yeux au lieu de cligner seulement des paupières pour révéler brièvement un regard vide qui ne semblait se fixer sur rien.

— Hé ho ! Il me faudra du plasma, par ici ! cria la femme en tournant la tête par-dessus l'épaule.

Patrick sursauta au son inattendu de sa voix. La soignante le vit tressaillir, mais elle fit mine de n'avoir rien remarqué. Il apprécia sa sollicitude. Continuant à lui donner des instructions comme si de rien n'était, elle désigna la couverture du menton.

— Faites bien attention à la maintenir au chaud, surtout.

Patrick tira aussitôt la couverture sur les épaules de Rebecca et entreprit de la border du côté où elle n'était pas blessée.

— Vous vous débrouillez bien, commenta la femme. Très bien, même.

Il savait qu'elle lui confiait de petites tâches pour distraire son attention et éviter qu'il n'entre en état de choc à son tour. Son premier réflexe fut de lui expliquer qu'il suivait une formation de pompier bénévole et qu'il avait déjà une certaine expérience en matière de premiers secours. Mais il écarta cette pensée à l'instant où elle se formait dans son esprit. Car il ne s'était encore jamais trouvé dans une situation comme celle-ci. Tout était nouveau pour lui, ici. Les déflagrations meurtrières. Les corps déchiquetés. Les amis blessés et inconscients. Porter secours à des inconnus était une chose. Mais là, il s'agissait de Rebecca.

Il l'avait rattrapée de justesse en jouant des coudes dans la foule qui se ruait vers la sortie. Lancé à sa suite, il l'avait vue courir, happée, bousculée, secouée et tapotant néanmoins frénétiquement sur le clavier de l'iPhone de Dixon. A un moment, elle avait ouvert la bouche pour lui dire quelque chose qu'il n'avait pas compris, puis elle avait sombré d'un coup, comme un nageur aspiré sous la vague.

Lorsqu'il l'avait relevée, il l'avait trouvée faible et fiévreuse. Elle s'était accrochée à son bras, la main pleine de sang. Il avait déjà remarqué le morceau de verre qui s'était enfoncé dans sa chair, trop profondément pour qu'il puisse le retirer. Il savait qu'il aggraverait les saignements s'il tentait d'intervenir lui-même sur la blessure. D'une façon ou d'une autre, il avait réussi à extraire Rebecca de la foule et à la faire asseoir avant qu'elle ne tourne complètement de l'œil.

— Alors, ce plasma ? cria de nouveau la femme.

Patrick tressaillit, mais, cette fois, il réussit à ne pas bondir. Il serra les dents en la regardant faire ses derniers points de suture.

— Vous croyez qu'elle va s'en sortir ?

Il se mordit la lèvre. Il n'avait pas pu s'empêcher de poser la question.

— Bien sûr qu'elle va s'en sortir.

Concentrée sur le mouvement de ses mains, la femme ne leva pas les yeux vers lui. La droite recousait pendant que la gauche tamponnait le sang.

— Elle va bientôt être en pleine forme, votre chérie.

Patrick faillit rectifier, puis garda le silence. Rebecca n'était pas sa « chérie ». Elle aurait été la première à protester si elle avait été en état de s'exprimer. Non pas qu'ils n'aient pas d'affection l'un pour l'autre. Mais cela aurait compromis leur indépendance. C'était ainsi, du moins, que Rebecca formulait les choses. Pour elle, être indépendant voulait dire : se débrouiller seul sur tous les plans. C'était ce qu'il avait cru comprendre, en tout cas. Et il adhérait à sa philosophie. Parce qu'elle rejoignait la sienne, sans doute.

C'était leur sens aigu de l'indépendance qui les avait rapprochés dans un premier temps. Même si lui ne parlait pas tant d'autonomie que de manque de confiance. Lorsqu'on est amené à grandir sans pouvoir s'appuyer sur personne, on apprend vite à ne se fier qu'à soi-même. Sa maman avait fait ce qu'elle pouvait. Mais elle était célibataire. Elle devait beaucoup travailler pour les faire vivre, elle et lui. Patrick ne lui reprochait rien. C'était comme ça, point final. Et il n'avait pas mal tourné pour autant. Peut-être avait-il mûri un peu plus tôt que ses copains de classe. Mais ce n'était pas un crime de vieillir plus vite que les autres, après tout.

Il ne s'était jamais senti sur la même longueur d'onde que les jeunes de son âge. Avec Dixon, par exemple, il n'était jamais vraiment à l'aise. A force de vouloir changer le monde, son ami lui donnait l'impression de vivre sur un nuage. Patrick, lui, avait autre chose à faire que de militer pour ci ou de protester contre ça. Travailler à temps plein pour payer ses études ne lui laissait pas d'énergie pour le reste. Il ne s'intéressait pas aux Dixon Lee de ce monde. Il ne s'ouvrait pas à eux. A eux comme à tous les autres, d'ailleurs. C'était devenu son credo, sa devise : ne se fier qu'à soi-même. Puis Rebecca était venue bousculer son système bien établi.

Elle était drôle — avec un humour pince-sans-rire qui vous prenait chaque fois par surprise. Et intelligente avec ça. Pas savante, ni rat de bibliothèque, mais capable de soutenir une vraie discussion. Elle raisonnait en ponctuant ses répliques de railleries polies et le charmait par la pertinence de ses sarcasmes. Mais, par-dessus tout, elle savait écouter. Il laissait parfois tomber dans la conversation des bribes, des fragments de lui-même. Rien de trop révélateur, bien sûr — pas question de trahir la part la plus secrète de lui-même. Chaque fois, il s'était attendu à ce que ses confidences soient accueillies dans l'indifférence. Mais Rebecca absorbait tout. Et elle ne se contentait pas d'enregistrer l'information. Elle triait, resituait les fragments puis s'efforçait de les remettre à leur place. Patrick n'avait encore jamais rencontré quelqu'un comme elle, en fait.

Ah oui, autre détail pas tout à fait négligeable : elle était plutôt sympa à regarder. Petite, avec une silhouette tonique de sportive. Et suffisamment de courbes pour compenser le côté garçon manqué de ses attitudes. De grands yeux bruns, une peau de lait. A part que, maintenant, son teint était plus livide que laiteux. Ses cheveux étaient mouillés par la transpiration, sa frange légère collée sur son front. Ses lèvres, si pleines d'ordinaire, étaient pâles, crispées et amincies par la douleur.

Elle battit des paupières. Il attrapa sa main libre sous la couverture. Finalement, l'idée qu'on la prenne pour sa « chérie » lui plaisait assez, même s'il n'était pas prêt à le dire à voix haute. Quand on laissait une fille entrer dans son intimité, elle se mettait à exiger de tout savoir, y compris ses secrets les plus intimes. Et il ne se sentait pas prêt à ce genre de partage.

Le plasma arriva et la femme en uniforme bleu chercha l'emplacement d'une veine dans l'autre bras de Rebecca. Mais elle ne lui demanda pas de lui lâcher la main.

— Tout va bien se passer, vous verrez.

Patrick hocha la tête juste avant de s'apercevoir qu'elle s'adressait à Rebecca, cette fois. Le regard de son amie se fixa sur son visage et ne le quitta plus. Il lui serra la main et lui sourit. Avait-il jamais pensé à lui dire qu'elle avait des yeux magnifiques ? Quelle question ! Il aurait été incapable de lui sortir ce genre de truc.

Il aurait voulu lui dire qu'elle pouvait compter sur lui. Maintenant. Et aussi longtemps qu'elle aurait besoin de son soutien. « Tu peux laisser ta sacro-sainte indépendance de côté, Becca, et t'appuyer sur moi. Sans que ça te crée des obligations pour autant. »

Ces promesses, Patrick les avait sur le bout de la langue. Mais il ne les énonça pas.

Tout en sachant qu'il le regretterait.

21

Asante perdit le signal GPS à mi-chemin de l'aéroport. Le phénomène n'était pas inhabituel. Il était dû aux tours de contrôle et aux signaux radar des avions entrants et sortants. Mais cela n'avait plus aucune espèce d'importance. Il devait laisser à Danko le soin de boucler les derniers détails pendant qu'il passait à la phase B. Rien ne devait le retarder dans la mise en œuvre du second volet de son plan.

La neige s'était calmée mais sableuses et chasse-neige encombraient les routes, provoquant des ralentissements. Chaque fois qu'il parvenait à accélérer un peu l'allure, il se trouvait obligé de freiner en catastrophe pour slalomer entre des conducteurs affolés. C'était la première chute de neige de la saison et tout le monde semblait avoir oublié comment se comporter au volant. Dans un premier temps, les intempéries avaient joué à son avantage. A présent, les conditions météorologiques nourrissaient en lui une sourde irritation.

Il croisa son propre regard dans le rétroviseur. L'anxiété qui s'y reflétait avait remplacé l'excitation. A ces yeux bleus tourmentés, il enjoignit la patience. Puis il prit quelques inspirations profondes, retenant l'air avant de le libérer lentement, en contrôlant le débit de son souffle.

Il se répéta que tout projet, même élaboré jusque dans les moindres détails, présentait forcément une faille. Des accrocs, il y en aurait toujours et c'était justement sa capacité à s'adapter et à inventer des solutions qui faisait de lui un manager hors pair. Il savait donner l'illusion de la maîtrise, créer l'impression qu'il rebondissait sans effort. Son staff ne devait percevoir en lui qu'une assurance inébranlable.

Même triés sur le volet, ses collaborateurs restaient des subordonnés dans l'âme. Ils révélaient leurs failles dès qu'on grattait la mince pellicule que représentaient leurs talents respectifs. Certains maîtrisaient les outils technologiques dernier cri ; d'autres avaient pour eux leur force physique. Mais c'était toujours à lui seul que revenait l'initiative. Asante se considérait comme un fin psychologue. Il avait un don pour repérer du potentiel là où d'autres ne voyaient que de la médiocrité. Mais il était également capable de détecter les faiblesses les mieux enfouies. Tout le monde avait une zone de vulnérabilité, et Asante ne manquait jamais de mettre le doigt dessus. Pour l'exploiter si nécessaire.

Du cercle de ses plus proches collaborateurs, il exigeait la perfection, rien de moins. Toute personne désignée pour intégrer son équipe rapprochée le savait. Etre choisi équivalait à une promotion mais représentait également un fardeau. Aucune erreur, aucune défaillance n'était tolérée. Tout maillon faible pouvait être retiré sur l'instant — le retrait étant bien sûr définitif. Sa rigueur et son exigence faisaient de lui un chef de projet exceptionnel.

Il posa l'ordinateur de poche sur le tableau de bord

pour mieux voir l'écran. Avant qu'il ne puisse actionner une des touches préréglées, un discret bourdonnement signala un appel. Il vérifia sur l'écran de son téléphone mais ne reconnut pas le numéro. Logique. Il avait recommandé à ses collaborateurs de l'appeler en utilisant des cartes téléphoniques prépayées pour que les appels ne puissent être tracés.

— Oui ? répondit-il dans son oreillette sans fil.

— Vous avez essayé de vous servir de mon petit-fils, s'éleva une voix furieuse.

Asante sut immédiatement à qui il avait affaire. On l'avait prévenu que l'individu en question risquait de poser problème.

— Comment avez-vous obtenu ce numéro ?

— Vous êtes cinglé ou quoi, merde ?

— Une fois que le projet a démarré, plus personne n'en a le contrôle à part moi. C'est la règle.

— Vous aviez l'intention de le tuer, pauvre con !

— Et sous aucun prétexte, vous n'êtes censé entrer en contact avec moi.

Asante prit soin de garder un ton de voix égal avant de couper la communication. Une main agrippée au volant, il entra une série de codes pour bloquer le numéro de son interlocuteur. Puis il chercha de nouveau son propre regard dans le rétroviseur. Il fut déçu de constater que l'anxiété s'était muée en colère. Calme. Il importait de rester calme. Il plia et déplia les doigts, et s'étira la nuque en penchant la tête à gauche puis à droite. Contrairement à ce que les accusations rageuses du grand-père de Dixon Lee laissaient supposer, le choix de son petit-fils n'avait été ni une bourde ni un calcul erroné. Asante s'autorisa un rapide sourire. Mort ou vif, Dixon Lee constituait une excellente police d'assurance. Encore un coup d'œil rapide dans le miroir. Une fois que le projet avait démarré, personne n'emmerdait plus le Manager. Même pas ses enfoirés de commanditaires.

Asante entra dans le parking de l'aéroport et trouva un emplacement tout au fond, près de l'endroit où il avait volé la voiture quelques heures plus tôt. Il rassembla ses quelques affaires et les fourra dans son sac en bandoulière. Puis il essuya soigneusement tous les endroits du véhicule qu'il avait touchés afin de ne laisser aucune empreinte digitale. Il sortit de la voiture juste au moment où la navette arrivait. Un regard à sa montre de plongée lui confirma qu'il avait encore le temps.

Parfait. Il prit une nouvelle inspiration, puis expira lentement. Il détestait qu'un grain de sable vienne gripper ses machines parfaitement huilées. Dans le temps, il était capable d'anticiper tous les incidents, toutes les *failles* possibles. Et de les prévenir une à une, sans exception. Fallait-il interpréter cet échec relatif comme un signe ? L'heure de la retraite avait peut-être sonné ? Il avait largement assez d'argent dans son coffre à Zurich pour s'acheter une île au soleil et s'accorder un repos bien mérité. Goûter un farniente plus prolongé que ceux qui duraient le temps d'une boîte de cigares cubains et de quelques bouteilles de Chivas.

En attendant, plutôt que de se focaliser sur les points faibles de son projet, mieux valait oublier le porteur n° 3 et se concentrer sur ses coups d'éclat précédents. Repasser ses anciens projets en revue exerçait toujours sur lui une action bénéfique. Il aimait à en revisiter le déroulement, du stade des préparatifs jusqu'au feu d'artifice final. En grimpant dans la navette, il gratifia le chauffeur d'un signe de tête assorti d'un rapide sourire. Puis il commença à visualiser Madrid, le 11 mars 2004… Des sacs à dos, une gare à l'heure de pointe, des éclairs de lumière vive… Un projet couronné de succès.

22

Hôpital Ste Mary

Henry Lee arpentait le couloir de long en large, ne desserrant les poings que le temps de passer nerveusement les doigts dans ses cheveux en brosse ou de frotter ses yeux incrédules. A soixante-huit ans, il tirait encore vanité de sa silhouette énergique et de l'athlétisme de son physique. Il était robuste, dotée d'une santé vigoureuse. Contrairement à son père — et à son grand-père avant lui —, il avait réussi à prévenir la pathologie cardiaque héréditaire qui menaçait les hommes de sa famille. Et à éviter qu'elle ne le fauche, lui aussi, à l'orée de l'âge mûr.

Il avait lutté pour déjouer la fatalité. Mais il n'avait pas veillé à ce que son épouse, son aimée, son Hanna, demeure, elle aussi, en bonne santé. Il lui était tout simplement impossible d'admettre qu'elle repose sur le billard à quelques pas de là, subissant le triple pontage auquel il était certain d'avoir échappé.

Henry ne pouvait s'empêcher d'y voir une forme particulièrement cruelle de punition divine. Il y avait des années pourtant qu'il pensait avoir abjuré toute croyance. Aucun dieu de bonté tel qu'il le concevait n'aurait pu lui enlever sa fille unique de façon aussi meurtrière. C'était Hannah qui avait eu la foi pour deux dans un monde frappé de folie. Pour lui, il n'y avait jamais eu qu'elle. Toujours, elle s'était située du côté de l'espoir, de la quête de sens, de la guérison. Hannah était sa planche de salut, le garant de sa santé mentale. Penser qu'il pouvait la perdre le rendait fou. Et il y avait pire encore : tandis qu'elle luttait pour survivre sur la table d'opération, il avait découvert qu'il s'en était fallu d'un cheveu qu'il ne perde aussi son petit-fils. Le même jour. Si Dieu existait, c'était un dieu de cruauté et de vengeance.

Henry chercha de nouveau Dixon des yeux dans la salle d'attente, puis plus loin, à l'angle du couloir. Sitôt prévenu de l'état de sa grand-mère, le gamin était venu le rejoindre à l'hôpital, les yeux rougis, les ongles rongés, visiblement ivre d'inquiétude. Henry avait cru que son propre cœur cessait de battre lorsque Dixon lui avait annoncé qu'il arrivait tout droit du centre commercial. Il n'osait imaginer ce qui aurait pu se passer s'il n'avait pas appelé le gamin auprès de lui.

Lorsque les premiers flashes d'actualité avaient mentionné un possible attentat à la bombe dans le Mall of America, Dixon n'avait pas décroché un mot. Ils avaient regardé le téléviseur accroché au mur, assis côte à côte et en silence dans la salle d'attente du service de cardiologie. Ils étaient restés seuls dans la pièce, à l'exception de quelques soignants qui allaient et venaient en coup de vent. Aucune intervention chirurgicale n'était programmée pour ce lendemain de fête et les rares chirurgiens de garde n'assuraient que les urgences. Plusieurs bulletins télévisés s'étaient succédé avant que Dixon renonce à massacrer l'ongle de son pouce pour lui raconter comment ses amis l'avaient convaincu de participer à leur action militante. Plus il avançait dans ses explications, plus Henry blêmissait.

Son petit-fils avait jeté un énième regard autour de lui, avant de conclure :

— On nous avait dit qu'on transportait du matériel de brouillage électronique… Mais je commence à me demander si ce n'était pas autre chose.

— N'importe quoi ! avait-il protesté, tout en sachant pertinemment de quoi il retournait. Je t'ai toujours dit de ne pas fréquenter ces deux zouaves.

— On se connaît depuis le primaire, Chad, Tyler et moi !

— Ce n'est pas une raison. Ils t'ont toujours entraîné dans de sales histoires.

— Je voudrais les appeler pour être sûr qu'ils vont bien… Je peux t'emprunter ton téléphone ?

Il semblait si bouleversé qu'Henry lui avait tendu son *smartphone* sans hésiter. De son côté, il préférait se servir d'un des téléphones publics de l'hôpital. Ainsi ses appels ne seraient pas tracés. Et il ne verrait pas apparaître ces deux numéros sur sa facture détaillée.

Il composa une seconde série de chiffres. De mémoire, celle-là, et non à l'aide d'un bout de papier froissé. Mais ses doigts tremblaient encore suite à son premier coup de fil.

— Allan ? C'est Henry. Il faut qu'on se voie.

— Pour quoi faire ?

— J'aimerais que nous réexaminions le projet.

— Réexaminer le projet ?

— Oui. Je veux qu'on arrête tout. Immédiatement.

Henry s'attendait à de la colère. Il y était préparé. Ce qu'il n'avait pas prévu, en revanche, ce fut le rire.

Il écarta le combiné et ferma les yeux pour stopper la douleur qui labourait ses mâchoires, comme s'il venait de recevoir un direct du gauche. Un réflexe qui remontait au temps où il se débrouillait plutôt bien sur un ring. Lorsque le rire se tut, il reposa le téléphone sur son oreille.

— Il n'y a plus moyen d'arrêter quoi que ce soit. Rentre chez toi, Henry. Et fais une sieste.

La tonalité hurla dans ses tympans avant qu'il ne puisse prononcer un mot.

23

Le crépuscule tombait lorsque leur cortège de 4x4 noirs ralentit à l'approche du premier barrage de police. Depuis qu'ils avaient quitté l'aéroport, Maggie admirait, presque malgré elle, la beauté du coucher de soleil qui enflammait le ciel de nouveau limpide, à l'exception de quelques strates de nuages mauves à l'horizon. Seule témoignait de la récente tempête la couche de neige éblouissante qui tapissait la campagne à perte de vue. Et le froid, bien sûr. Un froid cinglant repérable à la buée qui se formait dans l'air à chaque salut échangé lorsque quelqu'un montait ou descendait de voiture.

— Apparemment, nos vautours nationaux sont déjà sur place, commenta Kunze lorsqu'ils passèrent à côté d'un alignement chaotique de fourgonnettes munies de récepteurs satellites et de camionnettes portant les logos des grandes chaînes de télévision locales et nationales.

Un hélicoptère vrombissait au-dessus de leurs têtes.

— Ça fait partie du jeu, commenta Foster en regardant journalistes et cameramen installer leur équipement aussi près que possible du lieu de l'attentat.

Maggie remarqua que le sénateur rectifiait sa cravate

en inspectant son reflet dans la vitre du 4x4. Elle crut d'abord qu'il s'agissait d'un simple réflexe, exécuté machinalement dans un moment d'inattention. Mais elle le vit lisser avec soin ses cheveux argentés. Elle jeta un regard au directeur adjoint Wurth en pensant qu'il lèverait discrètement les yeux au ciel. Mais elle le surprit à rajuster sa tenue, lui aussi.

— Ça ne va pas être joli à voir, les prévint Kunze. Je suis intervenu sur les attentats d'Oklahoma City. Et je peux vous assurer qu'il n'y a rien de plus insoutenable que l'odeur de chair carbonisée.

Sortant de sa poche un petit pot de pommade au camphre et à l'eucalyptus destinée à soulager les rhumes, il l'ouvrit et le fit passer à la cantonade. Maggie déclina l'offre. L'odeur de chair brûlée, elle connaissait. Depuis toujours ou presque.

— Je pensais qu'il n'y avait pas d'odeur plus fétide que celle de la chair noyée, rétorqua Wurth.

Mais il n'en trempa pas moins le doigt dans le pot de pommade et en tartina sa lèvre supérieure. La puanteur des cadavres boursouflés, Maggie connaissait aussi. Il lui suffisait d'y penser pour que leurs miasmes lui reviennent aux narines. Elle savait que Wurth avait été confronté aux noyés de La Nouvelle-Orléans, après le passage de l'ouragan. Pour sa part, elle avait eu affaire à des corps jetés à l'eau par des meurtriers résolus à déshumaniser leurs victimes, à les rendre encore plus méconnaissables.

Le sénateur hésita en regardant Kunze appliquer une généreuse quantité de pommade, tapissant jusqu'à l'intérieur de ses narines.

— Je ne veux pas me mettre dans les jambes des experts et des secouristes. Je les empêcherais de faire leur travail ! Je veux seulement leur témoigner mon soutien, vous comprenez ?

Kunze et Wurth hochèrent la tête. Maggie, elle, retint le sarcasme qui lui montait aux lèvres. « Mais bien sûr, répliqua-t-elle intérieurement. Pourquoi affronter la réalité du carnage alors que vous êtes simplement venu vous faire un peu de publicité aux dépens des victimes ? »

Elle observa Kunze tandis qu'ils descendaient de voiture pour parcourir à pied la courte distance qui les séparait du complexe commercial. Elle ne pouvait s'empêcher de s'interroger sur les motivations cachées de son supérieur hiérarchique. Une enquête aussi médiatique que celle-ci pourrait le faire passer du statut de directeur assistant par intérim à celui de directeur assistant permanent. Mais pourquoi l'avoir entraînée avec lui dans cette aventure ?

Là-dessus, le mystère était entier. Raison de plus pour le percer, se promit-elle.

— Il faudra que je voie un gars de la sécurité pour qu'il m'indique où visionner les enregistrements, dit-elle à Kunze en se plaçant à sa hauteur alors qu'ils progressaient péniblement dans la neige.

Maggie se félicita de s'être munie des jambières et des surbottes en Néoprène. Kunze dérapa et reprit de justesse son équilibre. Manifestement gêné, il ne chercha ni à la contrarier, ni à la contredire.

— Oui, O.K. Ça marche.

Dès qu'ils furent à l'intérieur, Kunze attrapa Wurth par le coude et s'octroya le contrôle des opérations.

— Il faut qu'on ait accès aux enregistrements vidéo, Charlie.

— Pas de problème.

Mais le regard comme l'attention de Wurth étaient déjà rivés sur le dernier niveau. Maggie comprit qu'il brûlait d'aller juger par lui-même de l'étendue des dégâts.

Kunze le comprit également.

— Nous ne pourrons pas émettre de mandats de recherche tant que nous n'aurons pas défini le profil psychologique des poseurs de bombe. Le plus tôt sera donc le mieux.

Wurth hocha la tête, retira ses gants, les fourra dans sa poche, et commença à pianoter sur son téléphone.

— Entendu. Je vais faire descendre quelqu'un.

— Au fait, Charlie, j'espère que les gars de vos services ont sécurisé les enregistrements vidéo, ajouta Kunze.

— Pas de souci. Ils se sont occupés de tout. Attendez une seconde, d'accord ?

— Permettez-moi d'être clair : il vaudrait mieux pour vous que je ne voie pas apparaître ces fameux sacs à dos rouges aux infos télévisées.

— Nous avons la situation en main, Ray, O.K. ?

Maggie se tint à l'écart de la conversation. Ce n'était pas la première fois qu'elle était mêlée à une enquête de ce type. Elle savait que les discussions à l'amiable n'étaient plus d'actualité. Les hostilités étaient ouvertes entre les différentes juridictions. Et personne ne ferait de quartier pour décrocher le gros lot.

24

Nick autorisa Yarden à télécharger la vidéo pour lui. Le vigile avait déjà placé plusieurs repères sur des séquences provenant des caméras de surveillance du troisième niveau, afin d'isoler les scènes qui avaient attiré son attention avant que les bombes n'explosent.

— Nous les avions à l'œil, expliqua le petit homme roux tandis que ses doigts courts volaient sur le clavier avec une aisance et une précision saisissantes. Les voleurs à l'étalage arrivent souvent avec des sacs à dos. Et ils fonctionnent généralement en bande. On les surveillait via les caméras en pensant qu'ils cherchaient à faucher quelque chose.

Yarden se renversa contre son dossier et mit une première vidéo en route. Nick vit que le petit homme lui jetait de temps en temps des regards en coin, comme s'il s'inquiétait de ses réactions. Les images en noir et blanc avaient du grain. Mais l'angle de prise de vues était correct. Nick se pencha vers l'écran. Les sacs à dos n'avaient rien d'extraordinaire à première vue. Ni branchés. Ni de marque. Juste grands et volumineux. Et assez lourds, à en juger par le léger déhanchement dans la démarche d'un des jeunes qui s'en était harnaché.

Yarden téléchargea une seconde vidéo sur un second écran. Mais il laissa tourner la première.

Le deuxième jeune homme avait un air hirsute. Il était mince et un peu plus petit que le premier. Quant au sac à dos, il était copie conforme. La première chose qui frappa Nick fut que les deux jeunes adultes ressemblaient à une version plus âgée de son neveu Timmy et de son copain Gibson. Deux post-ados ordinaires, à l'allure plutôt soignée, à la démarche confiante. Pas d'épaules affaissées. Pas de regard fuyant ni de mouvement nerveux de la tête pour vérifier s'ils n'étaient pas observés. Ils n'avaient l'air ni de petits génies informatiques perdus dans leur bulle ni d'inadaptés sociaux. Rien à voir avec un Klebold ou un Harris, par exemple, les deux adolescents qui avaient semé la terreur au lycée Columbine.

Plus dérangeant encore : rien dans leur allure n'évoquait l'idée que Nick se faisait d'un candidat à l'attentat suicide. S'était-il attendu à un type plus oriental, plus marqué ? Oui, sans doute. Et il n'était pas le seul. Dès qu'il était question de kamikazes, une sorte de profil type vous venait à l'esprit.

— Ils ne ressemblent pas vraiment à ce que vous imaginiez, hein ?

La réflexion de Yarden fit écho à ses pensées.

— Pas vraiment, non.

Il évita le regard de Yarden, soucieux de donner au moins l'apparence de l'objectivité. Il suspectait le vigile de chercher son approbation, de vouloir faire alliance avec lui — un duo soudé dans ce qui pourrait tourner à une confrontation où on chercherait forcément des responsables à montrer du doigt.

— Auriez-vous quelques plans de face ?

Yarden secoua la tête.

— Nous sommes tous montés au troisième niveau pour porter secours aux victimes, se justifia-t-il, soudain sur la défensive. Je n'ai eu que quelques minutes pour regarder les enregistrements avant de partir vous chercher à l'aéroport.

— Oui, bien sûr. Je comprends.

— Je pensais que ce serait votre job. Je ne voulais pas trop y toucher non plus.

— Absolument. Vous avez très bien fait.

Nick savait se montrer diplomate en cas de nécessité.

— Mais j'ai repéré un flash. Ainsi que l'une des explosions.

Yarden recommença à marteler les touches. Nick le sentait désireux de plaire, de compenser par une autre l'information qu'il n'avait pu fournir. Il fit passer une séquence en mode accéléré — une foule de figurants aux gestes rapides et saccadés. Puis il stoppa le déroulement, fit un arrêt sur image, prit quelques secondes pour effectuer un zoom avant, et remit la vidéo en marche. Les yeux rivés sur l'écran, Nick eut la surprise de se sentir tressaillir, même sans le son, lorsque le mur de brique se disloqua sous ses yeux.

— Où est placée cette caméra ?

— Toutes sont au troisième niveau. Celle-ci est accrochée dans un angle, juste avant l'aire de restauration.

Nick hocha la tête.

— Vous voulez bien repasser cette séquence ? Au ralenti, cette fois. En faisant un zoom arrière.

— Un zoom *arrière* ?

— Oui.

Il ne tourna pas la tête vers Yarden pour prendre acte de son étonnement. Penché vers l'écran, il attendit.

L'angle de vue de la caméra englobait toute une partie d'un long couloir délimité des deux côtés par une cloison en brique. L'un des murs était plein ; sur l'autre on voyait une série de portes avec des panneaux au-dessus. De nouveau, Nick vit le mur exploser. Il s'agissait de celui côté portes.

— Qu'y a-t-il de l'autre côté de cette cloison ?

— Pas grand-chose dans ce couloir. Juste quelques bureaux. Et des toilettes.

— Repassez-la encore, voulez-vous ?

Au moment précis où le mur vola soudain en éclats, Nick pointa le doigt sur l'écran.

— Stop.

Yarden réagit avec dextérité.

— Zoomez sur ce panneau, là.

Cette fois, Yarden obéit sans hésiter. Ils reconnurent la plaque qui désignait les toilettes pour femmes.

— Les WC pour hommes sont-ils juste à côté ? demanda Nick.

Yarden consulta rapidement un plan du troisième niveau punaisé sur un tableau d'affichage.

— Ceux des hommes sont à l'autre bout du couloir. Et…

Sa voix s'éleva d'un ton.

— et… du côté opposé.

— Autrement dit, l'explosion…

— … s'est produite dans les toilettes des femmes.

25

Avant de passer le contrôle de sécurité, Asante s'engouffra dans des toilettes pour handicapés. La cabine était exceptionnellement grande, avec un W.C., un lavabo et, le plus important : une serrure que l'on pouvait verrouiller. C'était exactement ce qu'il lui fallait. Personne ne viendrait le déranger là-dedans. Il accrocha sa housse de costume à la patère et jeta un regard à sa montre. Il avait encore tout le temps nécessaire devant lui avant l'heure limite fixée pour l'embarquement. Pendant qu'il commençait à déballer son sac marin, il mit son oreillette en place, composa un numéro et posa le téléphone sur la tablette.

La réponse vint tout de suite après la première sonnerie.

— Oui ?

— Vous en êtes où ? s'enquit-il en sortant de son sac un rasoir électrique d'un modèle puissant.

Il posa le coûteux appareil et le laissa de côté dans un premier temps.

— Le message texte indique que Dixon se trouve à l'hôpital.

— Il va bien ?

Asante choisissait ses mots avec soin. Cela dit, il avait

déjà la quasi-certitude que le gamin était en vie, vu la conversation qu'il avait eue avec son grand-père.

— Sa grand-mère est sur le billard pour une urgence cardiologique. Et Rebecca est en route pour le rejoindre.

— Donc ils sont ensemble ?

Il fit apparaître sur l'écran un plan du troisième niveau du centre.

— Apparemment, oui. Elle a demandé dans quel « plan de cinglé » il l'avait entraînée.

Asante laissa glisser son index sur le plan et zooma sur l'endroit où la bombe du porteur n° 3 avait explosé. Des dispositifs GPS avaient été placés dans chacun des trois sacs à dos. Mais les trois étudiants avaient également reçu un iPhone flambant neuf afin que porteur et sac à dos puissent être retracés individuellement au cas où l'un des trois déciderait d'abandonner son fardeau dans un coin. Il avait opté pour un déclenchement regroupé au même étage, avec des bombes les plus rapprochées possible, afin que les déflagrations combinées maximisent la surface d'explosion et fassent plus de dégâts — matériels et humains. C'était la priorité qu'il s'était donnée. A présent, il vérifiait la localisation exacte du sac à dos n° 3 au moment où la bombe avait sauté. Un zoom avant lui permit de repérer clairement l'endroit d'où la déflagration était partie : les toilettes pour femmes. Non seulement la jeune femme avait récupéré l'iPhone de Dixon mais elle avait également écopé du sac à dos.

— Vous êtes toujours là ? s'éleva la voix.

— Oui, oui, j'écoute. Continuez.

— Son nom est Rebecca Cory Elle est étudiante à l'université de New Haven et vit à Hartford, dans le Connecticut. Son père, William Cory, est actuellement…

— Cartes de crédit ? Carte de paiement ? Permis de conduire ? la coupa-t-il tout en se débarrassant de ses vêtements.

Il n'avait pas besoin de connaître l'arbre généalogique complet de la fille. Juste les données essentielles.

— La carte de paiement a été émise par la First Bank de Hartford, précisa la voix féminine d'un ton allègre, comme si elle déclinait les plats d'un menu gastronomique. Elle a retiré cinquante dollars il y a deux jours dans un distributeur à Toledo. Mais elle utilise principalement sa Master Card pour ses dépenses. Elle s'en sert de façon régulière, même pour des petites sommes. Jusqu'à il y a deux jours, sa carte a été débitée quotidiennement pour des cafés chez Starbucks, à New Haven. Permis de conduire : émis dans le Connecticut.

— Faites opposition aux trois. Immédiatement.

— C'est entendu. Je m'en occupe.

— Je veux qu'elle se sente coupée. Seule. Impuissante.

Debout devant le miroir, en chaussettes et caleçon, il songea que c'était exactement ainsi qu'il voulait Rebecca Cory — nue et vulnérable. Métaphoriquement s'entend. Jusqu'au moment où il pourrait s'en débarrasser en toute sécurité.

— Dites à Danko qu'il trouvera Dixon et la fille à l'hôpital.

— Et une fois qu'il aura mis la main dessus ?

— Qu'il se débrouille pour les enlever.

Asante songea qu'il trouverait un autre moyen d'utiliser ce garçon. Dixon pourrait représenter un atout supplémentaire lorsque le moment serait venu. Une monnaie d'échange, peut-être ?

— Et l'autre jeune ? reprit-il.

— Il s'appelle Patrick Murphy. Je n'ai pas encore tous les renseignements.

Asante lui indiqua les mesures à prendre une fois qu'ils auraient mis la main sur Murphy. Avant de raccrocher, il lui confia un nouveau numéro pour le joindre. Puis il retira sa carte SIM, la détruisit et la fit disparaître dans la cuvette des toilettes. La puce électronique avait stocké des informations sur son identité et la liste des appels qu'il avait émis et reçus. Pas question de la garder sur lui. De la poche de son sac marin, il sortit une carte neuve et l'inséra dans l'appareil. Il composa le mot de passe de son oreillette et entra quelques codes. Parfait. Son téléphone était maintenant comme neuf et prêt à l'usage. Il le plaça sur une tablette avec l'oreillette, à distance prudente du lavabo.

Le rasoir indiqua qu'il était chargé. En l'espace de quelques secondes, Asante fit disparaître son bouc. Il mit ensuite l'appareil en mode tondeuse et régla la longueur du sabot assez court. Puis il traça une première bande en partant du front et vit tomber dans le lavabo de longues mèches noires de plusieurs centimètres.

Une fois la coupe terminée, il passa à la teinture. Il avait sa propre recette pour le mélange. Versant du produit au creux de sa paume, il l'appliqua sur ses cheveux désormais presque ras et les vit s'éclaircir pour prendre la couleur du miel. Il procéda de même pour ses sourcils.

Nettoyer les toilettes pour effacer les traces de son passage fut l'affaire de quelques minutes. Le reste de sa teinture ainsi que la seringue passèrent dans la cuvette.

Vêtements et chaussures de marche disparurent dans la poubelle. Il défit la fermeture à glissière de la housse et en sortit une belle chemise blanche ainsi qu'un costume bleu marine taillé sur mesure. Il laissa le col ouvert et fourra la cravate dans son sac. Puis il remit l'oreillette et glissa le téléphone dans sa poche de poitrine.

Lorsqu'il eut fini de mettre le Project Manager au rebut, il ouvrit son portefeuille et le souleva à hauteur de son visage. De nouveau, il était Robert Asante, homme d'affaires en route vers son prochain rendez-vous professionnel. Mais plus important encore : l'homme dont il voyait le reflet dans le miroir correspondait à la photo sur le permis.

Il était temps de changer d'environnement. Et de passer à la seconde étape de son projet.

26

— Un des enquêteurs de notre société a commencé à visionner les enregistrements, expliqua Jerry Yarden, l'homme de petite taille qui était venu chercher Maggie pour la guider vers le fond du centre commercial.

L'annonce laissa Maggie interdite. L'entreprise de sécurité prenait sur elle d'analyser ses propres vidéos ! Elle refréna la tentation de demander qui en avait décidé ainsi ou au nom de quel protocole ils estimaient avoir eu le feu vert. Il y avait des années qu'elle avait appris à tenir sa langue dans ce genre de circonstances. Remettre les initiatives des gens du cru en question était généralement vécu comme une offense. Et, au final, cela ne servait qu'à lui compliquer la tâche. Tout se passait beaucoup mieux lorsque les gens considéraient qu'elle était de leur côté. Elle savait que le FBI n'avait pas toujours bonne presse. Et qu'on disait que les fédéraux préféraient taper sur les doigts et se poser en donneurs de leçons plutôt que de trouver des solutions et d'en partager le bénéfice.

— J'ai cru comprendre que vos services de sécurité avaient déjà repéré les trois porteurs de bombes *avant* que les charges n'explosent ?

— Oui, on les avait à l'œil, ces jeunes. Trois sacs à dos rouges identiques, ça ne passe pas inaperçu.

Il jeta un regard par-dessus son épaule, sans ralentir son allure presque effrénée.

— On ne risquait pas de les louper, ces trois zozos.

Yarden était de la même taille qu'elle, avec un corps étroit et des membres longs et maigres. Il moulinait des bras en marchant et Maggie ne put s'empêcher de penser à une hélice surmontée d'une touffe de cheveux roux.

— Comment avez-vous su qu'ils étaient rouges ?

— Je vous demande pardon ?

— Vos caméras de surveillance filment en noir et blanc, non ?

— Oui, tout à fait. Mais nous avions commencé à les suivre physiquement dans le centre, expliqua Yarden. Observer avec quel équipement les gens entrent dans le bâtiment fait partie de notre formation. Dès que nous voyons un contenant suspect, nous déléguons un agent pour surveiller la personne. Nous avons appris à nous méfier des grands sacs à main, des cabas avec des articles à rendre ou à échanger, des sacs à dos volumineux et même des poussettes. Le mois dernier, nous avons eu une femme qui piquait des pulls en cachemire et les dissimulait sous son bébé. Vous seriez surprise si je vous racontais tout ce que les gens vont inventer !

Maggie sourit intérieurement. Elle n'aurait pas été surprise, en vérité.

Elevé dans la plus pure tradition du Midwest, Yarden multipliait les gestes de courtoisie, la précédant poliment d'un pas et se précipitant pour lui ouvrir chaque porte. Il lui fit signe de poursuivre jusqu'au bout du couloir.

— On croyait avoir affaire à des jeunes décidés

à profiter de la cohue pour se faire un plan fauche. Personne n'a imaginé que ces sacs à dos contenaient des bombes.

Il accéléra encore le pas pour atteindre les bureaux avant elle et lui tenir la porte ouverte, campé sur ses jambes écartées et les deux mains accrochées au battant comme si la tâche requérait un effort soutenu. Maggie s'interdit de penser qu'elle pourrait soulever l'équivalent du poids de Yarden en haltères et qu'elle n'avait besoin de personne pour lui tenir une porte. Remerciant le petit homme d'un sourire, elle pénétra dans les locaux de l'entreprise de sécurité. Il la conduisit à travers un dédale de bureaux jusqu'à une nouvelle porte. Le local de vidéourveillance n'était éclairé que par la faible lumière émanant d'un alignement d'écrans. Quatre rangées de dix moniteurs ainsi qu'un pupitre de commande avec des claviers, des interrupteurs et toutes sortes de boutons codés par couleur.

De dos, devant l'un des écrans, se tenait un enquêteur solitaire aux épaules d'athlète et aux cheveux noirs. Son allure lui parut familière. Avant même qu'il ne fasse pivoter sa chaise dans sa direction, Maggie reconnut Nick Morrelli.

Lui, en revanche, prit la surprise de plein fouet. Il dut regarder à deux fois, tournant rapidement la tête vers Yarden puis vers elle, comme s'il n'en croyait pas ses yeux.

Il finit par lui décocher son sourire homologué, celui qui dessinait deux fossettes et dévoilait des dents très blanches, visibles même à la faible lueur des moniteurs.

— Vous ici ? Quel heureux hasard, chère madame !

— Salut, Nick.

— Vous vous connaissez, tous les deux ?

Yarden paraissait déçu.

— Nous avons déjà eu l'occasion de travailler ensemble, expliqua brièvement Maggie.

Jugeant inutile d'apporter des précisions supplémentaires, elle attendit un éventuel commentaire de Nick. Mais celui-ci garda le silence.

— Tu as renoncé à ton poste de procureur pour te reconvertir dans la sécurité ?

— Pour United Allied Security, oui.

— Autrement dit, l'entreprise qui assure la sécurité du Mall of America. Les forces de police locales savent que vous visionnez ces enregistrements ?

Maggie posa la question à Nick, mais se retourna vers Yarden qui évita son regard. Les bras collés au corps, le petit homme roux hocha du chef. Il lui faisait irrésistiblement penser à ces figurines posées à l'arrière de certaines voitures, dont les têtes disproportionnées dodelinaient sur un ressort.

— Oui, oui, elles sont au courant. Il n'y a pas de problème, marmonna Yarden. Elles ont plus urgent à faire là-haut que d'éplucher ces vidéos.

Maggie remarqua qu'il parlait de plus en plus vite et que, sous l'effet de la culpabilité, sa voix montait dans les aigus. Même le bout de ses oreilles virait à l'écarlate.

Nick se porta à son secours.

— Nous le faisons uniquement pour nous rendre utiles.

Utiles, oui. Mais à qui ? Maggie savait d'expérience que la loyauté de Nick pouvait être partagée. A plusieurs reprises déjà, son ambivalence avait conduit le beau

Nick Morrelli à s'enliser dans ses sables mouvants personnels.

Quatre ans auparavant, il occupait le poste de shérif dans une petite communauté du Nebraska prise en otage par un meurtrier qui ciblait de jeunes garçons. Pour aller jusqu'au bout de l'enquête, Nick avait dû se démarquer de l'image idéalisée de son père, resté dans les mémoires comme un shérif de légende. Il avait fallu que la survie de son neveu Timmy soit en jeu pour que Nick finisse par s'affranchir enfin de l'écrasante emprise paternelle.

Maggie avait brièvement croisé Nick à plusieurs reprises au fil des années suivantes, avant de le retrouver plus longuement l'été précédent lorsqu'elle était retournée dans le Nebraska pour cibler un tueur. La fidélité de Nick à l'un de ses amis d'enfance avait failli, là encore, faire échouer l'enquête.

Visiblement mal à l'aise, Yarden rompit le silence.

— Donc, vous vous connaissez déjà, tous les deux. Cela devrait faciliter les choses, non ?

Le petit homme fit pivoter une chaise.

— Asseyez-vous, je vous en prie, mademoiselle O'Dell.

— Agent O'Dell, rectifia Nick.

— Pardon. Agent O'Dell.

Maggie s'assit sur le siège qu'il lui désignait, à côté de Nick. Elle le gratifia d'un regard rapide, puis concentra son attention sur l'écran. Yarden et lui avaient mis plusieurs vidéos en attente et plus d'une demi-douzaine d'écrans restaient figés sur un plan fixe.

Nick engloba l'ensemble des moniteurs d'un geste vague de la main.

— Comme tu vois, tout ce que nous avons fait jusqu'à

présent, c'est repérer les séquences qui nous paraissent importantes. N'est-ce pas, Jerry ?

— C'est exactement cela. Il y a des kilomètres d'enregistrements sans intérêt à visionner. Nous essayons simplement de dégrossir un peu le truc. Sans rien éliminer, bien sûr.

Yarden était si nerveux que Maggie en fut presque peinée pour lui. Mais elle pouvait difficilement lui dire : « Calmez-vous, tout va bien, je n'ai rien contre vous. Il n'y a que Morrelli qui m'inquiète un peu. »

— Le mieux serait peut-être de commencer par montrer les porteurs à l'agent O'Dell, lâcha hâtivement Yarden, mettant le silence à profit pour passer aux choses pratiques.

Il s'installa à côté d'elle.

— La résolution n'est pas très bonne.

Il était à peine assis que déjà ses doigts volaient sur le clavier.

— Nous travaillons avec un système de trois images par seconde. Autrement dit, la caméra ne filme pas en continu et la vidéo vous paraîtra peut-être légèrement saccadée si vous n'avez pas l'habitude.

— Vous avez encore du matériel analogique ou vous fonctionnez avec des caméras numériques connectées à un réseau IP ?

Les doigts de Yarden s'immobilisèrent de surprise sur les touches. Il lui jeta un regard ouvertement admiratif. Non seulement elle comprenait son histoire de trois images par seconde mais elle connaissait également la technologie de pointe en matière de sécurité.

— Notre équipement n'est ni très moderne ni très sophistiqué, reconnut-il en jetant un regard à Nick, comme si ce dernier était personnellement responsable, en tant que plus haut représentant hiérarchique de l'UAS sur les lieux.

— Nous envisageons de moderniser nos installations, répondit Nick — un peu trop vite.

Maggie le trouva sur la défensive, mais ne fit pas de commentaire. Elle fixa son attention sur Yarden qui mettait les séquences en attente.

— En voilà un, annonça-t-il en désignant le premier écran.

Maggie se pencha pour mieux voir. Nick, lui, resta renversé contre son dossier. Avait-il déjà vu ces images ? A l'évidence, oui. Elle se demanda depuis combien de temps Yarden et Morrelli s'étaient attaqués aux vidéos. La qualité de l'image étant très médiocre, elle put simplement constater que le premier jeune homme au sac à dos était de taille moyenne et d'allure assez soignée. Il portait un jean, un blouson avec un logo sur l'épaule, et des baskets. Rien chez cet individu ne sortait de l'ordinaire.

Elle sentit l'attention des deux hommes rivée sur elle, guettant sa réaction.

Yarden chercha parmi d'autres séquences, mettant chacun des moniteurs en attente, tant et si bien qu'ils eurent sous le nez un alignement d'images fixes de deux jeunes individus différents avec des sacs à dos identiques marchant séparément au milieu de la foule des visiteurs. Une fois seulement, ils apparaissaient ensemble.

— Je croyais qu'ils étaient trois ?

— Oui, oui, ils étaient bien trois, confirma Yarden qui recommença à presser des touches. Le troisième est arrivé avec deux autres jeunes — une fille et un jeune homme.

Il fit apparaître la séquence.

— Le troisième, nous l'avons suivi jusqu'à l'aire de restauration. Puis… puis nous l'avons perdu de vue. Nous n'avons pas beaucoup de caméras là-bas. Et pas de vidéosurveillance du tout dans l'aire de restauration.

— Et que sont devenus les deux compagnons du troisième porteur de sac à dos ? Sait-on s'ils sont impliqués dans l'attentat, eux aussi ?

Comme Yarden ne répondait rien, Maggie se renversa contre son dossier pour jeter un coup d'œil dans sa direction. Nick et lui échangèrent un regard. Le teint normalement rougeaud de Yarden était soudain d'une pâleur de cendre. Nick fit défiler des images sur un moniteur, visiblement à la recherche de quelque chose.

— Qu'est-ce qui se passe ? demanda Maggie.

Le regard fiévreux de Nick volait d'un écran à l'autre.

— Nous pensons que l'une des bombes a été déclenchée à l'intérieur même des toilettes pour femmes, précisa-t-il. Et tu viens peut-être de nous aider à comprendre *qui* s'est chargé de l'emmener jusque-là.

27

Pendant quelques minutes, Rebecca se crut revenue dans la chambre à coucher de son enfance. La lumière du jour filtrait à travers les voilages jaune d'or et les carillons accrochés à sa fenêtre, située au premier étage de la maison, tintaient gaiement sous la brise printanière. Une odeur de bacon frit lui titillait les narines. Elle imagina ses parents en bas dans la cuisine, sa mère dressant une jolie table pour le petit déjeuner du dimanche, avec des sets de couleur vive et de grands verres à pied pour le jus d'orange. Son père, qui adorait jouer les marmitons, attendrait qu'elle descende les rejoindre pour faire sauter les crêpes dans la poêle pendant que sa mère et elle riraient aux éclats.

Ces joyeux dimanches matin n'étaient pas une mise en scène organisée à son intention. Ses parents avaient réellement connu de nombreuses années de bonheur conjugal. Lorsqu'ils se chamaillaient, c'était par amour, non par jalousie. Rebecca aurait voulu s'enfoncer plus profondément dans ses souvenirs, rester recroquevillée dans la sécurité de leur atmosphère ouatée. Mais les tiraillements de sa peau, la douleur qui enflammait son bras la ramenèrent inexorablement à l'instant présent.

Ses paupières papillonnèrent. Elle aurait voulu garder

les yeux fermés, mais ils s'ouvrirent malgré elle. Déjà, les images du centre commercial affleuraient à sa mémoire, remontant par bribes : la musique de Noël, le rire de Dixon, le sourire de Patrick. Puis la bascule dans le néant… et l'explosion des sacs à dos.

Rebecca comprit qu'elle avait essayé de se redresser lorsqu'on appuya gentiment sur ses épaules pour l'obliger à se rallonger.

— Hé là !… Doucement…

Elle reconnut la voix et chercha d'où elle venait. Le visage de Patrick se dessina devant elle, flou tout d'abord, puis gagnant en netteté. Un visage qui avait cessé de sourire. Devant l'expression préoccupée de Patrick, elle tenta de se rappeler si elle avait été gravement blessée. L'image d'un bras gisant près d'elle l'amena à tourner la tête pour vérifier où étaient les siens. Le gauche était enveloppé de pansements ; de l'autre partait une perfusion. Mais tous deux paraissaient solidement attachés à son corps.

Une voix de femme s'éleva quelque part au-dessus de sa tête.

— Reposez-vous encore un moment. Tout va bien, vous n'avez rien de grave.

— Tu te souviens de ce qui s'est passé ? demanda Patrick.

Elle fit oui de la tête. Sa gorge était sèche et râpeuse comme du papier de verre. Elle tenta de s'humecter les lèvres. Patrick s'en aperçut, fouilla derrière lui et trouva une bouteille d'eau qu'il porta à sa bouche. Il procéda avec douceur, rationnant la quantité de liquide qu'il lui offrait alors qu'elle aurait été tentée de boire trop et trop vite. Il nota son impatience mais continua de la faire boire à petites gorgées.

— Où sommes-nous ?

— Dans un hôtel, de l'autre côté la rue.

— Où ?

— En face du centre commercial. Ils ont installé une salle de triage pour les blessés.

— Mais l'hôpital... Je croyais qu'on allait à l'hôpital...

Patrick lui prit la main.

— Ne t'inquiète pas, Becca. Tu n'as pas besoin d'aller à l'hôpital. On a pu te soigner ici.

Elle se dressa de nouveau sur son séant. Cette fois, Patrick l'aida à s'asseoir au lieu de la forcer à se rallonger. Elle promena un regard inquiet autour d'elle, cherchant l'homme à la seringue au milieu de l'agitation générale.

— Il n'est pas là, assura Patrick. J'ai fait attention.

Rebecca évita son regard et continua de fouiller la salle des yeux. L'homme à la seringue savait qu'elle était encore en vie. Elle leva la main pour s'essuyer le front et sentit l'aiguille de la perfusion s'enfoncer dans son bras. Sa peau était froide et moite et elle ressentait encore un léger étourdissement. Le texto de Dixon lui tournait dans la tête. Il avait écrit... qu'elle n'était pas en sécurité, qu'elle ne pouvait se fier à personne. Pas même à Patrick.

L'homme à la seringue avait-il renoncé à la poursuivre parce qu'il n'avait pas osé s'en prendre à elle devant Patrick ? Ou avait-il jugé inutile de la poursuivre parce que Patrick avait pris le relais ?

Rebecca se risqua à le regarder. Il avait les cheveux en désordre, la mâchoire noircie par un début de barbe. Il la fixait avec une intensité nouvelle — une expression qu'elle ne lui connaissait pas. Quelle émotion lisait-elle dans le regard de Patrick sans parvenir à la nommer ? La sollicitude, la panique, l'épuisement ? Ou autre chose ?

Que savait-elle réellement, au fond, de Patrick Murphy ?

— Ça va ? Comment tu te sens ? demanda-t-il en essayant de lui reprendre la main.

Elle se déroba, et saisit son bras blessé comme s'il lui faisait mal.

— Tu sais s'ils m'ont administré quelque chose ? Un antalgique, je veux dire.

— Je crois qu'elle t'a juste anesthésiée localement.

Patrick s'était déjà redressé pour chercher un soignant des yeux.

— Tu as très mal ? Je peux faire quelque chose ?

Cette fois, il n'y avait plus de doute : c'était bien de l'inquiétude qu'elle lisait dans ses yeux.

— Tu pourrais aller voir s'ils ont de l'aspirine ou un truc comme ça ?

— O.K., j'y vais. Je reviens tout de suite.

Rebecca le vit zigzaguer entre les brancards et se diriger vers une sortie proche. Elle tapota discrètement les poches de son jean et suspendit son geste lorsqu'elle le vit tourner la tête pour jeter un dernier regard dans sa direction. Dès qu'il eut disparu de sa vue, elle se retourna pour prendre son manteau. Le téléphone de Dixon était toujours là. Eteint. Elle décida de ne pas l'allumer pour le moment.

Se déportant rapidement vers le bord de la table où on l'avait allongée, Rebecca se rappela in extremis qu'elle était reliée à la perfusion. Elle jeta un rapide coup d'œil derrière elle. Toujours pas de Patrick. Se mordant la lèvre inférieure, elle retira l'aiguille d'un geste sec et replia le coude pour éviter le saignement. Puis elle descendit maladroitement de la table, sans se servir de ses mains, en essayant d'oublier la douleur dans son bras bandé.

Toujours aucun signe de Patrick. Elle vit une pancarte « Sortie » dans la direction opposée à celle qu'il avait prise, et se mêla à la foule qui quittait l'hôtel. Très vite, elle se retrouva dans le hall noir de monde et repéra un distributeur automatique de billets. Personne ne faisait attention à elle. Il y avait trop d'agitation, trop de bruit, trop de blessés. La tête basse, elle resta sur le qui-vive, le regard aux aguets. Elle glissa sa carte de débit dans la machine, composa son code et attendit pour sélectionner son montant. Il lui fallait du liquide pour payer un taxi et un sandwich. Peut-être serait-il plus prudent de prévoir aussi de quoi régler éventuellement une chambre d'hôtel et…

Un message apparut sur l'écran indiquant que sa carte n'était pas valide. La machine la recracha dans la foulée. Rebecca sentit ses mains redevenir moites. *Il devait y avoir une erreur.*

A plusieurs reprises, pendant le trajet, elle s'était servie de sa carte de débit. Et elle savait avec certitude qu'elle avait encore quatre cent vingt-cinq dollars sur son compte. De nouveau, elle glissa le rectangle de plastique dans la fente. Mais le distributeur de billets le rejeta sans même lui redemander son code. Et réitéra son message de refus.

Rebecca jeta un bref regard autour d'elle. Personne ne semblait s'intéresser à son cas. Il y avait trop de panique alentour pour que les gens perçoivent la sienne. Elle tira son unique carte de crédit de son portefeuille. Le mois précédent, elle avait pris une avance en liquide sur ce compte. Elle était encore loin d'atteindre la limite de son autorisation de découvert, mais elle s'était toujours arrangée pour ne s'endetter que dans les situations d'urgence.

Autrement dit, maintenant.

Insérant la carte, Rebecca attendit les instructions et composa son code. Elle avait peut-être intérêt à retirer une somme importante puisque sa carte de débit ne fonctionnait pas. Juste au cas où, pour être tranquille. Tout ce qu'il lui restait en poche, c'était la monnaie rendue au café sur son dernier billet de vingt dollars.

La machine recracha sa carte. Refusée, elle aussi.

Bon. Pas de panique. Le problème ne pouvait venir que du distributeur. Pas de chance, d'accord. Mais elle en trouverait un autre. Inutile de s'inquiéter.

Elle se dirigea vers la sortie de l'hôtel avec assurance, se frayant un chemin entre les secouristes et les blessés couverts de sang. A côté de ces gens-là, elle était plutôt en grande forme voilà ce qu'elle se répétait sans relâche. Choisissant une porte latérale, elle se retrouva dehors. Et constata avec stupéfaction qu'il faisait déjà nuit noire, comme si la journée entière s'était envolée en fumée.

L'air glacial la fouetta au visage, lui coupant le souffle. La neige avait recommencé à tomber. Seul le parking de l'hôtel était éclairé. Le monde lui parut brusquement opaque et sombre. Sa confiance l'abandonna. Elle eut l'impression de se dégonfler d'un coup, comme un ballon de baudruche que l'on pique avec une aiguille. Elle était seule. Complètement seule. Ce n'était pas nouveau, bien sûr. Elle était habituée à ne compter que sur elle-même. Alors pourquoi cette impression terrifiante, comme si elle chancelait au bord du gouffre ?

28

Il n’y avait rien à noter a priori, mais Maggie notait quand même. De petits détails qui paraissaient insignifiants à première vue pouvaient, à terme, jouer un rôle déterminant dans la résolution d’une affaire. Malgré la mauvaise qualité de l’image en noir et blanc, elle finirait peut-être par trouver quelque chose. Sauf que Ray Kunze attendait d’elle plus qu’un « quelque chose ». Ce qu’il voulait, c’était du concret, de l’irréfutable. Un profil assez solide pour lancer des mandats de perquisition. Vu la façon dont Kunze lui avait présenté sa mission dans l’avion, il espérait peut-être une fiche d’identité complète avec noms, âges, adresses et numéros de sécurité sociale des terroristes. Et tout cela au vu des déambulations en noir et blanc, décalées toutes les trois secondes, de jeunes anonymes.

Malheureusement, Kunze n’était pas le seul à attendre d’elle une prestation quasi miraculeuse. Télévision et cinéma avaient fait du profiler une sorte de magicien qui, avec trois indices et un grand geste du bras, vous sortait — une, deux, trois — le lapin de son chapeau. Même Kunze croyait en une formule dite scientifique qui, aux yeux de Maggie, ne volait guère plus haut que l’option magique. D’après cette théorie, si un suspect présentait au moins deux caractéristiques sur trois listées dans un tableau de profilage psychologique, on pouvait automatiquement en inférer qu'il entrait dans telle ou telle catégorie psychique : organisé ou désorganisé. Coléreux et vindicatif. Chaotique et ritualisé. Deux cases cochées sur trois dans un tableau hypothétique, et hop ! Il ne restait plus qu'à chercher le sociopathe narcissique le plus proche, avec un défaut d'élocution et vêtu d'un costume croisé marine à boutons métalliques.

Si seulement le métier avait été aussi simple !

Maggie avait un background médical, un diplôme universitaire en psychologie criminelle et un master en psychologie comportementale. En cours de carrière, elle avait également obtenu une bourse de recherche à Quantico, pour une spécialisation en psychologie médico-légale. Malgré ces solides bases théoriques, elle restait persuadée que le profilage était avant tout une question d'observation. Le truc — s'il y en avait un —, c'était de remarquer ce que personne d'autre ne voyait, de prêter attention à des détails qui, pour les autres, allaient de soi. Et de s'intéresser non seulement à ce qui était là, mais aussi à ce qui n'y était pas.

Quels étaient les éléments manquants, dans cette affaire ? Pour commencer, personne n'avait revendiqué l'attentat. On n'avait pas trouvé de lettre de suicide. Ni de vidéo annonciatrice. Pas encore, en tout cas. On pouvait déjà affirmer qu'il ne s'agissait pas d'une fusillade comme celles de Columbine ou de Virginia Tech. Ce qui manquait également, c'étaient les signes de nervosité chez les deux jeunes gens. Ni l'un ni l'autre ne semblaient candidats à l'attentat suicide ou aux meurtres en série.

— C'est celui-ci que vous vouliez revoir ? demanda Yarden.

Le vigile s'était mis à ses ordres avec un empressement qui, par moments, lui chatouillait les nerfs. Normalement, elle préférait qu'on la laisse seule pour visionner des vidéos qu'elle pouvait passer et repasser à volonté, jusqu'au moment où elle avait la certitude de n'avoir rien laissé échapper. Mais elle se trouvait sur le territoire de Yarden. Et il avait une maîtrise si poussée du pupitre de commande qu'il lui faisait gagner un temps précieux.

— Oui, c'est celui-là. Si vous pouviez revenir en arrière, jusqu'au point où on l'aperçoit pour la première fois ?

Il s'agissait du film qui passait sur le moniteur de surveillance relié à la caméra que Yarden avait marquée NW1. C'était la troisième fois qu'elle demandait à revoir ce moment particulier. Il devait y avoir quelque chose qui sautait aux yeux et qu'elle ne voyait pas. Mais quoi ?

Yarden mit l'enregistrement en route, les doigts suspendus au-dessus des touches, prêt à faire un arrêt sur image ou à zoomer au moindre signe de sa part. Mais Maggie laissa la séquence se dérouler. Elle voulait observer le poseur de bombe n° 1, se centrer uniquement sur lui, le repérer dans la foule, puis le regarder à mesure qu'il avançait vers la caméra. Le jeune tenait la tête droite et ne jetait pas de fréquents coups d'œil autour de lui. Ses bras étaient souples et se mouvaient tranquillement au rythme de sa marche. Pas une fois, il ne regarda par-dessus l'épaule pour voir s'il était suivi. Il ne cherchait pas les caméras de surveillance des yeux et ne semblait même pas se soucier de savoir s'il était filmé ou non. Rien dans ses gestes ou dans son regard ne trahissait la moindre anxiété.

Il portait un blouson, un jean, des baskets et une casquette de base-ball. Pas de vêtements amples susceptibles de dissimuler une arme ou de masquer son apparence. Aucune protubérance suspecte, pas de rabats, rien qui bouffait ou dépassait. Aucun signe d'appartenance non plus à un gang, comme une casquette portée à l'envers, des gestes codés ou un T-shirt à message. A première vue, le jeune homme était vêtu de façon parfaitement banale.

Il devait avoir entre dix-huit et vingt-six ans. Comme les deux autres, il était de type caucasien. Ses cheveux, de couleur claire, ondulaient sur le col de sa chemise, mais les oreilles étaient nettes et bien dégagées. Ses pattes étaient longues mais taillées avec soin. Et Maggie ne put s'empêcher de noter que ses joues étaient parfaitement lisses, même un lendemain de Thanksgiving. Quel jeune d'une vingtaine d'années prendrait le temps de se raser en de telles circonstances ? Surtout pour aller se faire exploser dans un centre commercial !

Ce détail ne prouvait pas grand-chose, cela dit. Elle savait que les kamikazes maintenaient souvent leur routine quotidienne le jour où ils avaient programmé de mourir. Par souci de ne pas alarmer leurs familles, ou pour éviter de donner l'alerte. Maggie consigna malgré tout cette observation dans son petit carnet.

Ecrire n'avait jamais été dans ses habitudes. Sa mémoire lui avait toujours suffi à entreposer des données qu'elle lui restituait fidèlement en cas de besoin. Le roi de la prise de notes, c'était R.J. Tully, son équipier. Il les griffonnait partout et à tout propos en se servant de n'importe quel bout de papier qui lui tombait sous la main : coin de nappe, ticket de métro, reçu de pressing. Elle-même n'en avait jamais ressenti le besoin. Jusqu'à l'arrivée de Ray Kunze, du moins. A présent, elle s'appliquait à conserver une trace écrite de son travail d'observation et d'élaboration. Il ne pourrait pas lancer d'accusations sauvages si elle était en mesure de présenter des documents. Maggie réprima un soupir. Elle tournait à son tour au bureaucrate pointilleux, soucieux de préserver sa carrière. Tout ce qu'elle détestait. Mais était-ce vraiment une forme d'abdication ? Ou refusait-elle de laisser la victoire à Kunze ?

Sur la vidéo, le poseur de bombe n° 1 passa juste en dessous la caméra. Et ne leva même pas les yeux pour y jeter un regard rapide. Savait-il seulement qu'il était filmé ? Un jeune homme en âge d'être étudiant, avec un physique plutôt agréable et l'avenir entier devant lui. Bien habillé, avec une anatomie de sportif et de l'assurance à revendre. Elle aurait voulu qu'il lève les yeux, juste une seconde, pour qu'elle puisse discerner son regard et entrevoir un instant le pourquoi de son acte. Mais elle savait qu'il ne le ferait pas. Trois fois déjà, elle avait vu cet enregistrement et, trois fois, elle avait souhaité de toutes ses forces que le jeune inconnu lève les yeux.

Allez, juste un coup d'œil.

Mais le poseur de bombe n° 1 se contentait de passer, sans rien livrer de son secret.

29

Rebecca avait disparu.

Patrick pensa d'abord à un enlèvement. La panique lui noua le ventre. Le secouriste cinglé l'avait-il suivie jusque dans l'hôtel ?

Merde. Il n'aurait jamais dû la laisser seule. Il avait cru que c'était sans risque, que le type à la casquette n'oserait rien tenter dans la salle de bal reconvertie en service hospitalier de fortune, avec des lits de camp, du matériel de perfusion et de vrais soignants disséminés un peu partout. Les travées entre les blessés étaient si étroites qu'il semblait impossible de traîner quelqu'un de force hors de la pièce sans se faire repérer. A moins que le type ait profité de la confusion générale pour s'approcher de Rebecca et l'endormir contre son gré ?

Bon sang ! Comment ai-je pu être aussi stupide ?

— C'est votre petite amie que vous cherchez ?

Patrick se retourna en sursaut. La question venait de l'homme d'un certain âge qui était assis sur le lit de camp voisin de la table où Rebecca avait été soignée. Ses cheveux argentés se dressaient au-dessus de la gaze qui lui entourait la tête.

— Vous l'avez vue ?

— Ouais. Elle est partie.

— Toute seule ?

Il se demanda si le papy avait encore toute sa tête.

— Ça en avait tout l'air, oui, répondit-il en frottant son crâne partiellement rasé. Elle s'est levée et elle a quitté la salle.

— Comme ça ?

— Ben oui, comme ça. Elle a arraché elle-même l'aiguille qu'elle avait dans le bras, précisa le vieux en désignant le matériel à perfusion abandonné sur la table.

— Avez-vous vu dans quelle direction elle est partie ?

L'homme pointa un index crochu. Patrick dut se retourner pour voir l'endroit qu'il lui désignait : une sortie de l'autre côté de la salle de bal. Sourcils froncés, Patrick secoua la tête. Ce que lui racontait le vieux ne tenait pas debout. Si elle avait voulu se lancer à sa recherche, Rebecca serait partie dans la même direction que lui, en passant par la porte qui se trouvait juste dans son dos.

— Vous êtes sûr ?

— Ben, écoutez… J'ai peut-être pris un coup sur la tête mais je n'ai pas de problèmes aux yeux !

— Je suis désolé. C'est juste que…

— Je comprends bien, allez. Vous êtes inquiet. Elle n'avait pas l'air en très grande forme, votre copine. Ses yeux étaient un peu hagards, si vous voulez mon avis.

Patrick sortit son portable de sa poche. Il n'y avait ni SMS ni message vocal ni appel en absence. Il ne connaissait pas le numéro de l'iPhone de Dixon et Rebecca n'avait pas d'autre téléphone sur elle. Qu'est-ce qui lui avait pris de s'en aller comme ça, toute seule ?

Etait-elle en état de choc ? Peut-être ne savait-elle plus ce qu'elle faisait ?

Il remercia le vieil homme et se dirigea vers la sortie qu'il lui avait indiquée. Si Rebecca était dans un état de confusion mentale, elle n'avait pas pu aller bien loin.

La porte donnait sur une sorte de salon ouvert au public. Une table et des chaises pliantes avaient été disposées là pour les familles. Deux secouristes en uniforme bleu tentaient d'orienter le flot des nouveaux arrivants. La foule était si dense que Patrick ne voyait même pas le hall d'entrée tout proche. A sa droite se trouvait une rangée d'ascenseurs et plus loin, au bout du couloir, à gauche, une sortie donnant sur le parking à l'arrière.

Patrick hésita, explorant les deux directions du regard et cherchant à se mettre dans la peau de Rebecca. Le hall d'entrée noir de monde ? Non. Becca détestait la foule. Et après ce qu'elle venait de traverser, elle devait être moins que jamais en mesure de l'affronter. Pendant ses cours en sciences du feu, il avait appris à quel point le choc pouvait affaiblir une personne — psychiquement mais aussi physiquement. Si Rebecca était sortie seule, dans la nuit glaciale, elle n'avait peut-être même pas conscience du danger qu'elle courait à marcher dans la neige et dans le froid.

Il opta donc pour la sortie du fond. En poussant la porte, il vit un homme en uniforme se détacher de l'obscurité du parking pour fondre sur lui.

— Hé, toi là ! Où crois-tu t'échapper comme ça ?

30

Nick se frotta le visage, massant du bout des doigts la fatigue qui brouillait sa vision. Nul besoin de regarder sa montre pour savoir qu'il était tard. Très tard. Il le sentait au contact de sa mâchoire râpeuse. Son estomac lui rappela qu'il n'avait rien mangé depuis des heures. La pièce était trop chaude et trop sombre. Il avait mal à la tête, la réverbération des écrans lui avait asséché les yeux… et le fait que Maggie O'Dell soit assise à côté de lui n'arrangeait rien à l'affaire. Elle était si près qu'il percevait le subtil bouquet d'odeurs qui émanait de sa personne — ce qui avait une incidence fâcheuse sur sa concentration. Il se surprenait à partir dans des conjectures étrangères à l'enquête en cours. Shampoing ? Parfum ? Eau de toilette ?

Ils avaient dû visionner déjà plusieurs kilomètres d'enregistrements pour essayer de repérer les trois jeunes et de retracer leurs déplacements dans le centre. Ils les avaient suivis dans la mesure du possible, en procédant à rebours, partant de l'angle de vue d'une caméra pour essayer de remonter à l'étape précédente. Pour atteindre le troisième niveau, chacun des trois jeunes avait dû emprunter l'Escalator à un moment ou à un autre. Et pour entrer dans le centre commercial, ils avaient forcément franchi une des entrées. Ce raisonnement les avait baladés, pas après pas, d'un champ de caméra à un autre, séquence après séquence. Un processus long et fastidieux

Yarden se montrait infiniment plus patient que lui. Nick s'était surpris à soupirer à plusieurs reprises. Sans bénéficier pour autant d'un seul regard de Maggie. Elle était dans un autre monde. Quant à Yarden, il avait fort à faire dans son rôle de virtuose du pupitre de commande. Et il fallait reconnaître que le petit homme faisait merveille dans ses fonctions : ses doigts ne fatiguaient jamais, son esprit restait clair, sa patience admirable. Pas une fois, il ne grogna, ne protesta ou ne contesta les instructions reçues. Nick songea que Yarden était le suiveur par excellence. Il se montrait avide de plaire, se précipitait pour exécuter chaque requête. Logiquement, c'était de Nick que le vigile aurait dû prendre ses ordres puisqu'il était son supérieur hiérarchique. Mais Jerry était bien trop occupé à servir Maggie au doigt et à l'œil. C'était vers elle qu'il se tournait pour recevoir ses instructions, sans se soucier des suggestions qu'il formulait de son côté. Nick réprima un nouveau soupir. Il ne parvenait même pas à en vouloir à Yarden. De Maggie O'Dell se dégageait un magnétisme tranquille auquel il était difficile de rester insensible. Il y avait chez elle une sérénité très particulière qui semblait dire : « Pas de panique. Je sais que ça va être difficile mais on va y arriver. »

Nick se souvenait d'avoir eu cette impression, quatre ans plus tôt, lorsqu'elle était intervenue dans le chaos qu'un tueur en série avait semé à Platte City, dans le Nebraska. En tant que shérif élu du comté, il était censé diriger l'enquête, calmer les esprits et garder la situation en main. La simple évocation de cette période suffisait, encore aujourd'hui, à faire resurgir le désarroi qui l'avait submergé. Dépassé, il avait tenté de contenir son angoisse et de la dissimuler au plus profond de lui. En ce temps-là déjà, l'arrivée de Maggie l'avait apaisé. Son anxiété s'était atténuée, et il s'était repris à espérer que tout rentrerait dans l'ordre. Il comprenait donc que Yarden soit attentif à chaque mot, à chaque geste, à chaque ordre qui venait d'elle. Attentif à Maggie, il l'était aussi. Mais pas tout à fait pour les mêmes raisons que Yarden. A quel moment ses sentiments étaient-ils sortis de l'ombre pour affleurer à sa conscience ? Avant qu'il annule son mariage avec Jill ? Ou s'était-il servi de cette rupture comme d'un prétexte pour en tirer enfin les conclusions qui s'imposaient ?

En observant Maggie, il s'étonna d'avoir mis si longtemps à regarder l'évidence en face.

— Stop ! intima-t-elle soudain, ramenant ses pensées vers les réalités du drame qui les réunissait dans cette pièce.

Suivant la direction qu'elle indiquait, il regarda le moniteur dans le coin supérieur.

— Vous pouvez zoomer sur la casquette de baseball, Jerry ?

Maggie repoussa sa chaise et se leva pour mieux voir, tapotant l'écran du bout du doigt.

— C'est quoi, à votre avis ? On voulait à tout prix une vue de face, mais regardez le côté de la casquette. C'est un logo, non ?

Yarden s'approcha à son tour et plissa les yeux, tout en se tenant à une distance respectueuse de l'agent O'Dell.

Maggie avait pris des pages et des pages de notes dans

un carnet minuscule. Nick fit pivoter sa chaise et se mit sur ses pieds à son tour. En se dirigeant vers l'écran, il jeta un coup d'œil sur le carnet. Tout ce qu'il parvint à lire fut le mot « Profil » en haut d'une page.

— Ah, je le connais ce logo ! C'est celui des Golden Gophers.

Yarden rayonnait comme un élève qui, appelé au tableau par son institutrice préférée, offrait sans faillir la réponse à une question difficile.

— C'est une équipe universitaire, expliqua Nick à Maggie.

— De l'université du Minnesota, renchérit-elle sans hésiter.

Nick fut impressionné. Et Yarden plus ébloui que jamais.

— Apparemment, il porte le type de blouson que mettent les sportifs universitaires de haut niveau… Jerry, ce n'est pas un écusson universitaire que je vois là ? Il s'agit d'un M, je crois ?

Yarden était déjà à son pupitre et zoomait en haut, à gauche, sur la poitrine du poseur de bombe. Nick hocha la tête.

— C'est un supporter de l'équipe du Minnesota.

— Ou un étudiant, riposta Maggie.

Le téléphone mural sonna.

Yarden contempla l'appareil comme s'il venait de découvrir son existence. Ils échangèrent un regard intrigué.

— Je pense qu'on nous appelle du troisième niveau, commenta Jerry sans pour autant faire le geste de décrocher, comme s'il ne voulait pas être ramené à la réalité de ce qui se passait deux étages au-dessus.

Au début, Nick crut que le vigile attendait qu'il lui

donne l'ordre de prendre la communication. Mais en le regardant plus attentivement, il comprit que ce n'était pas l'hésitation qui le retenait. C'était la peur.

Il laissa passer une bonne douzaine de sonneries avant de soulever enfin le combiné.

— Ici la sécurité… Oui, c'est Jerry. Jerry Yarden.

Nick aurait voulu ne pas regarder mais il lui était impossible de détourner les yeux. Le visage de Yarden se ratatina, comme celui d'un homme que l'on va rouer de coups. Il hocha la tête et déglutit avec peine. Sa pomme d'Adam montait et descendait convulsivement dans sa gorge.

Lorsqu'il raccrocha, il était pâle comme un linge.

— Ils pensent avoir mis la main sur un autre poseur de bombe, révéla-t-il, presque dans un murmure.

— Vous plaisantez ? se récria Nick. Où ?

— Dans le parking, côté sud-ouest.

La pomme d'Adam tressauta de nouveau.

— Ils veulent nous voir là-haut, vous et moi.

Le portable de Maggie se mit à sonner. Et Nick ne fut pas surpris lorsque le sien lui fit écho.

31

— Il se peut qu'il soit resté à la traîne, suggéra Charlie Wurth en aidant Maggie à enfiler un gilet pare-balles.

Elle lui jeta un regard sceptique. L'idée paraissait absurde vu le temps qui s'était déjà écoulé depuis les explosions.

— Il se cachait peut-être quelque part dans le centre commercial, précisa Wurth en réponse à son objection muette. Il se peut qu'il ait attendu au milieu de la foule, en pensant qu'il serait plus facile de fuir une fois que les choses se seraient tassées.

A l'évidence, le nouveau directeur adjoint de la sécurité du territoire n'avait jamais porté de gilet en Kevlar. Maggie le vit à la façon dont il s'était sanglé dans le sien. Les doigts de Wurth étaient agités d'un tremblement discret, mais perceptible. Il avait la trouille. Normal.

Cela n'aurait rien dû changer pour elle. Pourtant, son angoisse réveillait la sienne. Déjà, l'adrénaline affluait à son cerveau, accélérant son rythme cardiaque.

— Pourquoi les vigiles pensent-ils avoir affaire à l'un des kamikazes ?

— Le gars qui l'a repéré a dit qu'il essayait de filer en douce par-derrière.

Maggie haussa un sourcil dubitatif.

— Et il a un sac à dos, se hâta d'ajouter Wurth. Rouge.

Maggie jeta un regard aux trois hommes qui s'équipaient juste à côté. Chacun procédait en silence, sans échanger un mot. On n'entendait que le cliquetis des crochets et des fermetures. Trois membres surentraînés d'un corps d'intervention spéciale. Tous calmes et impassibles. En apparence, du moins. Car, malgré le froid qui régnait dans ce bout de couloir venté, Maggie percevait la senteur âcre de leur sueur.

Elle jeta un coup d'œil autour d'elle. Kunze n'était nulle part en vue.

— Il est sorti pour superviser l'opération sur le parking, expliqua Wurth. C'est un sacré merdier.

Maggie vit cette fois la transpiration perler sur sa lèvre supérieure.

— Je suis profiler, pas négociatrice. Qu'attendez-vous de moi, exactement ?

Au téléphone, Kunze lui avait dit que l'heure était venue pour elle « d'entrer en scène ». Puis il avait précisé sur le même ton : « Les gars de la sécurité prétendent qu'ils en ont chopé un vivant. A vous de leur dire s'ils ont raison ou s'ils se plantent. »

L'ordre ressemblait à une plaisanterie. Ou à un défi idiot. Mais Kunze était sérieux. Maggie songea qu'on lui avait déjà adressé des requêtes encore plus étranges. Mais pas son patron. Jamais Cunningham ne lui aurait demandé un truc pareil. Elle réitéra sa question.

— Que voulez-vous que je fasse exactement, monsieur le directeur adjoint ?

— Ils l'ont acculé dans un coin. Mais il se peut que ce soit juste un gamin innocent avec un sac à dos rouge. S'il s'agit d'un kamikaze, en revanche… Vous voyez le dilemme.

D'un geste large du bras, il désigna les trois hommes du groupe d'intervention spéciale.

— Ces messieurs ne peuvent pas tirer si son sac à dos est bourré d'explosifs. Et impossible de faire intervenir les flics. Pour la même raison.

Voilà. C'était tout. Fin des explications.

Wurth s'affubla d'une casquette de base-ball et batailla pour enfiler une veste bleue avec les initiales du groupe d'intervention dans le dos. Dans le but, apparemment, de dissimuler son gilet pare-balles sous des vêtements ordinaires. Il tendit le bras à plusieurs reprises avant de trouver l'ouverture de la manche dans son dos.

Maggie eut droit, elle aussi, à une veste bleue que lui tendit un des tireurs d'élite.

— Et mon rôle, là-dedans ? demanda-t-elle à Wurth.

Il leva les yeux vers elle tandis que ses doigts mal assurés se débattaient avec la fermeture Eclair de sa veste. Elle lut dans son regard qu'il considérait la réponse comme évidente.

— Eh bien, vous allez pouvoir nous dire si son profil correspond à celui des autres poseurs de bombe !

Simple comme bonjour, en effet. Maggie faillit éclater de rire. On nageait en plein délire.

— Et si je ne suis pas en mesure de trancher ?

Wurth s'immobilisa. Les gars de l'intervention spéciale firent de même. Elle comprit à l'expression de Wurth qu'il n'avait même pas envisagé cette hypothèse.

— Je sais que vous n'êtes sans doute pas très rassurée,

agent O'Dell, dit-il d'un ton calme et solennel, comme un père s'adressant à une petite fille.

Brusquement, elle était devenue « l'agent O'Dell ». Alors que, durant tout le trajet, elle avait été Maggie.

— Je n'ai pas peur.

Son ventre noué lui disait le contraire, mais elle avait appris depuis longtemps à faire abstraction de ses nerfs. Qu'elle soit tendue ou non n'était pas le problème. Elle était capable de rester concentrée, avec ou sans l'angoisse au ventre. Elle faisait confiance à son intuition et restait performante, même en état de stress. Mais cette exigence était ridicule et elle tenait à le faire savoir à Wurth. Avait-il jamais tenté d'analyser la personnalité de qui que ce soit en visionnant des enregistrements flous en noir et blanc ?

— Ce n'est pas comme ça que fonctionne le profilage.

— Ecoutez-moi, agent O'Dell…

Cette fois, Wurth lui saisit le bras. Elle perçut les effluves de menthe flottant dans son haleine lorsqu'il se pencha pour lui parler de près, comme s'il pensait ne pas être entendu des trois autres qui, dans le couloir étroit, ne manquaient pourtant pas un mot de la conversation.

— C'est le seul espoir que nous ayons de prévenir une nouvelle tragédie. Kunze est prêt à prendre le risque en pariant sur votre talent. Même chose pour moi. Maintenant, tout ce qu'on vous demande, c'est de vous mouiller à votre tour.

Maggie songea qu'elle avait sous-estimé Wurth. Il était meilleur stratège qu'elle ne l'avait cru au premier abord.

— O.K. Prêtez-moi votre cravate, lança-t-elle en

enfilant la veste marquée aux initiales de la brigade d'intervention spéciale.

Wurth parut surpris mais il s'exécuta sans protester. Elle se tourna vers les trois superflics armés jusqu'aux dents.

— Quelqu'un a une paire de gants ?

On lui en tendit aussitôt. Elle les enfila. Ils étaient trop grands mais ils lui tiendraient chaud. Et elle n'aurait rien à manier qui exigerait de la précision. Nouant la cravate rouge de Wurth autour de son poignet, elle laissa pendre les deux extrémités de quelques centimètres de chaque côté.

— Si je lève ma main gauche au-dessus de ma tête, fit-elle en joignant le geste à la parole, cela voudra dire qu'il faut le descendre.

Les trois types de la brigade hochèrent la tête. Elle se tourna vers Wurth et attendit d'avoir accroché son regard.

— Je veux que vous communiquiez ce signal à tout intervenant armé susceptible de tirer.

Elle n'avait aucune intention de lever la main, mais elle savait ainsi qu'ils guetteraient son signal. Plus important encore : ils *attendraient* qu'elle fasse signe avant d'agir. Sachant qu'il y aurait plusieurs corps de police relevant d'instances différentes, elle préférait qu'ils obéissent à un éventuel signal de sa part plutôt que d'en voir un dégainer au quart de tour en cas de réaction inattendue ou de mouvement trop brusque.

L'un des membres de la brigade avait déjà entrepris de relayer l'information grâce à la radio qu'il portait à l'épaule. Mais, de Wurth, elle attendait une promesse, un engagement, une prise de responsabilité.

Il soutint son regard.

— Ce sera fait.

Maggie regarda ses doigts lorsqu'il finit de remonter la fermeture Eclair de sa veste. Ils ne tremblaient plus. Elle hocha la tête.

— Alors, c'est parti.

32

Cette fois, c'était Nick qui ouvrait la marche et Yarden qui traînait à quelques pas derrière. Au pied du second Escalator, Nick montra son badge à un militaire de la garde nationale. Plus personne, à présent, ne montait au troisième sans fournir un laisser-passer dûment estampillé.

Tandis que Nick gravissait les marches de l'escalier roulant arrêté, il sentit le rythme de sa respiration se modifier. Etait-il prêt à affronter ce qu'il trouverait là-haut ? Dans le temps, son père affirmait qu'il ne concevait pas de spectacle plus terrible que la vue d'un corps lacéré par un accident de voiture — les chairs retournées, mutilées, carbonisées. Devenu shérif à son tour, il avait eu l'occasion de vérifier les paroles paternelles à quelques reprises. Mais il avait vu pire encore : les frêles corps bleuis de deux petits garçons, tués au couteau et abandonnés par un tueur en série dans les herbes hautes, près de la rivière Platte. Pouvait-on imaginer plus insoutenable encore que le cadavre d'un enfant mutilé ? Il espérait que non.

S'il était familier des procédures de gestion de crise, c'était uniquement parce qu'il venait de suivre un séminaire sur la question. Une formation financée par United

Allied Security pour l'aider à assumer ses nouvelles fonctions. Il avait reçu des cours sur le rôle qui incombait aux responsables de la sécurité en cas d'attaque terroriste. Mais le séminaire visait surtout à leur donner des arguments pour convaincre leur clientèle de renforcer leurs installations de surveillance. Il était sorti de là en se disant que ses supérieurs essayaient de jouer la carte de la peur pour mieux fourguer leurs équipements. Les différents scénarios qu'on leur avait exposés lui avaient paru trop alarmistes pour être honnêtes. Il comprenait à présent à quel point il s'était trompé.

Fort de ses connaissances théoriques toutes fraîches, il tenta de se préparer mentalement à ce qu'il allait affronter. Les équipes de secouristes intervenaient toujours en première ligne pour soigner les blessés, éteindre les foyers d'incendie, sécuriser le site de l'attentat. A cette heure, les blessés avaient tous été pris en charge et répartis entre le rez-de-chaussée du centre commercial, l'hôtel qui servait d'aire de triage, et l'hôpital. Une fois les secours médicaux assurés, venait la collecte des indices et des preuves de l'attaque. Pour les victimes qui reposaient encore là-haut, rien ne pressait. Pendant plusieurs heures encore, les morts seraient laissés en l'état, considérés comme éléments à part entière de la scène de crime. Ils aideraient ainsi à répondre à des questions dont on n'aurait jamais dû attendre d'eux qu'elles leur soient posées. Maggie lui avait dit un jour que, même décédées, les victimes représentaient le meilleur espoir pour l'enquêteur de s'orienter vers le meurtrier.

Parvenu sur les dernières marches de l'Escalator, Nick se surprit à retenir son souffle. Son cœur cognait contre ses côtes. Une odeur de chair calcinée saturait l'atmosphère. Quelqu'un avait finalement jugé bon d'arrêter la musique, mais le silence qui régnait sur les décombres était presque plus sinistre encore.

Le spectacle qui se déployait sous ses yeux lui parut irréel. Un cratère noir avait été isolé à l'aide d'un cordon de sécurité. Une demi-douzaine de TIC — des techniciens en identification criminelle —, vêtus de combinaisons en Tyvek, déambulaient en silence sur un quadrillage tracé au sol, mesurant, cartographiant, prélevant et photographiant tout, carré par carré. Nick savait qu'ils procéderaient ainsi pour les trois sites d'explosion.

« Déblaiement du cratère » était le terme en usage. Tous les décombres qui se trouvaient dans une surface excédant de cinquante pour cent le cratère lui-même seraient passés au peigne fin. Au début, Nick avait trouvé étrange que les techniciens se servent de matériel stérile pour prélever et tamiser des éléments déjà carbonisés. Mais il savait désormais que ce que l'on apportait sur une scène de crime pouvait être tout aussi préjudiciable que ce que l'on en retirait.

Plus tard, ces mêmes techniciens poursuivraient leur travail de fourmi — au ras du sol, cette fois. Ils veilleraient à ce qu'aucun indice, même le plus ténu, ne passe inaperçu. Ils ne se contenteraient pas de prélever et de collecter : ils mesureraient et examineraient les entailles faites dans les murs ou les métaux, cherchant des inclusions, procédant à des prélèvements pour détecter des matières explosives non détruites ou des résidus solides de la bombe.

Leur tâche paraissait presque insurmontable. Pourtant, ils devraient la répéter par deux fois sur les deux autres sites de l'attentat.

— Monsieur Morrelli ?

Nick tressaillit. Il avait presque oublié la raison de sa présence au troisième niveau. L'espace d'un instant, il s'était cru invisible, comme un fantôme s'avançant dans le cauchemar d'un autre. Il se retourna si brusquement qu'il faillit renverser Yarden.

— Désolé.

— Ce n'est rien.

Jerry semblait au bord de la nausée. Son visage avait la couleur de la cendre.

— Nick Morrelli ?

L'homme qui venait de l'appeler par son nom s'avançait dans leur direction, en regardant où il mettait les pieds. Vêtu d'un complet bleu marine, il ne semblait pas faire partie de l'équipe de techniciens en combinaison qui étaient chargés de collecter les indices. Il portait des chaussons en papier sur ses chaussures, qui semblaient frôler la taille 50. Des gants en latex violet dépassaient de sa poche de poitrine et des lunettes de protection, assorties d'un masque, pendaient autour de son cou.

— Je vois que tu ne me reconnais pas.

Il paraissait déçu. Nick lui jeta un regard plus attentif. Il ne s'attendait pas à rencontrer une personne de sa connaissance sur le lieu de la catastrophe.

— Ceimo ! David Ceimo, dit-il enfin. Qu'est-ce que tu fous ici ?

— C'est sympa de te revoir, Nick.

Ils se serrèrent la main.

— J'ai failli ne pas te reconnaître sans ton casque de football enfoncé dans mes côtes.

Sa remarque lui valut un large sourire de la part de Ceimo. Si ce dernier avait souri plus tôt, Nick l'aurait reconnu aussitôt, même si, dans ses souvenirs, le visage de David apparaissait le plus souvent masqué par la grille de son protège-dents noir et or aux couleurs du Missouri. Nick se souvint qu'il avait été expulsé à deux reprises d'un match qu'il jouait avec David. L'arbitre lui avait administré des pénalités qui avaient contribué à la défaite de leur équipe — d'autant plus cinglante qu'ils jouaient à domicile. Le seul fait d'y repenser lui fit monter le rouge aux joues, mais ce fut avec plaisir qu'il serra l'énorme patte de Ceimo.

Ils avaient joué quelque temps ensemble dans l'équipe nationale du NCAA, puis Nick avait renoncé au football américain tandis que David, lui, continuait sur sa lancée. Il avait même été sélectionné pour jouer avec les Minnesota Vikings. Mais la chance avait tourné : blessé lors du dernier match de sa deuxième saison pour les Vikings, Ceimo avait dû tout arrêter. Il ne semblait pourtant pas avoir pâti de son accident, jugea Nick en l'observant. Même s'il avait perdu un peu de muscles, il paraissait toujours apte à plaquer au sol quiconque se mettrait en travers de sa route.

— Je représente le gouverneur, précisa Ceimo. Je suis le chef de cabinet de Williams.

— Félicitations.

Nick garda pour lui le « Non ! Sans blague ? » qui avait failli jaillir de sa bouche. Il n'avait pas plus de raison d'être surpris que Ceimo lui-même. Qui aurait pu penser qu'il deviendrait représentant d'une des plus grosses compagnies américaines de sécurité ?

— Tu as peut-être déjà eu l'occasion de croiser Jerry Yarden ?

— Je ne crois pas, non.

Ceimo et le vigile se serrèrent la main.

— David et moi avons joué au football ensemble.

Debout entre deux ex-footballeurs de haute taille,

Yarden dut se dévisser le cou pour regarder de l'un à l'autre.

— Ah oui ? Vous avez l'air de connaître du monde, par ici, monsieur Morrelli.

Laissant ce commentaire sans réponse, Nick se tourna vers Ceimo.

— Jerry est responsable de la sécurité du Mall.

— L'assistant du responsable, en fait.

— Ah bon ?

Nick et Ceimo lui décochèrent un même regard accusateur.

— Le directeur passe le week-end du Thanksgiving dans le New Jersey, se hâta d'avancer Yarden pour sa défense.

Ceimo hocha la tête. Il en avait manifestement terminé avec l'évocation de leurs souvenirs communs. Ce à quoi Nick ne voyait aucune objection, d'ailleurs.

— Eh oui. Il nous manque également le directeur régional des sapeurs-pompiers, renchérit Ceimo en croisant les bras sur la poitrine. Parti à Chicago pour des fêtes en famille. L'aéroport est quasiment bloqué. Il y a des vols annulés un peu partout à cause de la neige.

— Et le gouverneur est empêché aussi ? demanda Nick.

La question était innocente mais il vit au regard étincelant de Ceimo qu'il ne la prenait pas comme telle.

— Nous avons un problème, annonça-t-il sans répondre. Le gouverneur m'a demandé de vous mettre au courant, tous les deux, par amitié pour votre patron. Il voulait que vous soyez parmi les premiers informés au cas où la découverte qui vient d'être faite vous aiderait à mieux orienter vos recherches.

La tête de Yarden semblait plus que jamais osciller sur un ressort.

— A priori, les porteurs de sac à dos n'étaient pas seuls.

Nick ouvrit la bouche pour répondre qu'ils étaient déjà au courant de l'apparition d'un quatrième poseur de bombe potentiel, sur le parking. Mais Ceimo le devança :

— Ils ne savaient peut-être même pas qu'ils se portaient volontaires pour finir sous forme de shrapnel.

Les yeux de Yarden s'écarquillèrent.

— Comment cela ?

— Vous avez retrouvé les détonateurs, conclut Nick.

— Il faudra attendre le grand patron des sapeurs-pompiers pour vérifier l'information, mais mon expert en explosifs semble convaincu.

Nick nota l'emploi du possessif pour parler de l'expert en question. Et se demanda pour quelle obscure raison Ceimo leur confiait de telles informations. Ils ne représentaient que la sécurité, après tout. Au palmarès des intervenants sur le lieu de la catastrophe, Yarden et lui se situaient quasiment en bas de l'échelle.

— De quoi est-il convaincu exactement, ton expert en explosifs ?

Nick avait posé la question uniquement parce que Ceimo semblait l'attendre. L'ex-footballeur prenait un malin plaisir à lâcher ses informations au compte-gouttes.

— Nous ne sommes qu'une petite poignée à être au courant. C'est bien clair ?

— Limpide, oui.

Nick était fatigué. A bout de patience. Comme les autres, d'ailleurs.

— Les bombes n'ont pas été déclenchées sur le lieu de l'explosion.

— Comment ça ? marmonna Yarden, incrédule.

Nick fronça les sourcils.

— Tu veux dire que les poseurs de bombe n'ont pas fait détoner eux-mêmes leur charge explosive ?

— Tout à fait. Quelqu'un d'autre s'en est chargé. A distance.

— Quelqu'un d'autre ? Mais comment ?

Yarden ne semblait toujours pas comprendre. Pour Nick, en revanche, c'était parfaitement clair. Ils venaient de passer des heures à visionner plusieurs centaines d'enregistrements. Et ils n'avaient cessé de répéter tous les trois — Maggie, tout comme Yarden et lui — que ces jeunes n'avaient ni le comportement ni l'allure de candidats à l'attentat suicide.

Et pour cause. S'ils ne ressemblaient pas à des kamikazes, c'est qu'ils n'avaient peut-être jamais eu l'intention de faire exploser la moindre bombe. Il s'était étonné de voir les deux « terroristes » s'avancer vers leur destin avec une telle nonchalance. Mais avaient-ils eu la moindre idée du sort qui les attendait ?

33

Le vent projetait de minuscules billes de glace sur le visage de Maggie. Malgré le froid cinglant, son dos était baigné de sueur. Wurth ainsi que l'un des membres des forces spéciales la guidaient le long du mur anti-bruit qui séparait le parking d'une bretelle d'autoroute. Wurth marchait plié en deux — contre le froid, sans doute. Un peu plus tôt, il avait observé en plaisantant que l'attentat lui évitait d'aller se geler les fesses à La Nouvelle-Orléans. En observant sa silhouette courbée et son pas rapide, Maggie ne put s'empêcher de se demander s'il ne cherchait pas aussi à éviter de ramasser du plomb dans les fesses en question. Peut-être avait-elle supposé à tort que Wurth était un novice dans le port du gilet pare-balles ?

A l'arrière du parking, un large secteur avait été délimité et interdit au public. Malgré le danger, une foule avide se pressait autour du périmètre de sécurité. Des journalistes, pour la plupart : appareils photo et microphones brandis dans la nuit, buée du souffle des envoyés spéciaux qui commentaient la situation en direct pour leur chaîne.

Les flics avaient coincé le suspect entre deux rangées de voitures en stationnement, si bien que Maggie ne put voir le jeune au sac à dos. Le parking était peu éclairé et une faible lumière jaune striée de neige était leur seule arme pour percer l'obscurité.

Les tireurs d'élite embusqués sur le parking appartenaient à deux corps de police différents. Elle le supposait du moins, au vu de la diversité des tenues. Police locale et police fédérale, selon toute vraisemblance. Elle vit des fusils en appui sur les pare-chocs et sur les capots. Pas un officier sur place qui ne devait avoir son arme tirée, prête à servir. Elle ne savait pas au juste qui avait la compétence. Personnellement, cela lui était égal. Elle ne demandait qu'une chose : qu'ils acceptent de jouer le jeu selon les règles qu'elle avait fixées.

Elle jeta un coup d'œil à Wurth et constata qu'il n'était même pas armé. Comment pouvait-elle compter sur lui pour empêcher ce peloton d'excités de faire feu ? Ils ne le connaissaient même pas. La grosse majorité des flics présents appartenaient aux forces locales. La rage au ventre et remontés à bloc. Un lendemain de Thanksgiving, chacun d'entre eux devait connaître au moins une personne présente au moment de l'attentat dans le centre commercial : une mère, une épouse, une sœur. Un ami cher. Ou des voisins proches. Et ils étaient là, en position de tir, persuadés qu'ils en « tenaient un vivant ».

— Si vous êtes prête, nous le sommes.

La voix grésillante la fit tressaillir. Elle avait oublié l'émetteur-récepteur qu'on lui avait attaché au bras. Au début, elle avait trouvé qu'il lui comprimait un peu trop la circulation. Puis elle avait tout oublié — hormis le stress qui pulsait dans ses veines.

— Personne n'ouvre le feu sauf si je lève le bras gauche, cria-t-elle vers son épaule.

Elle vit la buée de son souffle ramper vers le talkie-walkie comme des ondes sonores devenues visibles.

— Bien reçu.

— Il est armé ? demanda-t-elle, plus bas cette fois.

— Pas que l'on sache. Il a juste le sac à dos.

— Je vais faire en sorte qu'il me voie.

— Bien reçu.

Maggie se redressa et contourna un groupe d'officiers accroupis derrière un 4x4. Ils saluèrent sa présence d'un simple hochement de tête. L'un d'eux lui montra d'un geste que le poseur de bombe présumé était juste de l'autre côté.

Un élément de camouflage bougea et elle découvrit que le suspect était juste là, à un mètre et demi à peine. Il lui jeta un coup d'œil, sursauta et tenta de se rejeter en arrière. Mais il était coincé par deux véhicules. Il portait son sac à dos plaqué sur la poitrine, comme s'il avait compris qu'il ne disposait que de ce seul bouclier pour empêcher les forces de l'ordre de tirer.

— C'est O.K., tu n'as rien à craindre, cria-t-elle en montrant qu'elle n'était pas armée.

Son regard affolé partait dans tous les sens. Il était fin, longiligne. Elle le voyait trembler. Mon Dieu, comme il était jeune ! Jeune et terrifié.

— Je suis là pour qu'on parle, tous les deux.

Difficile de mettre dans sa voix un ton qui puisse le rassurer, alors que l'air glacé lui coupait le souffle. Elle réussit à accrocher son regard. Et reconnut la lueur qui l'animait.

— N'ouvrez pas le feu ! Ce n'est pas un terroriste ! hurla-t-elle au moment où l'adolescent se jetait sur elle.

Il la repoussa de toutes ses forces et détala comme un bolide. Elle s'encastra contre une calandre de voiture.

— Ne tirez pas ! réussit-elle à crier en se redressant.

Persuadée que les premiers coups de feu allaient s'élever dans son dos, elle se rua à la poursuite du gamin.

34

Patrick ne pensait pas que l'homme en uniforme soit un flic. Des policiers, il en avait vu tout un déploiement, dans le centre commercial. Tous avaient dégainé leur arme et arboraient des bracelets en Velcro marqués « Police » à la cuisse ou au bras, ou fixés sur leur veste. L'un d'eux avait même collé son insigne sur sa cagoule tricotée.

Le type qui se tenait devant lui n'avait pas de plaque. Juste un badge marqué FRANK. Patrick en conclut qu'il avait affaire à un vigile. Ou à un complice du faux secouriste. Il avait pu dégoter un uniforme quelque part. Et rien ne prouvait que Frank soit son vrai prénom.

Une certitude en revanche : le gars était grand comme une montagne, avec une mâchoire légèrement déformée d'un côté. Un balaise. Le genre de type que l'on pouvait frapper de toutes ses forces sans le faire vaciller. A Patrick, il rappelait une brute qui le persécutait au lycée, en seconde. Leur inimitié lui avait valu une série de coquards et de lèvres fendues. La brute d'aujourd'hui — le soi-disant Frank — le dominait de son énorme stature. Mais il n'était peut-être pas très rapide. Et s'il ne portait pas d'arme à feu…

— Je trouve ton comportement un peu bizarre, lâcha-t-il.

Il avait un accent, mais pas du Minnesota. De Brooklyn, plutôt. Un détail qui fit flamber la paranoïa de Patrick.

— Pourquoi sors-tu par une porte latérale comme si tu essayais de passer inaperçu ?

— C'est la première porte sur laquelle je suis tombé.

— Tu es blessé ? demanda le type en montrant la tache brunâtre sur sa manche.

Patrick n'avait même pas réalisé qu'il avait du sang sur sa parka. Il leva les yeux vers le vigile — vrai ou faux — en se demandant quel comportement adopter.

— Ouais, j'ai été blessé. Mais ils m'ont soigné.

— Tu as l'air un peu dans les vapes, mon gars. Il vaudrait peut-être mieux que tu attendes d'avoir la tête claire avant de te tirer tout seul dans un parking désert.

Bon, O.K. Frank n'était peut-être pas un mauvais bougre, tout compte fait. La méfiance systématique avait ses désavantages. Il arrivait que des gens bien se glissent par les interstices et qu'on ne s'en aperçoive même pas.

Il joua la carte de la sincérité.

— Je cherchais ma copine, en fait. Elle a été blessée, elle aussi et j'avais peur qu'elle soit dehors à errer toute seule par ce froid. Avez-vous vu quelqu'un d'autre sortir de ce côté ?

Frank le dévisagea longuement. Si longtemps que Patrick se demanda s'il s'était trompé sur son compte.

— Côté façade, répondit-il enfin, il y a eu pas mal d'agitation. Mais ici non, personne.

Il sourit brusquement, révélant des dents écartées et tachées de café.

— A part toi, bien sûr.

Malgré le sourire, Frank continuait de l'examiner.

— Ils ont trouvé un nouveau poseur de bombe.

Ses yeux restaient rivés aux siens, comme s'il guettait sa réaction.

— Un autre ? se récria Patrick.

— Sur le parking, ouais.

Frank se frotta les mains l'une contre l'autre — pour lui montrer à quel point elles étaient massives, peut-être.

— On nous a demandé d'être attentifs. Et de veiller à ce qu'aucun suspect ne prenne la poudre d'escampette.

— Des suspects ? J'espère qu'ils vont pas recommencer ! Ils pensent qu'ils n'ont pas fait assez de dégâts comme ça ?

Patrick porta la main à son bras prétendument blessé, comme s'il le faisait soudain souffrir. Puis il se frotta les yeux en faisant mine d'avoir le vertige.

— Vous avez raison. Je ferais mieux de rentrer me mettre au chaud. Je ne me sens pas très en forme.

— Et ta copine, alors ?

Frank ne semblait guère convaincu par sa mise en scène. Patrick haussa les épaules et garda la main posée sur sa manche imprégnée du sang de Rebecca.

— Ça m'étonnerait qu'elle soit partie par là. Vous m'avez dit que vous n'avez vu personne. Je suppose qu'elle est encore à l'intérieur et qu'elle me cherche de son côté.

Il se détourna pour regagner l'hôtel.

— Ho, gamin ! appela Frank.

Patrick s'immobilisa. La porte n'était plus qu'à quelques

pas. S'il courait vite, il pourrait l'atteindre. Sauf qu'elle ne s'ouvrait peut-être que de l'intérieur ?

Lorsqu'il jeta un regard derrière lui, il vit Frank armé d'une matraque blanche avec laquelle il tapotait la paume de sa main opposée. Patrick se figea. Nom de Dieu. D'où sortait-elle, celle-là ?

— Ne recommence pas à te faufiler dehors par les sorties latérales, O.K. ? On est tous un peu nerveux, aujourd'hui, si tu vois ce que je veux dire.

Frank actionna un interrupteur et Patrick découvrit que la « matraque » n'était qu'une banale lampe torche pourvue d'un long manche. Frank se retourna, ouvrit un tunnel de lumière dans la nuit enneigée et s'éloigna.

Patrick prit une grande goulée d'air glacé. Parano. Il devenait totalement parano. Serrant les dents, il se força à prendre quelques inspirations profondes et pénétra dans l'hôtel. Il s'en était bien sorti, finalement. Et Rebecca ne devait pas être loin.

35

Maggie refusa de tenir compte de la douleur qui lui poignardait le dos, là où elle avait heurté la calandre du 4x4. Elle avait d'abord essayé d'ouvrir sa veste pour attraper son Smith & Wesson, mais le revolver était trop lourd. Il ralentirait sa course. Le gamin n'avait pas d'arme, de toute façon. Elle se passerait de la sienne. Et elle était seule à pouvoir le rattraper désormais. Ses confrères avaient respecté ses ordres : les armes étaient restées au repos.

Elle entendit des pas résonner derrière elle — trop loin pour lui porter secours si nécessaire. L'émetteur grésilla sur son épaule.

— Le sujet se dirige vers le sud-est.

Le gamin avait glissé à quelques reprises, les semelles de ses tennis n'adhérant que faiblement à la neige. Chaque fois qu'il dérapait puis reprenait l'équilibre, la distance entre eux diminuait — d'un pas, de deux, et à présent de trois. Seule la longueur d'une voiture les séparait désormais, mais le fugitif, mince et souple, se faufilait entre les pare-chocs et se tordait comme du caoutchouc pour éviter les rétroviseurs. Il était terrifié. Pas parce qu'il faisait partie de la bande de poseurs de bombes, mais parce qu'il n'avait rien saisi, rien compris. Maggie se demandait même s'il maîtrisait l'anglais.

Il lui avait suffi de discerner ses traits pour savoir qu'il n'avait rien à voir avec les individus qu'elle avait observés tout l'après-midi sur les enregistrements vidéo. Il était beaucoup trop jeune. Et il était noir. D'une maigreur quasi squelettique. Et, surtout, il avait peur. C'était cela qui avait achevé de la convaincre. Elle avait lu dans son regard la peur panique de ceux qui ont déjà eu l'occasion de craindre pour leur vie. Ce n'était pas la première fois qu'elle voyait une telle expression sur un jeune visage. Elle ne reflétait pas la peur des coupables, mais la terreur des persécutés. Au point que Maggie s'était demandé si le fuyard comprenait l'anglais.

Des congères s'étaient formées entre les voitures. L'une d'elles avala sa jambière et refusa de la lui rendre. Maggie ne se laissa pas ralentir pour autant. Courir quatre à six kilomètres à un rythme soutenu faisait partie de son régime quotidien.

La voix s'éleva de l'émetteur, plus grésillante encore :

— Ne le laissez pas quitter le parking.

Elle entendit un cliquetis métallique derrière elle. Plus près, à présent. *Merde.* Armaient-ils de nouveau leurs fusils ? L'un des flics ajustait-il son arme en prenant appui sur le toit d'une voiture ? Avaient-ils déjà la cible dans leur ligne de mire ?

— Ne tirez pas ! hurla-t-elle.

Mais sa voix haletante n'articulait plus qu'avec peine.

— Le suspect est en fuite. Considéré comme dangereux.

— Personne ne tire ! insista-t-elle.

Il était terrifié. Pas dangereux. Pouvaient-ils l'abattre alors qu'elle courait à quelques pas derrière lui ?

Une cavalcade semblait rugir dans son dos, à présent. De lourdes bottes foulant la neige, le bruit du cuir qu'on rabat, le claquement du métal, des cris dispersés par le vent.

Le gamin glissa de nouveau et se cogna contre un pare-chocs. Encore deux pas de perdus pour lui. Il jeta un regard derrière son épaule. Grave erreur. Ce petit geste vous ralentissait à tous les coups. Il crut récupérer son avantage en virant brusquement sur la gauche pour courir dans une rangée parallèle à la sienne. Maggie pivota sur elle-même.

Elle plissa les yeux. Il était juste à sa hauteur. Et il n'y avait plus rien d'autre entre eux que de la tôle. Elle accéléra l'allure. Un peu plus vite, malgré le froid qui lui lacérait les poumons. Le vent, par chance, soufflait à présent dans son dos. Un tout petit peu plus vite encore. Il fallait juste qu'elle le précède d'un pas. Voilà. Se glisser entre deux voitures lui ferait perdre un temps précieux. Restait la solution du raccourci.

D'un regard rapide, elle examina l'alignement de véhicules. Et fit un choix raisonné en bondissant sur le capot d'un petit modèle. Opérant une belle glissade sur la neige attachée à ses semelles, elle se servit de son élan pour se propulser sur son fugitif. Elle atterrit sur lui de tout son poids. Le coude du gamin lui fracassa les côtes lorsqu'ils chutèrent ensemble. La douleur lui coupa la respiration. Elle ferma les yeux mais tint bon. Le gamin rua et donna des coups de pied jusqu'au moment où elle put lui saisir le bras. Un mouvement de torsion et il se figea. Elle affermit sa clé et lui plaça un genou dans le dos de manière à le maintenir plaqué, tête en bas.

— Je sais tout le mal que tu penses de moi en ce moment, mais, crois-moi, tu me remercieras plus tard.

Un genou dans le dos laissait moins de traces qu'un calibre 9.

Lorsque Maggie releva la tête, elle était entourée de géants coiffés de casques et équipés de fusils à lunette. L'un d'eux tenait le sac à dos lâché pendant la course ; un autre sa jambière. Charlie Wurth se fraya un chemin entre eux. Il paraissait petit, mal à l'aise dans son équipement militaire. Mais il arbora un sourire jusqu'aux oreilles lorsqu'il lui tendit une main gantée pour l'aider à se relever.

— Mes respects, O'Dell. Vous êtes quelqu'un.

36

— Notre adversaire est plus complexe que nous le pensions, expliqua Ceimo à Nick et à Yarden. Il ne s'agit pas simplement de trois mômes qui auraient décidé de s'amuser en faisant sauter un centre commercial.

Nick mit les chaussons en papier, mais laissa le masque pendre à son cou. Jerry, lui, équipé de pied en cap, faisait irrésistiblement penser à un gros insecte orange. L'élastique qui tenait le masque lui écartait un peu plus les oreilles. Et sa tignasse rousse était plus hirsute que jamais. Nick faillit lui donner un discret coup de coude et esquisser le geste d'aplatir ses propres cheveux, comme il le faisait avec son neveu Timmy. Mais il se contenta d'enfiler une paire de gants en latex violet, avant d'emboîter le pas à ses compagnons, les yeux rivés sur les épis de Jerry plutôt que sur les coulées de sang qui maculaient le sol. Les corps avaient été recouverts mais il aurait été prêt à jurer qu'il venait de voir une jambe — ou quelque chose qui y ressemblait. Un amas de chair ensanglantée, de tissu en lambeaux avec un mocassin au bout. Le tout sous ce qui avait été une table et qui n'était plus que métal tordu.

Ceimo les guida jusqu'au cratère de la première explosion. Absorbés par leur tâche, les techniciens ne leur prêtèrent aucune attention. Le bourdonnement, le cliquetis et le sifflement du matériel leur tenaient lieu de conversation. En déambulant entre ces individus masqués, vêtus de combinaisons en Tyvek, Nick eut l'impression de traverser une scène de la *Guerre des étoiles*. D'arpenter une planète inconnue, couverte de suie et de cendres avec, en arrière-plan olfactif, l'odeur d'un dîner brûlé. Il se raccrocha à l'image innocente d'un repas carbonisé. Tout valait mieux que de penser en termes de cheveux grillés et de chair consumée.

Une technicienne leva la tête à leur approche. Elle releva ses lunettes de sécurité sur ses courts cheveux blonds puis ramassa le plateau plein de gravats qu'elle avait entrepris de tamiser.

— C'est sur les épaules de Jamie que repose le déblaiement du cratère. C'est notre experte en explosifs, indiqua Ceimo.

Malgré la présence de quelques rides au coin des yeux, elle avait l'air d'une étudiante en première année. Nick lui donna trente ans, tout au plus.

— Allez-y, Jamie, fit David. Expliquez-leur ce que vous m'avez dit tout à l'heure.

Elle pointa un doigt ganté sur une pile de fragments au centre de son plateau.

— Lorsqu'une bombe explose, la plupart des gens pensent que tout est détruit par le feu. Mais la combustion n'est qu'une partie du phénomène. L'autre aspect, bien sûr, c'est le souffle de l'explosion. On se retrouve donc avec des fragments. Et certains d'entre eux sont déchiffrables.

Du bout du doigt, elle remua les débris et Nick aperçut quelque chose qui ressemblait à des fibres agrégées. Brûlées, bien sûr, mais on voyait encore que les extrémités étaient rouges.

— Le sac à dos, devina Yarden.

— Exactement. Quant à ce bout de métal, il fait partie du mécanisme de détonation.

— Ça ne ressemble pas à grand-chose, ne put s'empêcher de commenter Nick.

— Nous avons d'autres fragments plus petits par ici.

Jamie écarta doucement la cendre pour leur montrer ses trouvailles.

— Je les assemblerai tout à l'heure, au labo. Mais il me semble déjà avoir identifié le système. Je suppose que vous vous souvenez de l'avion de la Pan Am qui s'est écrasé sur Lockerbie, en Ecosse ?

Tous firent oui de la tête. L'attentat remontait à un certain nombre d'années. Au moins vingt ans, calcula Nick. Mais le drame était resté dans les mémoires. Un énorme jet rempli de passagers explosant en plein vol.

— C'était un bazar monstrueux, commenta Jamie comme si elle avait personnellement assisté à la scène.

Mais les minuscules pattes-d'oie qui étoilaient ses yeux n'étaient pas profondes à ce point.

— Les débris de l'avion étaient éparpillés sur des kilomètres. Pourtant, les enquêteurs ont pu reconstituer ce qui s'était passé. Ils ont trouvé un minuscule fragment du retardateur. Il avait été placé dans une radiocassette avec l'explosif — du Semtex. Le tout a voyagé dans une valise Samsonite marron.

Elle marqua une pause en voyant Yarden bouche bée.

— C'est impressionnant, n'est-ce pas ?

— Vous voulez dire que ce bout de métal que vous avez là est un morceau de retardateur ? demanda Nick.

— Non, pas vraiment. Le mécanisme de cette bombe est différent. Ce que je cherche à vous faire comprendre, c'est qu'on peut déterminer pas mal de choses à l'aide de simples fragments. Parfois, ils sont très aisés à définir. Le mécanisme qui permet de déclencher une bombe, c'est un peu comme la boîte noire d'un avion. Il nous fournit beaucoup de renseignements. Le fragment trouvé à Lockerbie a été identifié comme provenant d'un retardateur fabriqué par une société établie à Zurich. Ces minuteries n'existaient qu'en vingt exemplaires. Commandées et fabriquées tout spécialement pour le gouvernement libyen.

— Ouah !

Nick jeta un regard en coin à Jerry Yarden. Apparemment, Maggie avait de la concurrence. Nick crut voir une amorce de sourire sur les lèvres de Jamie — mais elle n'en poursuivit pas moins sa démonstration :

— Un dispositif de détonation, comme celui-ci, je n'en ai vu qu'une seule fois jusqu'à présent.

Nick hocha la tête.

— Ce qui veut dire que vous pourriez remonter jusqu'au fabricant ?

Jamie hésita.

— Je n'exclus pas cette possibilité, en effet.

— Hé là, une seconde ! l'interrompit Ceimo. Vous ne m'avez pas dit ça, tout à l'heure.

— Je ne peux encore rien affirmer avec certitude. Rappelez-vous qu'il me reste à assembler ces fragments. Mais au vu des éléments dont je dispose, ce dispositif me paraît suffisamment caractéristique pour être identifiable. Le système est différent, c'est certain. Il n'est pas numérisé. Ce n'est pas non plus un retardateur. Faute de mieux, je dirais qu'il est « sans fil ». Autrement dit, la bombe semble avoir été déclenchée à l'aide d'un logiciel de commande à distance.

— On pourrait imaginer qu'ils avaient chacun une commande à distance sur eux qu'ils auraient actionnée en même temps ? suggéra Ceimo.

Jamie secoua la tête.

— Rien de ce que j'ai trouvé jusqu'ici ne nous oriente vers cette hypothèse. Et, très franchement, cela n'aurait aucun intérêt. Si on a recours à un dispositif aussi sophistiqué, c'est généralement pour éviter de se trouver dans le périmètre de la bombe au moment où elle fait ses ravages.

— Et pourquoi pas une minuterie digitale, alors ? insista Nick. Et régler toutes les trois sur la même heure ? C'est un système éprouvé qui permet de mettre toute la distance que l'on veut entre l'artificier et sa bombe.

— C'est vrai. Mais en cas de contretemps ou d'impondérables, le retardateur a l'inconvénient d'exiger de nouveaux réglages ; c'est compliqué à mettre en œuvre.

— Puisque ces gens disposaient d'une commande à distance, pourquoi n'ont-ils pas simplement posé les trois sacs à dos à l'endroit où ils souhaitaient les voir exploser ?

— Nous les aurions remarqués, rétorqua Yarden. Nous sommes attentifs à tous les sacs et paquets qui traînent.

Jamie acquiesça.

— Tout à fait. Le risque aurait été trop grand que les bombes soient repérées *avant* d'être déclenchées.

Il y eut un silence. Personne ne souhaitait tirer la conclusion qui s'imposait — à savoir que les trois porteurs de sacs à dos étaient victimes de l'attentat au même titre que les autres morts gisant autour d'eux.

Jamie préleva un nouveau bout de métal sur la pointe de l'index.

— Là encore, l'information est à prendre avec des pincettes mais il se pourrait qu'il y ait eu des cadenas sur les sacs à dos.

Nick se frotta la mâchoire. Et se souvint à quel point les deux jeunes lui avaient rappelé son neveu. En plus âgé, bien sûr, mais tout de même. Ils aimaient le football, comme Timmy. Peut-être même y jouaient-ils, puisque l'un d'eux avait un blouson de sportif professionnel. Il revit en pensée leur démarche, leur assurance. Ils avaient arpenté le centre commercial sans manifester la moindre nervosité.

Qu'avaient-ils bien pu imaginer transporter dans leurs sacs à dos fermés par des cadenas ? Et qui les avait convaincus de déambuler dans le Mall of America avec cette charge mortelle sur le dos ?

— Vous dites que vous avez vu ce genre de dispositif auparavant ? rappela-t-il à Jamie. En quelles circonstances ?

Elle hésita, puis interrogea Ceimo du regard. Celui-ci hocha la tête.

— Vous pouvez tout leur dire. Ils travaillent pour Al Banoff. Le gouverneur veut qu'ils soient au parfum.

— J'ai déjà vu ce système, mais seulement à l'état de maquette, en fait. Nous avons pu arrêter le type avant qu'il ne le mette en œuvre. L'attentat était préparé jusque dans les moindres détails. Le type a prétendu que c'était juste un projet universitaire. Mais il avait déjà commencé à construire sa bombe. Le mécanisme était assez similaire à celui-ci. Un système sans fil très élaboré qui pouvait être déclenché à distance. Le terroriste avait besoin de se trouver aussi loin que possible du site de l'explosion.

Nick fronça les sourcils.

— Pourquoi ?

— Parce qu'il s'apprêtait à faire exploser une bombe sale.

37

Asante avait passé le contrôle de sécurité de l'aéroport sans l'ombre d'un problème. Il avait présenté sa carte d'embarquement et son permis de conduire, et n'avait obtenu en réaction qu'un regard rapide et un signe pressé de la main. Même son sac marin avait franchi toutes les étapes sans encombre. Personne ne l'avait regardé ou ne lui avait adressé la parole. Parfait.

A un détail près, cependant : il était toujours assis près de sa porte d'embarquement. Son vol était affiché. Avec un retard indéterminé.

Il se retint d'attirer l'attention en posant des questions, mais resta assez près du comptoir pour entendre ce qui se disait. L'hôtesse au sol avait expliqué à un autre passager que leur avion était coincé à Chicago et que la tempête de neige bloquait tout le trafic. Dès que l'autorisation de décollage leur serait donnée, elle ferait passer une annonce. D'ici là, il ne restait qu'à attendre.

— Non, avait-elle répondu à plusieurs reprises. Il n'y a pas d'autre vol ce soir pour Las Vegas.

Sur son ordinateur de poche, Asante avait déjà effectué des recherches de son côté. L'hôtesse avait malheureusement raison : aucun vol Minneapolis — Las Vegas n'était prévu avant le lendemain matin. Et les premiers étaient déjà pleins.

— Que voulez-vous ? C'est le week-end de Thanksgiving ! s'était défendue l'hôtesse lorsqu'un passager était venu se plaindre.

Asante gardait son calme. Ce n'était rien qu'une *petite* faille de plus. Il avait également cherché à louer une voiture. Mais là aussi, c'était la pénurie. Les véhicules qui auraient normalement dû revenir à l'agence avaient été retardés par la tempête. Ce qu'Asante avait considéré quelques heures plus tôt comme une aubaine était en train de tourner rapidement à la…

Au contretemps. Juste un *petit* contretemps, se rappela-t-il à l'ordre.

Vu sa proximité avec le comptoir d'embarquement, il avait coupé le son de son portable et laissé tous ses appels sans réponse. Après une heure d'attente, il vérifia quand même ses messages. Ses collaborateurs se seraient bien gardés de lui envoyer un texto. C'était trop risqué. Un message l'attendait sur sa boîte vocale, en revanche. Son assistante avait adopté le ton familier d'une épouse laissant un message en coup de vent à son mari :

— C'est moi, mon chéri. Je voulais juste te dire que je n'ai pas encore récupéré Becky. Elle est à court d'argent. Nous partons la chercher.

Asante sourit. Il aurait pourtant dû être furieux que Rebecca Cory soit encore quelque part dans la nature. « Elle est à court d'argent » signifiait qu'elle avait dû tenter de faire un retrait. Et leur système avait dû localiser sans difficulté le distributeur où elle avait essayé de se servir. Qu'ils soient en route pour aller la « chercher » était plutôt bon signe.

Il jeta un œil à sa montre. Si l'avion était toujours

bloqué à Chicago, il n'atterrirait pas à Minneapolis avant une heure. Et cela faisait trop longtemps qu'il ignorait les messages de son estomac. Il avait toujours soutenu qu'il fallait assurer les fondamentaux pour garder un esprit clair. Se nourrir faisait partie des fondamentaux en question. Il régla l'alarme de sa montre sur une demi-heure. Sur son ordinateur de poche, il fit les réglages nécessaires pour être alerté en cas de changement des conditions météorologiques à Chicago et à Minneapolis. Puis il hissa son sac sur une épaule et se mit en quête d'un repas.

Malgré le retard, il était en sécurité à l'aéroport. Si les autorités étaient à la recherche d'un deuxième homme — un nouveau John Doe n° 2 —, ils ne l'identifieraient pas comme tel. Même s'il avait été filmé par une des caméras du centre commercial et que les flics entreprenaient de passer tous les passagers de l'aéroport au crible pour l'empêcher de s'échapper, ils ne le reconnaîtraient pas. La majorité des aéroports n'avaient pas de caméras dans les halls ni autour des comptoirs de vente de billets. Ces endroits n'étaient pas considérés comme des zones de haute sécurité. Et le John Doe n° 2 qui avait facilité les explosions n'était plus nulle part en vue. Il avait été abandonné dans une de ces aires vierges de vidéosurveillance, fourré parmi les ordures et emporté par une chasse d'eau.

38

Que Kunze ne partage pas l'enthousiasme de Wurth au sujet de sa course-poursuite sur le parking n'aurait pas dû surprendre Maggie outre mesure. Le « suspect » était un gamin soudanais de seize ans, séparé de sa mère adoptive dans la cohue qui avait suivi les explosions. Il parlait un anglais très correct, mais la terreur lui avait fait perdre toute maîtrise de la langue. Les cris, le vacarme, les morts avaient ravivé les souvenirs encore trop récents des persécutions exercées par la police de son pays. Il avait réagi en choisissant la seule option qu'il croyait encore possible : la fuite. Par chance, il était sorti indemne de sa mésaventure.

Maggie, en revanche, avait écopé d'une ou deux côtes froissées. Sauter sur le capot d'une voiture ou se cogner contre la calandre d'un 4x4 n'était pas sans risques.

Elle tenait ses côtes douloureuses d'une main tandis qu'un infirmier l'aidait à retirer son gilet pare-balles. Wurth avait insisté pour qu'elle se fasse examiner, et l'avait conduite à l'hôtel de l'autre côté de la rue, transformé en centre de triage. Pour échapper aux médias, il avait convaincu l'infirmier de la soigner dans une petite pièce, à l'écart de la salle de bal où opéraient l'ensemble des secouristes. Ils avaient réussi à bloquer l'accès aux journalistes — mais il en fallait plus pour arrêter Kunze. Il entra au pas de charge, la bouche écumante de reproches.

— Putain, mais qu'avez-vous à la place du cerveau, O'Dell ? On ne vous demandait qu'une chose, bordel : c'était de nous dire si ce gamin avait oui ou non des explosifs dans son sac !

Les mains sur les hanches, il la dominait de toute sa taille, avec son cou de taureau et ses veines saillantes.

— De quel droit êtes-vous allée sprinter derrière lui en jouant les héros de service ? Votre acte d'insubordination aurait pu coûter la vie aux passants. Et je ne parle pas des flics ! Nous avons déjà suffisamment d'affolés de la gâchette parmi tous ces enfoirés… Ce n'était vraiment pas le moment d'en rajouter une couche en leur fournissant un prétexte pour tirer !

— Ça suffit maintenant !

L'exclamation furieuse de Wurth surprit Maggie autant que Kunze.

— Pardon ?

— Je vous dis de la boucler, c'est clair ?

Wurth avait dix centimètres et vingt-cinq kilos de moins que Kunze, mais il lui tint tête sans ciller.

— Votre agent a fait preuve d'un grand courage.

— De courage ? Vous appelez ça du courage, vous ? Ce petit jeu d'attrape-moi si tu peux ?

— Elle a évité qu'un gamin innocent ne paie de sa vie le prix de sa peur. Alors, oui, je dirais que, dans des circonstances où chacun d'entre nous a la rage au ventre et cherche une victime expiatoire, Maggie O'Dell s'est comportée magnifiquement.

— Dommage que vous ne soyez pas son responsable hiérarchique. Elle aurait peut-être échappé au blâme.

— Au blâme ?

Wurth parut incrédule. Maggie, elle, ne fut que modérément étonnée. Elle ne dit mot. Et finit de retirer son gilet en fermant les yeux sous l'effet de la douleur qui lui perforait les côtes.

— Trois quarts d'heure, aboya Kunze. C'est le temps dont vous disposez, tous les deux, pour vous laver et vous changer avant d'aller faire les malins devant les journalistes et leur expliquer ce qui est arrivé. Je vous retrouve là-bas.

Ils le suivirent des yeux alors qu'il sortait au pas de charge. Puis Wurth tourna la tête vers elle.

— Eh bien !… Vous lui avez fait quoi, à ce type ?

39

Rebecca eut un regain de panique. Dans la boutique de la station-service, à côté de l'hôtel, le distributeur avait recraché impitoyablement ses deux cartes. Et elle n'était pas sûre d'avoir assez d'argent en poche pour payer le taxi jusqu'à l'hôpital. Le Mall of America était situé en banlieue, alors que le centre hospitalier se trouvait au centre de Minneapolis.

Indécise, elle s'approcha de la vitre et regarda la neige tomber à gros flocons. La nuit était si sombre, si froide ! Après l'explosion, elle avait arraché un bout de manche de son manteau pour panser son bras blessé. Chaque fois que la porte s'ouvrait pour laisser passer un client, elle frissonnait à l'idée d'avoir à ressortir dans l'obscurité glacée.

Elle s'acheta une barre chocolatée pour qu'on ne l'expulse pas de la boutique, même si le flot continu de clients qui allaient et venaient l'aidait à passer inaperçue. Elle apercevait par la vitre la lumière intermittente des phares qui ponctuait le passage des voitures aux pompes. Elle captait aussi son propre reflet, parcellaire, mais suffisamment net pour lui donner le sentiment de ne pas se reconnaître. Son bras la faisait souffrir. Elle faillit acheter un flacon de paracétamol, puis se ravisa. Ce serait encore de l'argent — et de la sécurité — en moins.

Elle prit de toutes petites bouchées de son Snickers en essayant de se souvenir quand elle avait mangé pour la dernière fois. Ce matin, dans l'aire de restauration, elle n'avait bu qu'un café. La veille au soir, ils avaient terminé le reste de dinde préparé par la grand-mère de Dixon pour le repas de Thanksgiving. Quel festin ! Elle avait l'impression que cela remontait à une éternité… Comme si une vie entière s'était écoulée depuis.

— Becky ?

Elle se retourna. La jeune femme qui l'avait appelée Becky lui sourit. Pour personne, jamais, elle n'avait été « Becky ». Ni pour ses amis ni pour sa famille. C'était soit Becca soit Rebecca. Pourtant, l'inconnue semblait la connaître.

— Il me semblait que c'était toi, dit-elle.

La fille venait de payer son essence et se préparait apparemment à ressortir. Cédant le passage à un client qui entrait, elle lâcha la porte. L'inconnue devait avoir son âge — quelques années de plus, peut-être. Vêtue d'un jean usé et d'un luxueux blouson en cuir, elle tenait ses clés de voiture d'une main et un paquet de chips ainsi que sa monnaie dans l'autre.

— Je suis désolée… Je vous connais ?

— Non, pas vraiment, admit la fille.

Elle haussa les épaules comme pour s'excuser.

— Je suis la copine de Chad. Quand nous étions dans le centre commercial ce matin, il t'a désignée de loin. Je vais le chercher, là. Tu veux que je te dépose quelque part ?

Rebecca masqua tant bien que mal sa stupéfaction.

Chad était mort. Elle l'avait vu se disloquer sous ses yeux. Se pouvait-il que son amie ne soit pas au courant ?

— Non, merci, balbutia-t-elle. J'attends quelqu'un, en fait.

— Tu es sûre ?

La fille semblait sceptique. Elle désigna la manche ensanglantée de son manteau.

— Tu n'as pas l'air en forme. C'est fou, ce qui s'est passé, hein ? Chad aussi a eu des contusions. Tu es certaine que tu ne veux pas que je te conduise quelque part ?

— Non, ça va, merci. Je ne veux pas manquer l'ami que je dois retrouver.

Les clients qui entraient dans la boutique devaient contourner la copine de Chad pour se frayer un chemin jusqu'à la caisse. Elle commençait à gêner le passage.

— Bon, ben, je file, alors. A un de ces quatre.

Rebecca la suivit des yeux alors qu'elle regagnait son véhicule. La fille se retourna et lui adressa un signe de la main. Rebecca se déplaça pour continuer à l'observer. Le van de couleur sombre de la fille était stationné devant l'une des pompes les plus éloignées de la boutique. L'avant du véhicule étant plongé dans l'obscurité, elle ne put déterminer s'il y avait quelqu'un d'autre à bord.

Rebecca sentit son estomac se nouer. Chad s'en était-il réellement sorti avec quelques plaies et bosses ? Se pouvait-il que, sous l'effet du choc, elle ait créé de toutes pièces la scène digne d'un film de série B où elle avait vu un éclair blanc l'engloutir ? Les images qu'elle gardait du drame étaient lointaines, imprécises, comme quand on se réveille d'un cauchemar. Son imagination lui avait-elle joué des tours ?

Pour échapper aux regards soupçonneux du caissier, elle fit mine de s'intéresser à un présentoir de grattoirs pour vitres. Par chance, une nouvelle vague de clients entra peu après. Le gars fut trop occupé à encaisser leurs achats pour continuer à lui prêter attention. Elle traversa la boutique et se posta près des toilettes. De là, elle ne voyait plus qu'une partie des pompes, mais elle pouvait surveiller la sortie ainsi que l'arrière du parking. Le van apparut, quitta la station-service et s'engagea dans la rue. La tension de Rebecca se relâcha, comme si un poids tombait de ses épaules.

D'une main tremblante, elle sortit l'iPhone de sa poche. Dixon représentait son dernier espoir. Elle n'avait pas son numéro de téléphone mais elle trouva son dernier message texte et choisit l'option « répondre ».

T'ES ENCORE LA ?

La réaction de Dixon fut quasi instantanée.

T'ES OU ?

STATION SERVICE EN FACE DU CENTRE. TU PEUX VENIR ME CHERCHER ?

Elle attendit.

SUIS EN ROUTE

Le soulagement lui scia les jambes. Elle dut prendre appui contre le mur pour ne pas chanceler. Elle se ressaisit et jeta un regard furtif autour d'elle. Le caissier, tout à sa clientèle, avait plus urgent à faire que de se soucier de ses agissements. Parfait. Elle resterait ici, au chaud, en attendant Dixon.

Elle s'autorisa un sourire — puis son regard fut attiré vers l'extérieur. Où le van de couleur sombre venait de réapparaître. Elle le vit se diriger lentement vers l'extrémité du parking pour aller se garer en retrait, juste derrière le container à ordures.

40

Maggie trouva un distributeur de boissons dans le hall d'entrée bondé de l'hôtel. Wurth avait réussi à leur dégoter des chambres, et même fait le nécessaire pour qu'on lui monte sa valise. Depuis qu'elle avait gagné son respect, il prenait soin d'elle avec une sollicitude à laquelle elle n'était pas habituée. Surtout depuis que Kunze était aux commandes.

Maintenant que les derniers blessés avaient été évacués ou soignés sur place, la salle de bal de l'hôtel ainsi que le hall d'entrée et la réception s'étaient mués en un centre d'accueil où les familles venaient s'informer et retrouver leurs proches. Partout, on entendait crier et pleurer — de tristesse pour les uns, de soulagement pour d'autres. Au brouhaha se mêlait une interminable litanie d'instructions. La porte-tambour tournait en continu, faisant chaque fois entrer un flux d'air glacé en même temps qu'une nouvelle vague de victimes, de proches affolés ou de secouristes.

Maggie se fraya lentement un chemin dans l'espace bondé, s'excusant à chaque collision. La pression constante des corps et l'intensité du fond sonore lui firent paraître interminable le trajet jusqu'aux ascenseurs. Haut de huit étages et idéalement situé près du

Mall of America, l'hôtel accueillait habituellement des congrès et des séminaires d'entreprises. Le long week-end de Thanksgiving avait rempli les chambres bien avant l'attentat. Le flot de blessés et l'agitation des familles rongées d'inquiétude créaient une atmosphère survoltée. Au milieu des éclopés et de leurs proches, Maggie avait repéré un flot discontinu de clients se dirigeant vers la réception pour régler leur note. Une bonne partie de la clientèle, effrayée par les attentats — et l'idée qu'ils pourraient se reproduire —, souhaitait partir au plus vite, libérant ainsi des chambres pour les soignants comme pour les enquêteurs. Maggie avait mesuré l'étendue de sa reconnaissance envers Wurth à l'instant précis où elle avait refermé la porte de la chambre qu'il avait réservée pour elle. Maintenant qu'elle tentait d'y retourner, son Coca et ses glaçons à la main, elle mesurait aussi l'étendue de sa fatigue.

Les portes de la cabine se refermèrent, l'isolant brusquement du vacarme ambiant. A la place des cris, des pleurs, des questions angoissées, s'éleva une chanson de Noël à laquelle Maggie ne prêta qu'une oreille distraite. En descendant à son étage, elle entendit la même musique dans le couloir. Et se surprit à l'écouter avec plaisir.

Et à en éprouver un certain apaisement.

Elle survivait d'ordinaire à la saison des fêtes en faisant mine de ne pas y penser. Mais certains détails lui rappelaient parfois les moments heureux de son enfance — tous datés d'avant l'incendie. Les chants de Noël en faisaient partie. Ils la frappaient invariablement en plein cœur.

Son père avait été tué lorsqu'elle avait douze ans. En vrai soldat du feu, il était retourné dans une maison en flammes pour sauver ses occupants. Certaines personnes prétendaient qu'elle aurait dû être fière d'avoir eu pour père un tel héros. Enfant déjà, Maggie trouvait leurs propos ridicules. C'était un père vivant qu'elle voulait, pas un héros mort.

Les Noëls qui avaient suivi le décès de son père avaient mêlé l'imprévisible à l'insoutenable. Tout dépendait de l'heure de la journée à laquelle sa mère attaquait les festivités. Quant aux noms des invités, ils se déclinaient sur les étiquettes des bouteilles : Jim Beam ou Jack Daniel's. Parfois Johnnie Walker, si l'année avait été faste.

Une fois adulte, Maggie avait tenté, au début du moins, d'inventer de nouveaux rites de Noël avec Greg. Mais son ex-mari, qui venait d'être recruté dans un prestigieux cabinet juridique, cherchait surtout à se montrer dans les cercles les plus en vue. Soucieux de faire bonne impression auprès de ses nouveaux clients, il distribuait généreusement de coûteux cadeaux, dont il déplorait le faste par la suite. Il n'avait jamais consenti à décorer tranquillement le sapin avec Maggie. A l'accompagner à une messe de minuit ou à s'asseoir avec gourmandise autour d'un repas traditionnel. Au bout d'un moment, les fêtes de Noël ne furent plus, pour elle, qu'une étape à franchir, année après année.

Mais, de temps à autre, un son ou une image lui rappelait l'époque d'avant l'incendie — celle des « vrais » Noëls. Des moments baignés de tant de chaleur et de lumière qu'elle se demandait, vingt ans après, s'il s'agissait de vrais souvenirs ou si elle les avait inventés de toutes pièces. Quelques instants plus tôt, une silhouette masculine, entrevue dans la foule, lui avait évoqué son père. Preuve qu'il hantait déjà ses pensées.

Comme elle sortait sa carte électronique pour ouvrir

la porte de sa chambre, les haut-parleurs du couloir diffusèrent les premières notes de « Vive le vent ». Elle fut brusquement ramenée des années en arrière, lors d'un Noël particulièrement joyeux, égayé par la voix de son père qui entonnait « Vive le vent » à tout bout de champ. Les souvenirs affluèrent à sa mémoire avec un luxe de détails qu'il lui aurait été impossible d'inventer.

Leur trio — son père, sa mère et elle — avait passé l'après-midi à piétiner dans une pépinière du Wisconsin. Avec la mission de trouver le sapin le plus magique du monde.

— Comment on saura qu'il est magique ? s'inquiétait-elle.

Son père se contentait de secouer la tête.

— Tu verras. On le reconnaîtra.

Cette année-là, à onze ans, elle ne croyait plus depuis longtemps à la magie ni au Père Noël. Lorsque son père avait fini par arrêter son choix sur un arbre, elle s'était dit qu'il ressemblait de façon suspecte à tous ceux qu'ils avaient rejetés. Mais son père adorait transformer chacune de leurs sorties en aventure. Et sa mère et elle avaient toujours joué le jeu. Ce soir-là, ils avaient décoré leur sapin « magique » en buvant du chocolat chaud et en entonnant en chœur toutes les chansons qu'ils connaissaient. Que ce Noël-là serait leur dernier, ils étaient à mille lieues de l'imaginer. D'ailleurs, c'était peut-être la seule chose qui, avec le recul, avait fini par conférer à cette journée particulière son caractère magique.

Dans sa chambre, Maggie vérifia l'heure, et mit les glaçons de côté. Ils étaient destinés à soulager ses contusions. Puis elle but la moitié de la cannette en se débarrassant de ses vêtements sales. Sa valise était ouverte sur l'un des lits doubles. Elle aurait aimé prendre une douche, mais la conférence de presse ne lui en laisserait pas le temps. Tant pis. Elle se contenterait de se changer. Elle alluma la télévision, histoire de meubler le silence. Mais lorsque son regard tomba sur l'écran, elle s'immobilisa net.

La scène qu'elle avait sous les yeux ressemblait à un épisode d'une série policière, alors qu'il s'agissait tout bêtement des actualités locales. Des journalistes avaient réussi à la filmer quand elle poursuivait l'adolescent. Apparemment, ce n'était pas la première fois que la chaîne diffusait ces images. Le couple de présentateurs la commentait comme s'ils l'avaient déjà vue et revue et qu'ils se livraient à une analyse point par point.

— La voici, déclara la femme au moment où Maggie se vit sauter sur le capot de la petite voiture.

Les deux commentateurs poussèrent une même exclamation admirative.

— Ouh ! Elle a dû se faire très mal, commenta la présentatrice avec une compassion toute maternelle. Nous venons d'apprendre que l'agent spécial Margaret O'Dell est un profiler du FBI, appelé sur les lieux sur requête du gouverneur.

Une photo de Maggie apparut dans un coin de l'écran. Le commentateur masculin poursuivit :

— L'agent spécial O'Dell, qui a déjà établi le profil des kamikazes, a pu prêter son concours aux forces de l'ordre locales, et les assurer que l'adolescent ne faisait pas partie du gang des poseurs de bombe. Le jeune garçon…

Le portable de Maggie sonna au moment où une photo du jeune Soudanais s'affichait en gros plan.

— J'ai une bonne et une mauvaise nouvelle, annonça Wurth sans autre préambule.

— Commencez par la bonne.

— Vous êtes dispensée de conférence de presse. Je la ferai avec Merrick, le préfet de police, pour cette fois-ci.

— Laissez-moi deviner : Kunze n'a pas envie d'exploiter ma nouvelle célébrité ?

Wurth émit un rire bref.

— Vous avez allumé votre TV, apparemment ?

— Tout juste, oui. La station locale a immortalisé la scène.

— Locale ? Vous n'y êtes pas, *chère*, rétorqua Wurth avec une assez belle imitation d'accent cajun. Ça passe aussi sur CNN et sur Fox. Vous êtes une vedette nationale.

— J'en déduis que c'était la mauvaise nouvelle ?

— Non. Vous vous souvenez que votre responsable hiérarchique était un peu... irrité il y a une demi-heure ? Eh bien, il est totalement sorti de ses gonds, maintenant. Il me charge quand même de vous transmettre que nous nous retrouvons tous au centre de commande, au rez-de-chaussée, salle 119. Votre présence sera hautement appréciée. Je vous propose d'attendre une demi-heure avant de descendre. J'en aurai terminé avec les médias. Et je ferai de mon mieux pour tenter de détourner les coups.

Il coupa la communication avant que Maggie ait pu le remercier. Elle dénicha la télécommande et fit défiler les chaînes. Wurth n'avait pas exagéré. Elle retrouva un peu partout des images de la poursuite à divers stades.

Son portable se remit à sonner. Qu'est-ce que Wurth avait oublié de lui dire ?

— Agent O'Dell.

— Salut, c'est Nick. Tu as quelque chose de particulier au programme, là, tout de suite ?

La question était posée avec nonchalance, comme s'il projetait de l'inviter à dîner. Apparemment, il n'avait pas encore allumé son poste de télévision.

— Je me fais faire une manucure. En attendant ma thalasso.

Il émit un rire long et franc. Comme quelqu'un qui n'avait pas ri depuis longtemps et qui n'espérait pas rire de sitôt. Il rit si longtemps, en fait, qu'elle finit par sourire.

Nick reprit enfin son sérieux.

— J'ai appris que le quatrième poseur de bombe n'en était pas un. Ça s'est bien passé pour toi ?

— Ça va, oui. Quelques contusions. Rien d'irréparable.

— Nous avons obtenu quelques infos cruciales, Jerry et moi. Je sais qu'on se retrouve tout à l'heure au centre de commande, mais j'ai pensé que tu serais heureuse d'en prendre connaissance avant tout le monde.

— De quoi s'agit-il ?

Il lui parla des trouvailles de l'experte en explosifs. Ces éléments confirmèrent ce que Maggie soupçonnait déjà : les trois jeunes aux sacs rouges ignoraient tout de la catastrophe à venir. Et du rôle macabre qu'ils allaient y jouer. Nick l'informa ensuite que Jerry téléchargeait les meilleurs clichés qu'ils avaient pu obtenir des cinq suspects. Puis il lui demanda si elle souhaitait autre chose.

— Hmm… Un hamburger frites ?

— Je vais voir ce que je peux faire.

Il raccrocha avant qu'elle ait eu le temps de préciser

qu'elle plaisantait. Nick Morrelli n'était pas facile à décrypter. Elle l'avait toujours trouvé attirant — et il n'était manifestement pas insensible à sa personne. Mais pour le reste, ils étaient en décalage quasi permanent. Si bien qu'elle avait tout simplement renoncé à essayer de le comprendre.

Maggie acheva de se déshabiller. Etrangement, sa course folle lui avait fait du bien, au physique comme au moral. Un mois plus tôt, elle n'aurait sans doute pas pu soutenir un pareil effort. Après sa mise en quarantaine, elle s'était sentie faible et nauséeuse. Il suffisait d'une petite fièvre ou d'un saignement de nez pour déclencher la spirale infernale de la panique : elle croyait sentir le virus se multiplier en elle, faisant éclater les cellules de son sang. Mais elle avait eu de la chance. La période d'incubation était passée. Et elle ne présentait toujours pas de symptôme. Une fois de plus, elle s'en sortait indemne. A la différence de Cunningham.

Examinant son côté droit, elle vit que sa peau avait déjà viré au bleu et au violet. Mais à côté des cicatrices qu'elle avait sur le torse, les ecchymoses paraissaient bénignes. Elle avait accepté l'idée que son corps se muait en une sorte de carte routière où l'on pouvait suivre, en relief, les étapes de ses enquêtes passées. Cela faisait partie du métier, après tout. Lorsque chasser des tueurs était votre gagne-pain, il venait un moment où le chasseur devenait chassé. La plupart de ses souvenirs avaient été soigneusement compartimentés. Tôt ou tard, la terreur d'avoir été exposée à un virus mortel finirait par trouver sa place dans un tiroir bien scellé. Dommage qu'elle ne puisse pas procéder de la même façon avec sa vie privée !

Son amie Gwen Patterson, la psychologue dont la

clientèle comprenait aussi bien des assassins que des militaires haut gradés, ne croyait pas aux vertus de la compartimentation. Gwen ne cessait de lui répéter que les tiroirs trop tôt refermés se muaient en dynamite.

— Un de ces jours, les parois de tes tiroirs pourraient éclater. Et comment feras-tu alors ?

Gwen lui avait conseillé de trier le bon et le mauvais de son histoire. Et de se raccrocher au bon. Le problème, c'est que ses rares souvenirs heureux la confrontaient au vide de sa vie privée. Même chose pour Nick, d'ailleurs. Il ravivait trop de manques en elle. Elle vérifia l'heure. Cinq minutes sous la douche lui feraient un bien fou. Puis elle passerait un bon quart d'heure à faire quelques recherches sur internet. Sa décision prise, elle brancha son ordinateur portable avant d'entrer dans la salle de bains.

41

Rivé au chevet de sa femme, Henry Lee contemplait les tuyaux qui la reliaient à une demi-douzaine d'appareils. Il ne parvenait pas à détacher ses yeux du plus gros flexible transparent qui dépassait des couvertures au pied du lit. Des liquides jaune pâle et rouges y étaient propulsés et se mélangeaient pour former une spirale rosâtre. Penser que ces substances vitales sortaient du corps d'Hannah lui plombait l'estomac.

Il fixait les drains et les cathéters car il lui était difficile de regarder son épouse. Le visage d'Hannah était boursouflé au point d'être méconnaissable, ses lèvres pâles semblaient écartelées par la sonde qui s'enfonçait dans sa gorge. Ses paupières se soulevaient par moments et il la surprenait à le chercher des yeux. Savait-elle qu'il était là ? Il lui prit la main et la serra doucement.

— Très bien, commenta l'infirmière en entrant dans l'unité de réanimation. Elle va éprouver un léger inconfort en se réveillant, à cause du tube que nous avons posé dans sa gorge. Nous avons diminué la perfusion de morphine pour qu'elle se réveille.

— Un léger inconfort ?

Le mot fit frémir Henry. Il ne voulait pas qu'Hannah souffre. Il se leva d'un bond en enveloppant sa main des deux siennes. L'infirmière identifia aussitôt la nature de son angoisse.

— Nous voulons la réveiller doucement pour être sûrs qu'elle reprendra une respiration autonome lorsque nous enlèverons le tube. Sinon, les patients cardiaques ne pensent qu'à dormir, et laissent le respirateur travailler à leur place.

— Mais… elle aura mal ? insista Henry.

— Juste une sensation d'inconfort. Nous pourrons augmenter la dose de morphine tout de suite après. Ce ne sera pas long.

Hannah avait les yeux fixés sur lui, à présent. Son regard était voilé, mais elle semblait essayer de lui dire qu'elle avait mal. Malgré l'arsenal de tubes et d'aiguilles, elle tenta de porter la main à sa gorge. Ses yeux l'imploraient de lui venir en aide. Henry dut se retenir de hurler.

— Tout va bien se passer, lui assura l'infirmière. Il faudra juste que vous sortiez quelques minutes.

Il ne bougea pas d'une semelle. Pas question de laisser Hannah toute seule. Surtout quand elle le regardait comme ça. L'infirmière posa une main sur son épaule.

— Cela ne prendra que quelques instants… Il faut vraiment que j'ôte le respirateur. Je viendrai vous chercher dès que j'aurai terminé.

Il fit un effort pour ne pas dévoiler son inquiétude. Inquiétude ? Qui espérait-il abuser ? C'était de la terreur pure et simple qu'il éprouvait ! Il ne pouvait pas vivre sans Hannah. Perdre leur fille avait été terrible. Comme si on lui avait arraché un bras. Mais Hannah ? Ce serait comme si on lui enlevait le cœur. Avec un seul bras, il était possible de vivre. C'était cruel, douloureux, mais possible. Mais sans cœur ? Non, il n'en aurait pas la force.

— Je serai juste à côté, Hannah.

Puis il ajouta, comme s'il avait besoin de se l'entendre dire à voix haute :

— Tout va bien se passer, tu verras.

Il dut s'appuyer au mur pour quitter le service de réanimation cardiaque. Peut-être avait-il besoin, lui aussi, d'une assistance respiratoire ? Personne dans la salle d'attente. Il se laissa tomber sur une chaise et regarda autour de lui. Toujours pas de Dixon. Il n'avait pas revu son petit-fils depuis qu'il lui avait emprunté son portable et s'était éloigné pour appeler ses copains. Henry se passa la main sur les yeux. Il ne parvenait toujours pas à croire qu'ils aient trouvé le moyen de se servir de Dixon. De mêler *son* petit-fils à cette histoire. Seigneur ! Ils avaient même poussé le vice jusqu'à cibler et recruter ses amis, Tyler et Chad. Pourquoi ? A cause de l'appréhension qu'il avait manifestée envers leur projet ? Espéraient-ils s'assurer son silence en se servant de Dixon ?

Il ferma les yeux et secoua la tête. Il n'arrivait toujours pas à y croire. C'était inconcevable. Il fut tenté de rappeler Allan. De lui demander s'il savait depuis le début. Il avait besoin de comprendre ce qui se passait. Comment un mouvement qui avait débuté avec des intentions honorables avait-il dégénéré en une machination monstrueuse commandée par la soif du pouvoir et de l'argent ?

Mais que fichait Dixon, bon sang ? Il était infiniment soulagé que son petit-fils ait échappé à l'attentat. Mais il éprouvait une irritation croissante à son égard. Que Dixon se préoccupe de ses amis, soit. Mais Hannah venait de subir une grosse opération cardiaque. Le gamin aurait dû être là, à son chevet. Et se tenir auprès de lui, son grand-père.

Admettre qu'il avait besoin de soutien n'allait pas tout seul pour Henry Lee. Pendant quarante ans, il avait travaillé ferme, partant du bas de l'échelle pour se classer au final parmi les cinq cents plus grosses fortunes d'Amérique. Même aujourd'hui, quelques années après avoir pris sa retraite, il refusait de passer la main. Il restait président du conseil d'administration et continuait d'influencer les votes. Homme de contrôle, il s'était toujours arrangé pour demeurer maître de la situation. De *toutes* les situations. C'est ce qu'il avait cru, du moins.

L'opération d'Hannah lui était tombée dessus sans prévenir. Tout comme la mort de sa fille, d'ailleurs. Il avait pensé que rien ne pourrait surpasser en horreur cette journée d'avril 1995... mais, à l'époque, il avait Hannah à son côté. Et cela faisait une sacrée différence.

En ce moment, l'état de santé de sa femme était sa seule vraie préoccupation. Il ne parvenait même pas à s'intéresser au fait que leur stratégie ait dérapé au point de tourner au carnage. *Si* toutefois il s'agissait bien d'un dérapage. Car le carnage était peut-être précisément l'effet recherché, au contraire ?

Henry commençait à voir ce qu'il s'était refusé à admettre jusqu'à présent. Que si ses propres positions étaient dictées par l'honneur et le patriotisme, celles de ses soi-disant associés étaient inspirées avant tout par le souci d'augmenter leurs marges bénéficiaires et d'exercer un effet de levier politique. Henry savait désormais qu'il s'était trompé de combat. Seule sa famille comptait profondément pour lui. Le reste — la nation, les affaires et même l'honneur — arrivait loin derrière. L'ironie voulait que ce soit précisément son sens de la famille qui l'ait amené à prendre de nouvelles orientations. Mais en changeant de cap, il avait perdu de vue son but initial. Sa fierté et ses idéaux obstinés avaient fini par mettre en danger ce pour quoi il prétendait se battre. Et il avait bien failli y laisser ce qu'il lui restait de famille. Comment diable allait-il pouvoir réparer l'erreur monstrueuse qu'il avait commise ?

A la télévision, les chaînes locales continuaient de diffuser des images du Mall of America. Pour le moment, ils retransmettaient une conférence de presse, mais dans un coin de l'écran on voyait la rediffusion d'une scène de poursuite. Toujours aucune confirmation du nombre exact des décès, même si on estimait qu'il se situait entre vingt-cinq et cinquante. Avec des blessés qui, eux, se comptaient par centaines.

Henry se frotta les yeux ; puis ses mains l'une contre l'autre. Ses doigts tremblaient. Il jeta un coup d'œil dans le couloir. Où se cachait ce fichu Dixon, bon sang ? A l'accueil, on lui avait expliqué qu'il pouvait faire usage du téléphone de la salle d'attente pour ses appels locaux. Il lui suffisait de composer un « 9 » avant son numéro. Il décrocha le combiné et composa le numéro de son propre portable.

A l'âge de Dixon, les jeunes avaient parfois besoin qu'on leur rappelle certaines obligations élémentaires. Lorsqu'une catastrophe survenait, les membres d'une même famille devaient se montrer solidaires. Or il avait besoin de Dixon, nom d'un petit bonhomme ! Il aurait dû être ici, à l'hôpital. Pas à courir Dieu sait où pour prendre des nouvelles de ses copains.

Au bout de cinq sonneries, une voix s'éleva dans l'appareil.

— Il vous en a fallu du temps pour appeler.

— Qui êtes-vous ?

— Peu importe. Je pense que vous souhaitez parler à votre petit-fils.

Il y eut un son étouffé, puis :

— Papy ? Qu'est-ce qui se passe ?

La voix de Dixon lui parut lointaine, elle aussi, comme s'il était maintenu à distance de l'appareil. Il s'apprêtait à répondre quand il entendit le hurlement de douleur de son petit-fils résonner sur la ligne. Cette fois, ses genoux le lâchèrent pour de bon.

42

Patrick avait inspecté l'hôtel de fond en comble. Il avait arpenté des dizaines de couloirs, erré dans les cages d'escalier, emprunté les monte-charge et même poussé les portes des lingeries. Tout ça pour rien. Il devait se rendre à l'évidence : Rebecca avait quitté le bâtiment.

Dehors, les températures étaient tombées bien au-dessous de zéro. Il longea courageusement la route à quatre voies, très passante et dépourvue de trottoir. Il y avait à peine assez de place pour un piéton. Mais il n'était pas seul : sur les parkings des commerces situés à proximité du centre commercial, l'activité restait incessante.

Rebecca aurait-elle pris le risque d'entrer dans un des restaurants ? Peu probable. Quant aux taxis, ils étaient introuvables depuis longtemps. Des voitures de pompiers et de police délimitaient toujours le périmètre interdit aux passants, et on voyait encore flasher les lumières rouges et bleues de leurs véhicules, même si les sirènes s'étaient tues. Des camionnettes munies d'antennes paraboliques et des journalistes équipés de caméras occupaient chaque recoin du parking. Des flics en uniforme réglaient la circulation à l'entrée de l'hôtel. Un camion de la Croix-Rouge était garé près de l'entrée du centre, dont les issues étaient gardées par des patrouilles de police.

La situation était beaucoup trop chaotique pour que quiconque fasse attention à Patrick. Ou à Rebecca.

Il s'immobilisa devant un carrefour très encombré, qui fonctionnait avec des feux de circulation et non avec un agent. Les véhicules qui se dirigeaient vers l'autoroute pouvaient aisément emprunter la rampe d'accès. Il n'en allait pas de même pour le trafic orienté dans l'autre sens. Les voitures avançaient au pas, progressant centimètre par centimètre vers l'hôtel ou le centre commercial.

Un peu plus tôt, il avait essayé d'appeler les renseignements pour trouver le numéro de Dixon Lee. Mais il n'y avait pas d'annuaire pour les téléphones portables. On lui avait donné le téléphone fixe de M. Lee, en revanche. Patrick avait préparé un petit discours pour le cas où il tomberait sur le grand-père de Dixon. Mais lorsqu'il avait composé le numéro, une voix préenregistrée l'avait prié de laisser un message.

Logique. M. Lee devait encore être à l'hôpital. Patrick avait préféré raccrocher plutôt que de laisser un message. Non seulement il commençait à être à court d'idées, mais il avait froid, il avait faim et il se faisait du souci pour Rebecca.

Il s'apprêtait à céder au découragement lorsqu'il la repéra enfin.

Elle sortait d'une station-service située de l'autre côté de la route. D'un pas d'abord hésitant et sans lâcher la porte, comme si elle craignait de quitter la boutique.

— Rebecca ! hurla-t-il.

Sa voix se perdit dans le vacarme des quatre voies de circulation qui les séparaient. Il tenta de traverser, mais un coup de Klaxon furieux l'arrêta net. Le trafic sur la seconde voie avançait au pas. Mais côté autoroute, la circulation était fluide. Le feu était rouge pour les piétons, et les conducteurs à bout de patience n'hésitaient pas à le lui faire savoir.

Alors qu'il aurait voulu s'élancer en face, il dut tourner en rond en attendant que son feu passe au vert. Réduit à l'impuissance, il vit Rebecca se résoudre à lâcher la porte. A pas lents, elle s'avança vers une berline blanche et se pencha vers la vitre ouverte côté passager avant de monter à l'arrière.

Avec un soupir de soulagement, Patrick reconnut la voiture. Il avait passé deux jours entiers à bord de ce véhicule ; il l'avait conduit des heures durant entre le Connecticut et le Minnesota. En plissant les yeux, il aperçut l'autocollant de Batman collé sur la vitre arrière. Aucun doute. C'était la voiture de Dixon.

Ouf.

Patrick put enfin traverser — mais la voiture se remit en mouvement au même instant. Il courut, luttant contre le vent et le verglas. Par deux fois, il faillit tomber. Il fit de grands moulinets avec les bras pour attirer l'attention, mais la berline blanche roulait dans la direction opposée, vers la sortie du parking. Il contourna les pompes à essence au pas de course, puis zigzagua entre les voitures pour prendre un raccourci. Il venait de déboucher sur la voie quand un violent coup de Klaxon le rappela à l'ordre. Ce n'était pas à lui de passer. Il fit un pas de côté pour éviter un conducteur furieux, qui le frôla dans un crissement de pneus. Coupé dans son élan, il regarda la voiture blanche prendre de la vitesse et s'engager sur l'autoroute sans même que ses passagers remarquent sa présence.

Il était hors d'haleine. Ses baskets étaient couvertes de neige, il avait les doigts gourds et ses cheveux mouillés lui collaient au crâne. Le visage cinglé par des échardes de glace, il vit les feux arrière de la voiture de ses amis disparaître dans l'obscurité.

Pas de panique, s'exhorta-t-il. Rebecca était en sécurité, à présent. Il n'y avait plus lieu de s'inquiéter.

43

Maggie se fraya un chemin dans le couloir bondé. Toutes les salles de conférences de l'hôtel avaient été transformées en infirmeries et en quartier général. Elle passa devant une première porte et reconnut la pièce réservée au triage. Dans l'espace suivant, les victimes des explosions retrouvaient leurs familles. La salle 119 se situait tout au fond.

Elle avait enfilé un jean, un pull à col roulé et des mocassins en cuir. Son Smith & Wesson était resté dans le coffre de sa chambre, avec sa plaque. Elle ne portait sur elle que son *smartphone*, une pièce d'identité, une carte de crédit et celle de sa chambre, ainsi qu'un billet de vingt dollars glissé dans une poche. Nick et Jerry Yarden, qui l'attendaient devant la porte, lui décochèrent un même sourire enthousiaste. Ils avaient vu la scène de poursuite, manifestement. Les autres aussi, d'ailleurs. Maggie le comprit dès qu'elle entra dans la salle de conférences. Elle nota les hochements de tête esquissés, les cous qui se dévissaient. Les regards glissaient sur elle, puis s'immobilisaient, se figeaient avec curiosité sur son visage.

Le groupe qu'ils formaient était restreint — une douzaine de personnes, tout au plus. Le préfet de police,

Daryl Merrick, et son équipe étaient réunis dans la pièce voisine. Merrick gérait la sécurisation des lieux de l'attentat et le secours aux victimes. Entre l'identification des corps, l'aide portée aux blessés et la mise en place de cellules d'accueil pour les familles, ses services étaient débordés. Sans parler de la pression médiatique qu'ils géraient comme ils le pouvaient.

Aux agences fédérales, en revanche, il incombait de conduire l'enquête, d'émettre des mandats de recherche et d'identifier les responsables de l'attentat. C'était la mission du groupe réuni dans la salle 119, groupe qui comprenait à la fois des membres du FBI et du département de la sécurité du territoire. Pour l'heure, la plupart des confrères de Maggie étaient au troisième niveau du Mall, occupés à trier les débris ou à interroger les témoins. Et ce n'était pas fini. Pendant des jours, peut-être même des semaines, ils poursuivraient leur patient travail de tri et de reconstitution.

Charlie Wurth, qui avait bouclé sa conférence de presse, se tenait devant la petite assemblée, prêt à prendre la parole. A côté de lui, un technicien branchait un ordinateur pour le connecter à un écran de projection. Maggie avait emboîté le pas à Nick, qui lui présenta David Ceimo ainsi que Jamie, une experte en explosifs. Yarden, lui, se fraya un chemin jusqu'à Wurth pour lui remettre un disque dur externe avec les images floues — les meilleures qu'ils aient pu trouver — des cinq suspects. Pendant que Nick et David lui expliquaient comment ils se connaissaient, Maggie regardait du côté de Yarden et de Charlie Wurth. Quelques propos furent échangés entre les deux hommes, puis Wurth désigna l'ordinateur. Apparemment, il voulait que Yarden reste sur place et mette ses compétences à leur service.

Kunze entra et fit claquer la porte derrière lui.

— Bon, les gars, je sais que vous êtes tous fatigués. Je propose qu'on s'y mette sans tarder.

Wurth fit un signe à Yarden et lui tendit une télécommande.

— C'est parti.

Yarden semblait mal à l'aise : la pointe de ses oreilles avait de nouveau viré à l'écarlate. Le maître du pupitre de commande, habitué à trôner seul devant ses rangées de moniteurs, perdait manifestement ses moyens sous les feux de la rampe.

Il baissa les yeux avant d'envoyer les photos sur l'écran de projection. Maggie jeta un coup d'œil sur l'ordinateur et vit qu'il y en avait plusieurs rangées de cinq. Les images, à présent au format JPEG, avaient dû être téléchargées à partir des caméras numériques utilisées pour filmer les lieux de l'attentat. Elles venaient s'ajouter à celles que Yarden avait extraites des vidéos de surveillance.

Le vigile pianota sur le clavier, puis pointa sa télécommande vers l'écran. La photo d'un des cratères apparut sur la toile blanche. Puis il cliqua de nouveau et une seconde photo, plus petite, apparut à côté de la première. Elle montrait le même endroit, filmé avec une caméra de surveillance avant l'explosion.

— Dans un premier temps, nous pensions que les porteurs de bombe étaient au nombre de trois, expliqua Yarden. Et qu'ils étaient tous de sexe masculin. Puis nous avons compris que la troisième déflagration s'est produite dans les toilettes des femmes.

Il actionna la commande à distance et la photo d'avant l'explosion fut remplacée par une vue, prise en zoom avant, de la porte des toilettes pour dames.

Yarden attendit quelques instants puis il envoya trois nouvelles photos. Quatre hommes et une jeune femme apparurent tour à tour. Même projetées à l'écran, les images étaient trop floues, trop grenues pour être déchiffrables. Jamais ils ne pourraient identifier qui que ce soit à partir des enregistrements dont ils disposaient.

La voix de stentor de Kunze tomba de son perchoir, situé au fond de la pièce.

— Alors ? Qu'avez-vous à nous apprendre, agent O'Dell ? Vous devez avoir établi leur profil puisque vous avez été en mesure d'affirmer que le jeune homme sur le parking ne faisait pas partie du groupe.

Un silence embarrassé s'abattit sur l'assistance. Dûment formées aux techniques policières, les personnes présentes savaient que la requête de Kunze était déraisonnable. Même s'il l'avait formulée poliment — ce qui n'avait pas été le cas —, Maggie n'aurait pu lui fournir de réponse précise. Les images dont ils disposaient étaient bien trop floues pour qu'elle puisse dresser le profil exact des poseurs de bombe.

Elle répondit néanmoins à sa question avec toute la patience nécessaire.

— Pour l'un d'entre eux, au moins, il se pourrait que nous ayons affaire à un étudiant. Nous avons réussi à repérer un logo, ainsi qu'une casquette et un blouson généralement portés par des footballeurs universitaires.

Yarden projeta les images correspondantes à mesure qu'elle avançait dans son explication.

— Ces cinq individus sont tous de type caucasien. Je leur donne entre dix-huit et vingt-six ans. Aucun d'eux ne porte quoi que ce soit d'ostentatoire ou de subversif. Aucun signe distinctif nous permettant de supposer qu'ils appartiennent à une bande ou à une organisation quelconque. Ils n'ont ni piercings ni tatouages apparents. Je sais qu'il a été question d'un lien éventuel entre ces individus et le CFA. Mais je ne vois rien sur ces vidéos qui puisse nous conforter dans cette hypothèse.

— CFA pour : Citoyens pour la fierté de l'Amérique, précisa Wurth. Les services du sénateur ont reçu des avertissements liés à un « événement » que ce groupe menaçait d'organiser.

Wurth désigna les silhouettes à l'écran.

— Nous voici donc avec trois bombes et cinq suspects.

— C'est exact, poursuivit Maggie. L'un des porteurs de bombe est arrivé au centre commercial en compagnie de deux autres personnes. Comme son sac à dos a fini dans les toilettes pour dames, nous supposons que la jeune femme était impliquée. Il est possible également que l'autre jeune homme ait été de la partie. Enfin, je tiens à ajouter qu'aucun des cinq suspects ne donnait de signes d'anxiété. Nous n'avons identifié chez eux aucun des comportements habituellement constatés chez les candidats à l'attentat suicide.

— Votre exposé confirme mes premières conclusions, intervint Jamie, l'experte en explosifs. D'après les indices que nous avons rassemblés, les bombes auraient été déclenchées à distance. D'après moi, aucun de ces individus ne savait qu'il transportait des explosifs. Ou, s'ils le savaient, ils ignoraient qu'ils seraient actionnés *pendant* qu'ils les transportaient. Sinon, pourquoi les bombes auraient-elles été munies d'un système de déclenchement à distance ? Pour avoir examiné les quelques fragments que nous avons trouvés, je peux vous affirmer que nous avons affaire à un artificier talentueux. Un professionnel qui n'en est pas à son coup d'essai.

Nick prit la parole.

— Tout à l'heure, vous nous avez dit que le système de détonation vous faisait penser à celui d'un individu qui avait dessiné les plans pour une bombe sale. Vous nous avez expliqué, je crois, qu'il s'était défendu en affirmant que c'était un simple projet de classe. Pouvons-nous en conclure qu'il s'agissait, là aussi, d'un étudiant ?

Jamie secoua la tête en signe d'ignorance.

— Je me souviens du détonateur, mais c'est le seul détail qui me soit resté en mémoire.

Elle regarda autour d'elle et comprit que sa réponse ne contentait personne.

— Bon, je me renseignerai, ajouta-t-elle.

Wurth hocha la tête en signe d'approbation. Mais Kunze ne paraissait pas disposé à en rester là. Maggie eut droit à un nouveau regard inquisiteur.

— Et le CFA ? Nous ne pouvons pas exclure que ce groupe ait joué un rôle dans l'attentat sous prétexte qu'aucun de ces gamins ne portait de T-shirt à leur nom !

— Je suis d'accord, acquiesça Maggie. J'ai procédé à quelques vérifications. La casquette et le blouson sont de l'université du Minnesota, installée ici même, à Minneapolis. Or les gens du CFA ont tenu deux rassemblements sur le campus au cours de l'année écoulée. Le plus récent remonte au mois dernier. Mais ce n'est pas forcément significatif : de nombreuses conférences ont été organisées sur le campus sans que cela porte à conséquence !

— Il est pourtant possible que ces jeunes aient été enrôlés par le CFA ? insista Kunze.

— Comme je viens de le dire, rien ne l'indique a priori. Mais c'est une possibilité, en effet.

Cette fois, Kunze se montra satisfait. Il partit avant que la réunion ne soit levée. Maggie fronça les sourcils. Son insistance à incriminer le CFA lui paraissait suspecte. Pourquoi tenait-il tant à les accuser de l'attentat ? Elle avait effectué quelques recherches à leur sujet. Ils ne s'étaient jamais rendus coupables de violence. Leurs théories étaient choquantes, certes. Mais les avertissements qu'ils avaient adressés au bureau du sénateur Foster restaient modérés. Et ils n'avaient pas revendiqué l'attentat, ce qui était pour le moins étrange.

Wurth et Yarden firent passer de nouvelles photos de la scène de crime. Ils établirent une liste d'informations, d'indices, de pistes. Lorsqu'ils eurent terminé, David Ceimo proposa d'aller boire une bière et d'avaler un hamburger. Maggie songea aux images qu'ils avaient visionnées au cours de la dernière demi-heure. Et se fit une fois de plus la réflexion qu'il fallait être flic ou enquêteur pour penser à manger après un tel spectacle.

44

Nick attendit que David Ceimo se soit installé, puis il se glissa à son tour sur la banquette de cuir noir. Il se serait giflé. Comment pouvait-il être aussi stupide ? Il avait hésité, joué la désinvolture pour ne pas afficher son désir de s'asseoir près de Maggie. Résultat : il s'était fait coiffer au poteau par Yarden. Ce dernier avait même réussi le coup de maître de se glisser dans le box entre Maggie et Jamie, en lui laissant la place libre à côté de Ceimo. Wurth, le directeur adjoint de la sécurité du territoire, était censé les rejoindre plus tard. La correction aurait voulu qu'ils invitent aussi Ray Kunze. Mais Nick n'avait pas réussi à mettre la main sur lui. Le directeur assistant du FBI s'était éclipsé pendant la réunion. Et personne ne savait où il était.

Nick était soulagé d'avoir quitté les lieux de l'attentat — ne fût-ce que pour une heure. En tant que shérif d'abord, procureur ensuite, il avait affronté son lot de victimes. Mais jamais rien de comparable à ce qu'il avait vu aujourd'hui. Il était plein d'un nouveau respect pour ceux qui, toujours sur place, poursuivaient leur travail de fourmi autour des cratères.

On était vendredi soir. Le *Rose and Crown* était plein à craquer. Les gens faisaient la queue devant l'entrée du pub de style anglais. Mais Chris Ceimo, le propriétaire, était le frère aîné de David. Il les avait escortés personnellement jusqu'à la plus calme des deux salles du pub. Il revenait à présent pour faire passer les menus et prendre personnellement leur commande de boissons.

— Aux frais de la maison, précisa-t-il.

David secoua la tête.

— Je ne peux pas accepter.

L'aîné des deux frères était moins grand que le cadet. L'air solide et sérieux, Chris avait un physique agréable et le sourire facile.

— Ce soir, tous ceux qui bossent sur le site de l'attentat mangent gratuitement. Dans le secteur, nous faisons tous notre chiffre d'affaires grâce au centre commercial et à l'aéroport. Je trouve normal de donner un coup de main, vu les circonstances.

— Son associé a offert à manger à tous ceux qui étaient mobilisés sur place, confia David quand Chris fut parti. Il a fallu que je fasse des pieds et des mains pour qu'on le laisse passer. J'ai bien cru qu'on allait le renvoyer avec ses plateaux ! Jusqu'au moment où Merrick, le chef de la police, a entrevu des tranches de bœuf fumé sur du pain de seigle… Finalement, ils ont dû préparer cinq bonnes douzaines de sandwichs ! ajouta-t-il, visiblement fier de son frère.

Jamie sourit.

— Le geste a été apprécié. Les gens pensent rarement que l'on puisse éprouver le besoin de s'alimenter quand on fait un boulot comme le nôtre. Mon copain dit que je suis monstrueuse… Mais, au bout de six à sept heures de boulot, l'appétit se réveille, même dans une pièce jonchée de cadavres.

— Si vous voulez, je peux demander à Chris qu'il éteigne ce truc-là.

David désigna l'un des nombreux écrans de télévision qui équipaient le pub. Nick tourna la tête : il en avait un derrière lui. Le son était coupé, mais les sous-titres pour malentendants défilaient en bas de l'écran.

Nick se surprit à regarder Maggie. David avait fait de même. Alors qu'ils attendaient sa réponse, la désormais célèbre scène de poursuite apparut une fois de plus à l'image. Maggie mit quelques secondes à comprendre qu'ils lui laissaient le soin de prendre la décision.

— Oh, laissez-la donc allumée ! S'il y a du nouveau, les gars de la télé le sauront avant nous, de toute façon.

Un éclat de rire général salua sa remarque. Nick rit de bon cœur, lui aussi. Tous ceux qui étaient réunis autour de la table avaient été devancés, à un moment ou à un autre de leur carrière, par les médias dans la résolution d'une enquête. Nick n'était pas certain, en revanche, que l'un d'entre eux se soit fait damer le pion par un journaliste de sa propre famille. Par deux fois, déjà, sa sœur Christine lui avait fait le coup. Elle était si obsédée par son métier qu'elle était même allée jusqu'à compromettre la sécurité de son fils, Timmy. Elle avait sans doute compris la leçon, à présent — mais Nick ne lui faisait pas confiance pour autant. Elle lui donnait parfois l'impression d'être possédée. Comme quelqu'un qui serait victime d'une addiction. Ce soir, il avait évité de répondre à ses appels, ne sachant trop si elle s'inquiétait des victimes ou si elle briguait un scoop.

A moins que ses appels ne concernent leur père ? Son estomac se noua. Non. Si tel avait été le cas, Christine l'aurait précisé dans son message. L'état de santé de leur père s'était détérioré ces derniers mois, passant du mauvais au critique. L'AVC qui l'avait frappé quatre ans plus tôt avait considérablement réduit l'énergie d'Antonio Morrelli, mais, tout diminué qu'il était, le vieillard était suffisamment entêté pour durer, ne fût-ce que par dépit, et leur gâcher leur Noël à tous. Nick se demanda s'il n'espérait pas sa survie, lui aussi. Qu'il l'admette ou non, il n'était pas tout à fait prêt à affronter le départ définitif du vieil Antonio — sa disparition complète.

Il frotta sa joue râpeuse et se massa les paupières. En rouvrant les yeux, il vit que Maggie l'observait de l'autre extrémité de la table. Les autres, le nez plongé dans les affiches qui servaient de menus, causaient nourriture. Mais pas Maggie. Le coude dressé sur le rebord qui séparait leur box du mur, elle avait posé sa joue au creux de sa paume. David Ceimo lui faisait face et Yarden était assis à côté d'elle. Mais c'était *lui* qu'elle regardait.

Il commença par baisser les yeux. Lorsqu'il les releva, ceux de Maggie étaient toujours rivés sur son visage. Cette fois, il accepta de rencontrer son regard, malgré le trac qui lui soulevait l'estomac. Elle avait l'air fatiguée, mais elle souriait — un peu. Son regard, lui, restait grave et intense. Et cette intensité-là, il la reconnaissait. Dès sa première rencontre avec Maggie O'Dell, il avait senti que ces yeux-là pouvaient analyser n'importe qui en profondeur. Et que rien ne leur échappait.

Chris arrivait avec leurs boissons. Avant qu'il ait fini de les servir, Yarden l'interrompit en agitant la main pour attirer leur attention sur l'écran de télévision.

— Oh, la vache ! lança-t-il en essayant de se lever pour mieux voir. Ils ont les noms des poseurs de bombe.

Nick dut tourner la tête par-dessus l'épaule pour regarder. Trois photos étaient affichées à l'écran. Des noms apparurent sous chaque portrait ainsi que dans les sous-titres.

Chris tendit le bras vers le plafond et remit le volume.

— … vus pour la dernière fois. Deux sources anonymes ont vérifié l'identité des trois hommes prétendument impliqués dans l'attentat à la bombe sur le Mall of America. Tous trois sont étudiants, deux à l'université du Minnesota et un autre à New Haven, dans le Connecticut. Nous répétons : ces trois jeunes hommes sont respectivement : Chad Hendricks de Saint-Paul, dans le Minnesota ; Tyler Bennett, également de Saint-Paul. Et Patrick Murphy de Green Bay, dans le Wisconsin.

— Oh ! putain.

Ceimo fut le premier à retrouver sa voix.

— Quelles sources ? Où ont-ils dégoté ces noms et ces photos ?

Il sortit son portable de sa poche en se propulsant hors du box. Nick eut tout juste le temps de se lever pour le laisser passer. Il embrassa leur tablée d'un regard rapide. Yarden et Jamie avaient toujours les yeux rivés sur l'écran. Maggie, le visage livide, cherchait son téléphone.

Elle lui parut anormalement pâle, comme si elle venait de voir un revenant. Il la considéra avec inquiétude.

— Qu'est-ce qui se passe ?

— Patrick Murphy.

Un léger tremblement agita ses doigts quand elle fit dérouler le menu « contacts » de son *smartphone*. Lorsqu'elle leva les yeux vers lui, il crut voir un éclair de panique, mais elle les rebaissa presque aussitôt. Sans plus lui livrer son regard, elle murmura :

— Patrick Murphy est mon demi-frère.

45

Maggie se leva brusquement. Coincée contre le mur, elle avait la sensation d'étouffer. Elle aurait voulu courir vers la sortie — mais elle dut attendre que Yarden et l'experte en explosifs se lèvent à leur tour pour lui céder le passage. Cette attente la mit au supplice. Elle n'avait plus qu'une envie : être seule. Fuir le brouhaha, la foule et la sollicitude intrusive qu'elle lisait dans le regard de Nick Morrelli. Une fois sortie du box, elle se réfugia aux toilettes. Où elle dut patienter dans une longue file d'attente et endurer les conversations qui allaient bon train sur les portables.

Sur son propre *smartphone*, elle chercha en vain le numéro de Patrick. Elle l'avait appelé une semaine plus tôt pour l'inviter à passer les fêtes de Thanksgiving chez elle. Lorsqu'il avait refusé en prétextant un voyage avec des amis, elle avait répondu que ce n'était pas grave, que ce serait pour une autre fois.

Elle se sentait coupable. Elle avait douze ans de plus que Patrick. Pourquoi n'était-elle pas fichue d'assumer ses responsabilités envers lui ? De servir de pilier à leur structure familiale ? Elle ne savait pas se comporter en grande sœur. Pire, même : elle ne savait pas ce qu'était une famille.

La preuve ? Elle n'avait pas retenu le numéro de Patrick — alors qu'elle avait une excellente mémoire des chiffres. C'était par acquit de conscience qu'elle avait pris des notes, tout à l'heure, en visionnant les vidéos. Découvrir l'existence de Patrick, deux ans plus tôt, l'avait bouleversée. Apprendre qu'elle avait un frère lui avait fait un choc, bien sûr. La vision qu'elle avait de son père en avait pris un coup. Ce père qu'elle avait tant aimé, admiré, dont elle avait cultivé le souvenir, avait mené une double vie. Et deux décennies durant, sa mère avait gardé ce secret pour elle. C'était à cela qu'elle pensait chaque fois qu'elle voyait ou qu'elle entendait Patrick. C'était épuisant. Elle devait absolument trouver un moyen de faire la part des choses — sans quoi, elle ne parviendrait jamais à construire une vraie relation avec son frère. Le fait qu'elle n'ait pas ajouté son numéro à sa liste de contacts lui confirma ce qu'elle soupçonnait déjà : elle n'était pas encore tout à fait prête. Tous ses espoirs reposaient désormais sur le journal d'appels.

Ses doigts s'égaraient sur les touches. Elle se força à se concentrer, malgré le vacarme des chasses d'eau, la voix lancinante d'une petite fille qui hurlait qu'elle voulait aller faire pipi toute seule et, partout, même à l'intérieur des toilettes, le brouhaha des conversations téléphoniques. Avec des commentaires surexcités sur les suspects dont l'identité venait d'être rendue publique. Enfin, Maggie trouva le numéro. Elle sélectionna l'option « répondre », puis suspendit son geste. Comment allait-elle s'y prendre ? Elle sortit de la file d'attente et se cala dans un coin, près d'un lavabo hors d'usage. Là, elle lança l'appel, le cœur battant. Et n'eut pas longtemps à attendre.

— Becca ?

C'était la voix de Patrick. Anxieuse. A bout de souffle.

Elle ignorait qui était Becca. Elle n'avait aucune idée des gens que fréquentait son frère, en fait.

— C'est Maggie, Patrick.

Un silence s'ensuivit. Si long qu'elle se demanda s'il avait raccroché.

— Patrick ? Tu as quelque chose à voir avec cette histoire ?

Elle pria pour qu'il réponde : « *Quelle* histoire ? »

— Je n'étais pas avec Chad et Tyler, si c'est ce que tu veux savoir.

Maggie dut s'adosser contre le mur carrelé pour ne pas tomber. Mon Dieu ! Patrick savait qui ils étaient. Sinon, pourquoi les aurait-il appelés par leurs prénoms ?

— Tu les connais ?

— Pas personnellement. C'est le gars avec qui j'étais qui les connaissait — pas moi.

Patrick lâcha un soupir, avant de reprendre :

— C'est un peu nul comme explication, pas vrai ?

Sa voix semblait si jeune ! Etait-elle aussi naïve autrefois ? Il s'était exprimé à l'imparfait, pourtant. Savait-il que les deux jeunes gens étaient morts ?

— La police a des questions à te poser, Patrick.

Elle fut mortifiée de s'entendre parler comme un agent du FBI. Pas comme une sœur. Pourquoi ne savait-elle pas mieux s'y prendre ?

— Ouais, je viens de voir ça.

— Tu es où, là ?

Silence.

— Patrick, je ne pourrai pas t'aider si tu ne me fais pas confiance.

— Laisse-moi réfléchir.

Elle arpentait son coin de toilettes avec un sentiment de frustration croissant. A quoi voulait-il réfléchir ? A l'aide qu'elle lui proposait ? A la confiance qu'elle lui réclamait ?

— Je te rappellerai, lança-t-il, soudain pressé.

Le silence fut suivi de la tonalité. Patrick avait raccroché.

— Merde !

Le son rauque de sa propre voix la fit sursauter. Et sa colère lui attira tous les regards. Elle fit mine de ne rien remarquer et se dirigea au pas de charge vers la porte. Cette fois, la file s'ouvrit d'elle-même pour lui livrer passage.

46

Asante finit son steak frites et laissa un pourboire raisonnable. Un repas standard et un pourboire moyen qui ne produiraient ni mécontentement ni joie excessive de la part du serveur. Il le savait depuis longtemps : adopter un comportement passe-partout était le meilleur moyen d'être invisible.

En retournant vers sa porte d'embarquement, il remarqua que les gens se massaient devant les écrans de télévision. Il se figea, lui aussi — même s'il savait déjà ce qui provoquait ces attroupements. Les télévisions locales avaient enfin décidé de diffuser les photos que son équipe leur avait fait parvenir de façon anonyme. Il écouta le flash d'information, puis il poursuivit son chemin en tournant la tête chaque fois qu'il passait devant un écran. Il devait feindre la surprise, l'intérêt ; manifester l'indignation requise.

La salle d'attente aménagée devant la porte d'embarquement était pleine. Il ne restait plus un siège libre. Les habitués qui se précipitaient pour embarquer les premiers étaient déjà massés près de la porte, leurs bagages à main surdimensionnés érigés comme des barricades, de manière à défendre leurs positions retranchées.

Asante avait toujours eu horreur de prendre l'avion.

Son agacement n'avait fait qu'empirer au cours des dernières années. Les gens étaient de moins en moins courtois. Ils se comportaient dans les aires d'attente comme s'ils étaient chez eux : ils jetaient des sacs ou des manteaux sur des sièges qu'ils auraient dû laisser libres pour d'autres passagers ; ils engloutissaient chips et sandwichs tout en infligeant à leurs voisins des conversations téléphoniques qui auraient gagné à rester privées, pendant que leurs mômes criaient, rampaient et sautaient un peu partout. Les aéroports actuels valaient à peine mieux qu'un centre commercial. Pour être franc, même s'il gardait un détachement cent pour cent professionnel dans la mise en œuvre de ses projets, il avait éprouvé un vif plaisir à faire sauter le plus grand centre commercial des Etats-Unis. Tout comme il se réjouirait de voir exploser un des aéroports les plus fréquentés du pays, un jour de l'année où le trafic aérien était maximal.

En se rapprochant du comptoir d'embarquement, Asante eut le plaisir de constater qu'il n'aurait pas besoin de poser de questions, ni même de tendre l'oreille pendant que d'autres interrogeraient l'hôtesse au sol. Sous son numéro de vol et sa destination apparaissait désormais un horaire de départ. Son avion avait donc quitté Chicago. Ou obtenu le feu vert pour le décollage. C'était déjà ça.

Il s'installa à proximité d'une des télévisions. Plus qu'une heure à attendre. Il n'avait plus qu'à faire semblant de s'intéresser à la « catastrophe ».

47

Patrick enfonça les mains dans les poches de son jean. Au nom de quoi ferait-il confiance à Maggie ? Il la connaissait à peine. Il n'avait découvert son existence que très récemment. Elle et lui partageaient le même père. Elle avait vécu l'histoire officielle. Lui, l'illégitime. Leurs mères s'étaient entendues pour garder le silence. Un pacte tordu que sa mère avait qualifié a posteriori de « grave erreur ». Il ne croyait guère à ses remords, pourtant. Comment aurait-elle pu qualifier autrement ce secret, maintenant qu'il était percé à jour ?

Patrick se tenait maintenant sous l'auvent d'un restaurant, à côté du centre commercial. Il y était entré pour échapper au froid mordant du dehors, s'asseoir au chaud et se mettre quelque chose sous la dent. Le restaurant était plein à craquer mais il avait réussi à s'approprier un tabouret libre et à commander une Sam Adams au bar. Il étudiait le menu en avalant une gorgée de bière quand la télé avait interrompu son programme pour diffuser un flash d'information.

Les écrans étaient suspendus au-dessus du bar. Naturellement, l'info avait mobilisé l'attention générale. Quant à Patrick, il avait failli s'étrangler dans sa bière. Encore maintenant, il n'arrivait pas à croire qu'ils aient diffusé son nom et sa photo. Sa gorge était si nouée qu'il avait à peine réussi à avaler sa gorgée. Pourquoi la police pensait-elle qu'il était impliqué dans l'attentat ? Pourquoi Maggie le soupçonnait-elle, elle aussi ? Il ne connaissait même pas Chad et Tyler ! Il les avait entraperçus quand Dixon leur avait adressé un signe de la main, au centre commercial. Rien de plus.

Voilà pourquoi il se retrouvait une fois de plus seul, dehors, en plein vent. Trempé de la tête aux pieds et claquant des dents. Il repartit vers l'hôtel en baissant la tête pour éviter tout contact visuel avec les passants. Même s'il était peu probable qu'on le reconnaisse dans l'état où il se trouvait.

Cet hôtel, il l'avait exploré de fond en comble. Il en connaissait tous les recoins. Ce serait une planque idéale. Pour le moment, du moins. Il s'engouffra dans la cage d'escalier et grimpa jusqu'au quatrième — l'étage le plus calme, avait-il constaté lors de sa précédente visite. Il attendit quelques instants pour s'assurer qu'il n'y avait personne dans la lingerie, puis il se glissa dans la pièce. Là, il se sécha à l'aide d'une serviette propre et trouva même une combinaison de travail. Se débarrassant de ses vêtements trempés, il les roula dans un drap de bain et les jeta dans l'un des sèche-linge. La combinaison était une taille trop grande, et il dut rouler les manches. Mais le vêtement était propre et chaud. Patrick décida de retirer ses baskets et ses chaussettes, qui suivirent la même trajectoire. Si une femme de chambre le surprenait, il connaissait assez d'espagnol pour inventer une histoire plausible. Quant aux lingères, elles ne travaillaient pas de nuit.

Il entendit le monte-charge s'immobiliser à l'étage. Les portes s'écartèrent dans un léger grincement. Il jeta un coup d'œil dans le couloir mais se rabattit aussitôt en voyant apparaître un colosse en uniforme. Il se plaqua contre la cloison, l'estomac noué.

Tout à l'heure, il avait réussi à berner le dénommé Frank, mais il était peu probable qu'il parvienne à renouveler son exploit si le vigile le surprenait dans la lingerie.

48

Maggie venait de sortir des toilettes quand son téléphone se mit à sonner. Le numéro ne lui était pas familier, mais elle reconnut l'indicatif local. Patrick essayait-il de la rappeler d'une cabine ? Ou de chez un ami ?

— Ici Maggie O'Dell.

Silence.

Puis une voix d'homme éraillée :

— L'agent spécial Margaret O'Dell ?

C'était sous ce nom que les médias avaient parlé d'elle. Le téléphone coincé sous le menton, elle croisa les bras sur la poitrine, l'épuisement faisant place à l'inquiétude. Son interlocuteur l'avait vue courir à l'écran. Et il avait réussi à se procurer son numéro de portable, pourtant sur liste rouge.

— Qui êtes-vous ? demanda-t-elle, sans s'embarrasser de politesses.

— J'ai des informations sur l'accident... Ce qui s'est passé au centre commercial.

L'homme s'exprimait d'un ton las, hésitant. D'après le son de sa voix, il était beaucoup plus âgé que les trois jeunes gens dont les médias avaient publié la photo en les déclarant responsables de « l'accident » en question.

— Vous voulez dire que vous avez vu ce qui s'est passé ?

— Non.

— Mais vous étiez présent dans le centre commercial.

— Non… Non, je n'y étais pas.

Il donnait des signes d'irritation. Maggie décida de se taire et d'attendre. Les gens parlaient plus facilement pendant un silence que sous un tir nourri de questions.

— Je suis au courant de certaines choses, en revanche.

Nouveau temps mort.

— Je vous écoute, finit-elle par murmurer.

— J'ai des informations. Vous n'avez pas besoin d'en savoir plus pour le moment.

Sa voix exprimait un mélange de frustration et d'épuisement.

— Ecoutez, ma femme vient de se faire opérer. Je suis fatigué.

Il n'avançait pas son explication comme une excuse. Mais parlait plutôt comme quelqu'un qui cherche à se calmer.

— Je vous dirai tout ce que je sais. Mais à vous seulement. Vous êtes bien celle qui a sauvé ce jeune garçon ?

Il poursuivit sans lui laisser le temps de répondre :

— Il faut que vous veniez à l'endroit que je vous indiquerai. Je veux être sûr qu'ils ne puissent pas m'entendre.

— Entendu, acquiesça Maggie.

Avait-il réellement des informations ? Ou avait-elle affaire à un adepte de la théorie du complot cherchant à caser son histoire ? Mais comment, si c'était le cas, avait-il obtenu son numéro de portable ?

— Ils ont enlevé mon petit-fils, explosa-t-il sans la moindre incitation de sa part. Ils ont franchi la ligne rouge, ces salopards !

Lui demander à qui le « ils » faisait référence n'aurait servi à rien, et Maggie le savait. Il refusa de lui donner son nom, mais il lui indiqua un lieu de rendez-vous et lui fournit une liste d'instructions. Maggie se mordit la lèvre. Kunze ne l'aiderait pas sur ce coup-là, c'était certain. Avant même que son interlocuteur ait raccroché, elle sut à qui elle devait s'adresser. Glissant son portable dans sa poche, elle partit à la recherche du bras droit du gouverneur.

Elle trouva David Ceimo dans les cuisines du pub, cramponné à son téléphone portable.

— J'exige de savoir d'où ils tirent cette information ! Et je ne veux pas entendre parler de sources « anonymes » ! hurla-t-il pour couvrir le tintement des casseroles… Je me contrefiche de leurs histoires ! Démerdez-vous pour savoir d'où ça vient !

En la voyant entrer, David raccrocha et grimaça un semblant de sourire. Maggie se plaqua contre une étagère métallique pour laisser passer un cuisinier.

— Vous avez du nouveau, David ?

— Les photos ont été envoyées anonymement par mail aux chaînes de télé.

Ceimo essaya, sans succès, de relever la masse épaisse de cheveux bruns qui lui tombait sur les yeux.

— Ils disent que deux sources ont confirmé l'information.

— Des sources « proches de l'enquête » ?

— Pas d'après ce qui m'a été dit, non. Juste deux

sources « indépendantes », précisa-t-il en traçant du bout des doigts deux guillemets imaginaires. Comment avons-nous pu en arriver là ? Les médias n'informent plus personne : ils se contentent de faire du sensationnel !

Ceimo et Maggie durent s'écarter pour laisser la voie libre à un serveur. La cuisine, bien qu'immaculée, n'offrait pas beaucoup d'espace aux visiteurs supplémentaires. Maggie se posta derrière une longue table étroite où s'alignaient les desserts. Son regard glissa sur le tiramisu avant de s'attarder sur un cheesecake.

— Je viens de recevoir un appel intéressant. Avec une demande qui ne l'est pas moins.

Le regard de Ceimo se riva sur elle. Il était plus doué qu'elle pour faire abstraction de leur environnement. Maggie avait été formée à rester toujours sur le qui-vive et à observer ce qui l'entourait. Son estomac, d'autre part, ne cessait de lui rappeler qu'elle n'avait toujours rien mangé. Et son attention restait fixée sur les desserts.

— C'est quoi, alors, cette demande ? s'enquit Ceimo avec impatience.

— Mon interlocuteur prétend avoir des informations.

— De quel type ?

— Il n'a rien voulu dire au téléphone. Et il veut me parler à moi seule.

— Il vous a vue à la télé, conclut David.

Maggie fut surprise par la rapidité de sa déduction. Le second du gouverneur était plus vif qu'elle ne l'avait imaginé. Nick Morrelli lui avait présenté Ceimo comme un ancien joueur de football. Elle avait sous-estimé son intellect parce qu'il était beau, sportif et charmeur. Exactement comme elle l'avait fait avec Nick.

— Et si c'est juste un taré ?

— Les tarés sont ma grande spécialité, assura-t-elle.

Et sous son regard attentif, elle entreprit de lui livrer tous les détails de sa conversation avec le « taré » en question.

49

Nick aurait aimé trouver un prétexte pour rester dans le 4x4 de Ceimo avec Maggie. Manifestement, David et Maggie avaient un projet commun. Un projet qu'ils tenaient à garder secret, qui plus est. Il ne pouvait s'empêcher d'être un peu jaloux, même s'il savait pertinemment que Maggie s'était adressée à Ceimo parce qu'il avait des relations sur place. Nick se demanda si leur départ précipité avait quelque chose à voir avec le demi-frère de Maggie. Il aurait posé la question à la jeune femme s'il ne s'était pas retrouvé une fois de plus assis à la mauvaise place, pris en sandwich entre Yarden et Jamie, à l'arrière du 4x4.

— Si je peux faire quelque chose, n'hésite pas, réussit-il à glisser à Maggie, lorsque Ceimo les largua tous trois devant l'hôtel.

Il ne restait plus à Nick qu'à retourner au centre de commande en emboîtant le pas à Yarden et à Jamie. Il ne s'était finalement écoulé que très peu de temps depuis leur départ. Charlie Wurth n'avait toujours pas quitté la salle 119 et Kunze était revenu dans l'intervalle.

Nick se servait un café lorsque Kunze l'interpella.

— Charlie m'a dit qu'O'Dell était avec vous ?

— Elle l'était, oui.

Kunze tourna un regard impatient vers la porte.

— L'agent O'Dell devait aller quelque part avec M. Ceimo, crut utile de préciser Yarden.

— Où exactement ?

— Aucune idée.

Avec un haussement d'épaules, Nick sirota son café. Kunze sortit son portable de sa poche en grommelant. Il traversa la pièce au pas de charge à l'instant où Wurth leur demandait de reprendre leurs places.

Armé d'un feutre, le directeur adjoint de la sécurité intérieure entreprit d'écrire quelques mots sur l'énorme tableau blanc dressé devant l'assistance.

— Voici le peu que nous avons réussi à apprendre au sujet des trois individus concernés. Nous n'avons pas eu le temps de creuser. Nos services continuent d'enquêter à leur sujet. N'hésitez pas à intervenir si vous avez des questions ou des détails à apporter. Inutile de vous embarrasser de formalités.

Sous le titre « Personnes mises en cause », il lista les trois jeunes gens dont les noms avaient été révélés par les médias :

- CHAD HENDRICKS, 19 ans, Saint-Paul, Minnesota.

- TYLER BENNETT, 19 ans, Saint-Paul, Minnesota.

- PATRICK MURPHY, 23 ans, Green Bay, Wisconsin.

Wurth dessina un crochet pour relier les deux premiers noms, puis il inscrivit : cothurnes université Minn.

— Nous avons envoyé deux de nos policiers avec des mandats de perquisition pour visiter la chambre qu'Hendricks et Bennett occupaient sur le campus. Les deux étudiants, apparemment, se connaissent depuis l'école primaire. Ils étaient également ensemble au lycée.

Kunze fit passer des copies des trois photos. Il s'immobilisa près de Yarden et de Nick.

— Est-il possible de vérifier, avec les vidéos de surveillance, que ces trois individus sont bien les trois jeunes aux sacs à dos ?

Nick et Yarden se penchèrent vers les photos pour mieux les regarder. Nick n'aimait pas être sur la sellette. Yarden non plus, de toute évidence. Il s'éclaircit la voix.

— Vous avez vu la qualité des prises de vues dont nous disposons. C'est difficile à dire… Hendricks, oui, c'est sûr.

Il désigna la photo de Chad. C'était un portrait qui venait probablement d'un tableau de résultats sportifs. Il s'agissait sans nul doute du gamin avec la casquette des Golden Gophers. Ils avaient regardé la vidéo assez souvent pour l'identifier sans difficulté. A côté de lui, Yarden opina du chef.

Il désigna la photo de Tyler.

— Celui-ci pourrait être Bennett… Mais pour Patrick Murphy, je ne crois pas que nous ayons une vidéo assez nette pour pouvoir le reconnaître.

Il aurait voulu être de retour dans la salle de vidéo pour recommencer à visionner les enregistrements. S'il regardait avec plus d'application, reconnaîtrait-il le jeune homme dont Maggie avait dit qu'il était son demi-frère ?

— Hendricks et Bennett, c'est sûr, affirma Yarden d'une voix confiante.

Nick sourit. Le vigile ne cherchait pas seulement

à le soutenir. Il était timide, certes. Mais compétent avant tout.

— Nous n'avons fait qu'entrevoir la silhouette du troisième poseur de bombe, ainsi que celles des deux personnes qui étaient avec lui. Ils ont disparu dans l'aire de restauration.

— Comment cela, disparus ? voulut savoir Kunze.

— Il n'y a pas de caméras dans l'aire de restauration.

— Aucune ?

— Non, aucune, monsieur.

Nick se retint de défendre le système de sécurité vieillot, conçu pour lutter contre le vol à l'étalage et inadapté face à une menace terroriste.

— La sécurité dans le centre ne couvre pas cette zone, commença à expliquer Yarden.

Mais Wurth l'interrompit.

— Nous n'étions pas préparés ici, aux Etats-Unis, à voir nos centres commerciaux devenir la cible d'attaques terroristes. C'est aussi la raison pour laquelle le personnel de sécurité n'est pas armé. Il serait grand temps que nous mettions de nouvelles mesures en place.

— C'est bizarre que les chaînes de télévision n'aient pas eu de photos de la fille fit observer Nick.

Sa remarque retint l'attention générale. Même Kunze garda le silence.

— Et qu'est-ce que cela signifie, d'après vous ? demanda Charlie Wurth.

— Cela pourrait signifier que la personne qui a envoyé les photos aux médias ignorait que la fille s'est retrouvée avec la bombe.

Kunze se croisa les bras sur la poitrine.

— Nous savons que les fuites ne viennent pas de nos services. Assurons-nous que cela reste le cas.

— A-t-on la preuve que les porteurs de sac à dos sont morts au moment de l'explosion ? demanda Wurth en se tournant vers Jamie.

— D'après les indices dont nous disposons pour le moment, la réponse est oui pour les deux premières explosions. Les fragments de la bombe qui a sauté dans les toilettes, en revanche, ne semblent pas être mêlés à des restes humains.

— Vous pouvez déterminer une chose pareille ?

Nick n'arrivait pas à imaginer ce que représentait *concrètement* ce type de travail. Jamie parut lire dans ses pensées.

— Je ne vais pas entrer dans les détails gore, mais, oui, c'est possible.

— Il se peut donc que trois des cinq gamins aient réussi à s'échapper ? commenta Kunze d'un air scandalisé.

— N'oubliez pas le connard qui tenait la commande à distance, lui rappela Wurth. Il s'en est sorti, lui aussi. Et je suis prêt à parier que c'est lui qui a diffusé les photos à la presse.

Wurth se tut en entendant un coup frappé à la porte. Tous les regards se tournèrent vers le fond de la salle. Kunze se leva pour aller ouvrir. Il ne fit entrer personne, et sortit dans le couloir. Lorsqu'il revint, quelques secondes plus tard, tout le monde attendait en silence.

— Morrelli ! Yarden !

D'un geste, Kunze leur ordonna de le rejoindre. Il les escorta dans le couloir en faisant signe à Wurth de poursuivre sans eux.

Un couple les attendait à quelques pas de là. L'homme

portait un pardessus en cachemire ; la femme, un coûteux manteau de cuir. Yarden les reconnut avant que Kunze n'entame les présentations. La pointe de ses oreilles rougit ; ses yeux s'écarquillèrent. Deux signes qui ne présageaient rien de bon.

— M. et Mme Chapman sont arrivés tout à l'heure, quand vous étiez partis manger. Je leur ai demandé de repasser. Monsieur et madame Chapman, je vous présente Nick Morrelli et Jerry Yarden de l'United Alliance Security. M. et Mme Chapman sont les actionnaires majoritaires du Mall of America.

Nick se détendit, persuadé que le couple élégamment vêtu était venu les assurer de leur soutien. Il comprit à quel point il se trompait lorsque M. Chapman fronça les sourcils.

— Pouvez-vous m'expliquer, monsieur, comment un tel attentat a pu se produire alors que le centre est censé être sécurisé ?

50

Rebecca aurait dû écouter son instinct. Avant même de monter dans la voiture de Dixon, elle avait senti que quelque chose clochait. Il n'avait pas tourné la tête pour la regarder, si bien que le côté gauche de son visage était resté dans l'ombre. Mais même si elle avait vu son œil au beurre noir, elle n'aurait pas songé à prendre la fuite. Elle se serait inquiétée et serait entrée dans la voiture pour le presser de questions.

Non, ce n'était pas le fait que Dixon ait refusé d'affronter son regard qui lui avait donné l'alerte. Il y avait eu autre chose. Une tension, une peur tellement viscérale qu'elle en était presque palpable.

Jamais, cependant, son instinct n'aurait su lui prédire le type armé accroupi à l'arrière. Pas plus qu'elle n'avait anticipé que la femme qui était au volant du van — celle qui l'avait appelée Becky et lui avait proposé de la déposer — finirait par la jeter à terre, le visage enfoncé dans la neige, et qu'elle lui ligoterait les poignets avec des liens en plastique.

Seule à présent, dans un trou noir et froid qui empestait l'essence, Rebecca réfléchissait à toute allure. Qui étaient ces gens ? Et pourquoi s'en prenaient-ils à elle ? Dixon était-il mêlé aux attentats dans le centre commercial ?

Et Patrick ? Quel rôle jouait-il dans cette histoire ? Et que lui voulaient-ils ? Elle ne savait rien. N'avait rien vu qui puisse compromettre qui que ce soit.

Petit à petit, sa vision s'ajustait à l'obscurité. Elle se trouvait dans une cave ou un vide sanitaire. Le plafond de bois était à un mètre vingt du sol, tout au plus. Si toutefois on pouvait appeler sol la simple chape de béton brut sur laquelle elle reposait. Les murs étaient en parpaings. Pas de fenêtre. Pas d'escalier. Juste une petite trappe au-dessus qui faisait office de porte. Une porte qui soit était mal ajustée, soit n'avait pas été bien refermée puisqu'une fente de lumière apparaissait sur la gauche. Ses ravisseurs l'avaient jetée là, les poignets toujours attachés, et elle avait atterri de tout son poids sur son bras blessé. Quelques points de suture avaient dû lâcher car elle sentait couler un filet de sang. Mais la douleur était secondaire. La peur prenait toute la place.

Une peur encore exacerbée depuis qu'on l'avait séparée de Dixon. On les avait d'abord laissés ensemble. L'homme armé avait contraint Dixon à garer sa voiture dans le parking longue durée de l'aéroport, alors que la neige tombait toujours à gros flocons. Rebecca avait cherché un signe de vie autour d'eux : un véhicule de sécurité, la navette du parking, d'autres automobilistes ou des passagers regagnant leur voiture. Personne. Elle n'avait pas vu âme qui vive. Même si elle avait osé crier, nul ne l'aurait entendue.

La fille qui conduisait le van les avait suivis de près. Et c'était là, sur le parking, qu'elle l'avait arrachée de la voiture pour la projeter au sol et lui lier les poignets en serrant si fort que le plastique entamait toujours sa chair. Dixon et elle avaient été jetés à l'arrière du van. Et le type armé était monté avec eux.

Le regard de Dixon n'avait cessé de fuir le sien. Il avait une mine affreuse, avec son œil enflé et sa lèvre éclatée. Ses cheveux étaient hirsutes, comme si on les lui avait tirés violemment. A la lumière des phares des voitures venant d'en face, elle avait vu que son manteau était déchiré et que son jean était taché aux genoux.

Elle aurait voulu lui demander ce qui se passait ; l'obliger à affronter son regard pour qu'il lui dise si oui ou non il était complice des attentats. Mais la panique lui avait scellé la gorge. Tout ce qu'elle avait pu faire, c'était s'appliquer à respirer pour éviter de se tétaniser. Et essayer d'oublier que son bras lui faisait un mal de chien.

La fille avait garé son van dans une allée étroite, quelque part dans le centre-ville. Là encore, l'endroit était désert et il n'y avait personne à qui demander secours. Le duo les avait fait descendre de voiture et ils s'étaient engouffrés à l'arrière d'un bâtiment en brique de quatre — peut-être cinq — étages, avec de longs couloirs obscurs, des sols en lino industriel, des murs blancs et stériles. Rebecca avait tenté de prendre des repères, de noter scrupuleusement chaque détail, comme dans les films policiers. Même bâillonnés et avec un bandeau sur les yeux, les personnages calculaient le nombre de rails de chemin de fer sur lesquels passait la voiture qui les emmenait. Ou ils entendaient le son de l'eau coulant sous un pont. Noter et mémoriser ce qui se passait autour d'elle l'aidait à se concentrer sur autre chose que sur les battements terrifiés de son cœur.

Même maintenant, alors qu'elle gisait seule dans le noir, Rebecca poursuivait ses observations pour canaliser sa panique. Elle entendait des bruit de voix et de pas au-dessus d'elle. Pas seulement des pas, en fait. On aurait dit qu'ils déplaçaient des meubles. Dans la pièce au-dessus, elle se souvenait d'avoir vu des bureaux métalliques et des chaises à roulettes, des armoires de rangement et une étagère remplie de modems. Seule la faible lumière qu'émettaient les écrans de veille des ordinateurs éclairait la pièce. Tout paraissait neuf, avec des murs blancs, fraîchement repeints, aussi neutres que ceux du couloir. Bizarrement, elle n'avait rien remarqué de personnel dans la pièce : ni tasses à café vides, ni vestes jetées sur le dos d'une chaise, ni pots à crayons, ni photos ou posters. Comme si quelqu'un avait bricolé en toute hâte un bureau improvisé destiné à rester temporaire.

Depuis qu'elle était là, Rebecca avait les yeux rivés sur la fente de lumière, près de la trappe. D'abord parce qu'elle s'attendait à voir quelqu'un réapparaître. Puis, petit à petit, à mesure que le temps passait, elle en était venue à se demander si le jour qui apparaissait signifiait que la porte n'était pas verrouillée. Dans ce cas, pourrait-elle la pousser de l'intérieur ? Cette pensée lui procura une légère bouffée d'espoir vite tempérée par la prise de conscience qu'elle ne pouvait rien faire avec ses mains attachées.

Elle regarda autour d'elle, à la recherche d'un objet pointu pour couper ses liens. Il devait bien y avoir quelque chose de tranchant dans ce sous-sol… En rampant pour se déplacer, elle comprit pourquoi l'odeur d'essence était si forte. Des flaques s'étaient formées sur le sol en béton. Elle avait dû tomber dedans, car l'odeur montait aussi des taches humides sur son jean et son manteau. Deux bidons marqués « Essence » étaient posés sur une étagère. Leurs bouchons avaient été retirés. Mais ils étaient debout, et non renversés.

Le front baigné d'une soudaine sueur, Rebecca comprit que l'essence n'avait pas été répandue accidentellement. Quelqu'un l'avait versée par terre à dessein.

51

Hôpital Ste Mary
Minneapolis, Minnesota

Henry Lee aurait aimé continuer à faire les cent pas. Il avait arpenté sans relâche la cafétéria, au rez-de-chaussée de l'hôpital. En guettant l'agent du FBI, il avait fait mine de siroter son café tout en marchant pour se calmer les nerfs. Il ne faisait même pas semblant, en fait. Il était réellement angoissé, tendu et en colère. Et ses allées et venues l'avaient soulagé.

Bien que déçu, il se sentait un peu plus calme, ici, au chevet d'Hannah, avec sa main dans la sienne, à écouter siffler et biper les appareils. Il y avait encore trop de machines autour de sa femme, mais elle dormait paisiblement et respirait par ses propres moyens, sans tube empalé dans la gorge.

Henry regarda sa montre. Il avait patienté à la cafétéria dix minutes de plus que l'heure limite qu'il s'était fixée, alors qu'il brûlait de regagner l'unité de réanimation cardiologique. Que l'agent du FBI ne se soit pas montrée n'avait rien de surprenant. Elle avait dû le prendre pour un illuminé et considérer son appel comme un canular.

C'était probablement mieux ainsi. Le choix de la cafétéria de l'hôpital comme lieu de rendez-vous n'était pas très judicieux. Il n'avait pas eu l'esprit clair, tout à l'heure au téléphone. Sinon, il aurait indiqué un endroit moins risqué à l'agent O'Dell. Rien ne prouvait qu'il n'était pas surveillé. Il ne les voyait pas et serait incapable de les repérer, mais plus il y réfléchissait, plus il était convaincu de leur présence sur les lieux. Pour s'emparer de Dixon, il avait bien fallu qu'ils viennent jusqu'à l'hôpital. Et s'ils reconnaissaient l'agent du FBI — que tout le monde avait vu aux actualités — et qu'ils le surprenaient à parler avec elle, c'était Dixon qui paierait. Peut-être même de sa vie.

Henry ne savait plus que faire, à présent. Il avait encore cinq heures à attendre avant le moment où ils l'autoriseraient de nouveau à parler à son petit-fils. Il avait tenté à plusieurs reprises d'appeler quand même sur son portable. Chaque fois, au bout de cinq sonneries, la boîte vocale s'était enclenchée, et il avait entendu sa propre voix demander de laisser un message. Cela signifiait qu'ils n'avaient pas coupé le portable, mais qu'ils le laissaient sonner, peut-être juste hors de portée de Dixon, pour le narguer, lui rappeler qu'ils étaient les maîtres.

Ivre d'inquiétude, Henry luttait contre les images terrifiantes que son esprit ne cessait de forger. Que faisaient-ils à Dixon ? Comment était-il traité ? S'ils étaient capables de tuer des femmes et des enfants dans un centre commercial, c'est que rien ne les arrêtait. Ces gens-là avaient une idée derrière la tête, et ils allaient beaucoup plus loin que ce pour quoi ils étaient payés.

Henry redoutait qu'ils ne se débarrassent de Dixon quoi qu'il arrive, même si lui, son grand-père, se tenait coi et ne disait rien à personne.

Peut-être était-ce la fatigue, la colère ou le sentiment qu'il n'avait plus rien à perdre. Mais il se jura qu'il ne laisserait pas son petit-fils entre leurs mains. Ils pouvaient s'emparer du projet, le déformer et s'en servir pour leurs buts égoïstes, mais Dixon ne sombrerait pas avec eux, ça non ! Ils avaient franchi la ligne rouge. Maintenant, il était prêt à tous les envoyer en enfer — quitte à le payer de sa vie.

Une infirmière était sortie de la chambre quand il y était entré. Ensuite, il avait perdu le fil des allées et venues du personnel soignant. A présent, c'était un médecin en blouse blanche qui entrait, encore affublé de sa tenue de chirurgien. Henry les regardait faire, tous, et ne leur parlait pas, sauf s'ils s'adressaient expressément à lui. Il ne voulait pas être interrompu dans ses pensées.

Comme tous les autres, la nouvelle venue alla vérifier les différents appareils. Puis elle se plaça de l'autre côté du lit d'Hannah et fit quelque chose qui le surprit : elle prit un mouchoir en papier dans la boîte et se pencha pour tamponner le mince filet de salive qui coulait sur le menton de son épouse.

Henry leva les yeux et trouva ceux de la femme.

— Bonjour, monsieur Lee.

Il se contenta d'un signe de tête. Au début, il crut simplement que c'était un médecin un peu plus poli que les autres. Mais elle ne lâcha pas son regard. Il la reconnut petit à petit, derrière les lunettes à monture noire carrée, les cheveux lissés en arrière sous le bonnet de chirurgien. Elle paraissait plus menue dans sa tenue blanche, avec ses chaussons bleus aux pieds. Et surtout elle avait endossé son rôle de chirurgien avec une grâce et une assurance qui l'avaient bluffé.

Il était trop tard pour dissimuler sa surprise et son soulagement.

Elle était venue, en fait.

52

— Comment avez-vous appris mon nom ?

Henry Lee fronçait les sourcils. Mais Maggie comprit qu'il était content — pas contrarié — qu'elle soit parvenue à découvrir son identité.

— Il y a une salle de consultation juste à côté, avec accès par carte sécurisée, annonça-t-elle du même ton de voix que si elle avait réellement été médecin et qu'elle l'avait informé de l'état de santé de son épouse. Un contrôle minutieux a déjà été fait pour vérifier l'absence de micros. Cette pièce est à notre disposition pendant vingt minutes.

Il la fixa d'abord comme si elle parlait une langue étrangère et qu'il attendait les services d'un interprète. Puis il finit par hocher la tête. Maggie patienta le temps qu'il replace la main de sa femme sous les couvertures. Il l'avait gardée dans les siennes jusque-là, et ne parut la lâcher qu'à contrecœur. Mais, une fois levé, Henry Lee la suivit sans hésiter.

Ils prirent place dans des fauteuils confortables.

— Je suis désolée pour votre épouse, monsieur Lee. Mais elle a bien supporté l'opération, apparemment.

— C'est ce que les médecins ne cessent de me répéter, en tout cas.

Il semblait dubitatif. Touchée par l'amour qu'il manifestait pour son épouse, Maggie dut se répéter que l'état de santé de la vieille dame n'était pas son problème.

Depuis leur conversation téléphonique, Maggie avait appris pas mal de choses sur Henry Lee. Grâce aux relations de David Ceimo, elle avait pu retracer l'origine de l'appel anonyme sur son portable et découvrir qu'il venait d'une salle d'attente du service de réanimation cardiologique, à l'hôpital Ste Mary.

Pendant leur bref échange au téléphone, son interlocuteur avait mentionné que sa femme venait de se faire opérer. Le lendemain de Thanksgiving, il n'y avait pas d'opérations programmées et seulement deux interventions en urgence : une appendicectomie et un triple pontage. Un nouveau coup de fil au pôle de réanimation cardiaque — assorti de manœuvres persuasives, cette fois — lui avait permis d'obtenir le nom de la patiente. Et de son mari, par déduction. Pendant que David Ceimo se chargeait de négocier le soutien logistique de l'hôpital, elle avait fait quelques recherches sur Henry Lee grâce à la connexion internet sur son *smartphone*.

Elle avait été surprise d'apprendre que son interlocuteur anonyme jouissait d'une excellente réputation dans le milieu des affaires. Les nombreuses entreprises que ce magnat de l'industrie avait rachetées et développées lui avaient permis de se classer parmi les cinq cents premières fortunes des Etats-Unis. Désormais à la retraite, Henry Lee restait à la tête du conseil d'administration de son empire et faisait du lobbying pour imposer des mesures de sécurité intérieure. Rien à voir, a priori, avec le « taré » qu'elle s'attendait à rencontrer.

— Je ne vous raconterai ce que je sais qu'en échange de mon immunité, déclara-t-il, comme s'il récitait une réplique apprise par cœur.

Sa voix était maintenant dépourvue de la colère qu'elle avait perçue au téléphone.

— Je ne suis pas en mesure de vous faire une telle promesse.

Dans le temps, Cunningham l'avait toujours épaulée quand elle passait des marchés qu'elle jugeait honnêtes. Mais elle doutait de pouvoir compter sur le soutien de Kunze.

— Je m'engage à témoigner de votre coopération. C'est tout ce que je peux faire.

Il la scruta sous ses paupières mi-closes. Il pesait le pour et le contre, manifestement. Ses yeux d'un bleu délavé quittèrent un moment les siens pour se poser sur les mains qu'il tordait sur ses genoux. Puis il affronta de nouveau son regard.

— Ils ont enlevé mon petit-fils.

Il s'éclaircit la voix — sans parvenir à en dissimuler le tremblement

— Puis-je compter sur vous pour essayer de le libérer ?

— Je ferai tout ce qui est en mon pouvoir.

Inclinant la tête, Maggie attendit patiemment, en se gardant de poser des questions qui auraient risqué de limiter l'ampleur de ses aveux.

— Je suis un patriote, lâcha-t-il enfin.

Son préambule la surprit, mais elle n'en laissa rien paraître. L'une des sociétés du consortium de Henry Lee vendait du matériel de vidéosurveillance. Elle s'attendait à ce qu'il lui fasse des révélations portant sur une faille du système de sécurité du Mall of America. Ou qu'il lui parle de menaces reçues et passées sous silence.

S'il y avait une chose à laquelle Maggie ne s'attendait pas, en revanche, c'était à une confession en bonne et due forme.

53

Debout près de Yarden, Nick l'écoutait s'égarer dans un compte rendu un peu trop circonstancié de tout ce que la sécurité avait fait pour déjouer l'attentat. Les Chapman hochaient la tête, lèvres serrées, regards impassibles. Ce fut un soulagement pour Nick d'entendre son portable sonner.

— Pardonnez-moi. Je dois prendre cet appel.

Il s'éloigna de quelques pas et accepta la communication sans même vérifier l'identité de son correspondant.

— Ici Nick Morrelli, dit-il d'un air d'importance, avec une pointe d'irritation destinée aux oreilles des Chapman.

— Eh bien ! Je me demandais si tu finirais par décrocher.

C'était sa sœur, Christine. Exprimant un dépit justifié. Il avait effectivement ignoré ses appels précédents et n'avait pas réagi à ses messages. Parce qu'il ne s'était pas senti prêt à divulguer des détails qu'il soupçonnait la journaliste en elle de vouloir lui extorquer.

— Ouais, je sais. Désolé. C'est la folie, ici.

Il glissa un regard vers l'autre bout du couloir. Les Chapman l'avaient déjà oublié : le pauvre Jerry jouissait de leur entière attention. Nick prit un second couloir pour poursuivre sa conversation au calme.

— Nous avons suivi les événements à la télé, Nick. C'est difficile à croire. Je ne peux même pas dire que je me mets à ta place : je n'arrive même pas à imaginer ce que tu es en train de vivre !

Nick se réfugia dans une petite pièce vide, près des ascenseurs. Des tasses à café utilisées traînaient sur une table. Des chaises pliantes avaient été ouvertes et abandonnées dans le désordre. Il en prit une et s'y laissa choir.

— Tu viens de me tirer d'un mauvais pas, en tout cas. Avec le responsable de la sécurité, on était en train de se faire remonter les bretelles par un couple d'actionnaires du Mall.

— Tu plaisantes ? Comment auriez-vous pu empêcher un attentat pareil ?

Nick perçut la curiosité qui pointait dans la voix de Christine, et espéra qu'il n'aurait pas à regretter le peu qu'il lui avait confié.

— Tu appelles tard, reprit-il en changeant volontairement de sujet. Il n'y a pas de problème à la maison, au moins ?

— Je n'ai pas très envie d'ajouter un souci à ceux que tu as déjà, mais… nous avons dû faire transporter papa aux urgences de l'hôpital Lakeside.

Nick bondit en pressant le téléphone contre son oreille.

— Et… et il est… ?

Il dut prendre appui contre le mur.

— Ils ont pu stabiliser son état.

— Qu'avait-il exactement ? Que s'est-il passé ?

— Maman avait remarqué que sa respiration était plus rauque, plus laborieuse que d'ordinaire.

Un silence prolongé s'installa sur la ligne.

— Nick, je ne pense pas que maman pourra continuer à le soigner seule à la maison. La charge devient de plus en plus lourde.

Il se laissa retomber sur la chaise.

— D'accord, fut tout ce qu'il trouva à dire. Qu'est-ce que tu proposes ?

Il n'avait jamais été mêlé à ces discussions jusqu'à présent. Lorsqu'il vivait à Boston, à des milliers de kilomètres de la maison familiale, sa mère et Christine prenaient toutes les décisions qui concernaient son père sans le consulter. La situation n'était plus tout à fait la même aujourd'hui, puisqu'il était revenu à Omaha. Il prit conscience de la chance qu'il avait eue. Et ne put s'empêcher de se demander pourquoi Christine cherchait maintenant à l'impliquer dans les problèmes de santé de leur père.

Sa réaction était injuste. Mais il était exténué, bouleversé et, une fois de plus, loin de la maison. Et il n'y pouvait pas grand-chose, vu les circonstances.

— Tu sais qu'elle refuse de le placer en maison médicalisée, reprit Christine. Mais c'est la croix et la bannière pour qu'elle accepte de se faire aider ! Elle clame haut et fort que papa refuse qu'une inconnue l'aide à faire pipi. Ce qui est ridicule, bien sûr.

Nick regarda autour de lui dans la pièce. Pourquoi s'inquiéter de cela maintenant ? L'état de leur père était stabilisé. Christine passait son temps à se soucier de problèmes qui n'avaient même pas encore commencé à se poser.

— Ils vont le garder longtemps, à l'hôpital ?

— Quelques jours, le temps de faire des examens.

— On pourra reparler de tout ça quand je serai rentré ?

Silence. Avait-il eu une parole malencontreuse ?

— O.K., ça marche, répondit-elle enfin.

Nick connaissait ce ton de voix : Christine était déçue, peut-être même en colère, et ne le disait pas. Un comportement propre aux passifs-agressifs. Christine et lui présentaient l'un et l'autre toute la batterie des symptômes. « Evite systématiquement le conflit » était le critère numéro un pour définir le comportement névrotique en question.

— Désolé. Je suis un peu submergé, tenta-t-il de se justifier.

Il sut que l'excuse passerait mal avant même d'avoir fini de la proférer.

— Tout ce que je voulais, c'était en parler avec toi, Nick.

Elle était peinée, mais faisait de vaillants efforts pour n'en rien laisser paraître.

— Je suis tout à fait consciente que lorsque le moment sera venu d'agir, je serai seule à me charger de tout.

Nick demeura sans voix. Comme si elle lui avait filé un coup dans le ventre. Il se sentait comme un con.

— Il faut que je te laisse, Nick.

Il entendit le déclic avant de pouvoir répondre. Il s'adossa au mur, les yeux clos. Il n'était pas doué pour ce genre de trucs. C'était la raison pour laquelle sa mère et sa sœur ne lui avaient jamais rien demandé jusqu'à présent. Mais si Christine le savait, pourquoi attendait-elle soudain autre chose de lui ? Et, surtout, pourquoi maintenant ?

54

Maggie veilla à ne pas interrompre Henry Lee. Elle se retint de croiser les bras ou de donner un quelconque signal non verbal qui aurait pu le troubler dans son récit. Sa formation en psychologie lui avait appris à écouter sans émettre ou insinuer la moindre opinion. Il arrivait qu'une personne capable d'écouter obtienne des informations plus complètes qu'un enquêteur chevronné. La nature humaine dictait certains comportements réflexes, comme la tendance à remplir un silence ou à nourrir l'écoute d'un interlocuteur réceptif.

— Ma fille, la mère de Dixon, a fait partie des cent soixante-huit personnes qui ont été assassinées le 19 avril 1995. Plus de deux mille kilos de nitrate d'ammonium et de gazole transportés au pied du bâtiment fédéral Alfred P. Murrah, à Oklahoma City.

La souffrance de ce deuil était encore assez vive pour mouiller le regard bleu d'Henry Lee. Il s'essuya les yeux d'un geste irrité de la main.

— Jamais je n'aurais cru que notre pays serait un jour le théâtre d'une action terroriste de cette ampleur. Et j'étais persuadé que nous conjuguerions nos efforts pour qu'il n'y ait jamais un second Oklahoma. Mais nous autres, Américains, avons la mémoire courte.

Nous avons relâché notre surveillance et, six ans plus tard, rebelote : nous avons eu le 11 septembre.

Lee se renversait contre son dossier, se penchait en avant. Ne parvenait ni à trouver sa position ni à calmer le mouvement de ses mains. Maggie attendit, le laissant s'agiter, respectant ses temps de silence.

— Même l'horreur du 11 septembre ne nous a pas suffi : déjà, nous retombons dans la négligence et l'incurie. Ce qui s'est passé aujourd'hui dans le centre commercial aurait dû être un signal d'alerte, un appel à ouvrir enfin les yeux. Notre gouvernement ne cesse de saboter ses propres mesures antiterroristes, d'affaiblir nos systèmes de sécurité. Ce qui nous met en position de vulnérabilité face à d'éventuelles attaques. Et croyez-moi, de nouveaux attentats, il y en aura !

La colère, petit à petit, revenait percer dans sa voix.

— Ça éclatera, tôt ou tard : à l'occasion d'un événement sportif, dans un centre commercial ou dans un aéroport. Ils abattent petit à petit les barrières que nous nous sommes battus pour ériger. Fermer Guantanamo ! C'est de la folie furieuse ! Servir trois vrais repas par jour à ces monstres alors qu'ils ne pensent qu'à massacrer nos innocents compatriotes !

— Trente-deux de nos innocents compatriotes ont été tués aujourd'hui, monsieur Lee.

Cela avait été plus fort qu'elle. Elle refusait d'écouter sa diatribe en lui laissant croire par son silence qu'elle excusait, tolérait ou même comprenait ses positions.

— Mon Dieu… Trente-deux, vous dites ?

Il enfouit son visage dans ses mains tremblantes.

— Les choses n'auraient jamais dû se passer ainsi,

murmura-t-il en frottant ses paupières. Je vous jure que ce n'était pas le projet initial.

— Quel était, exactement, votre projet initial ?

Il secoua la tête et se tordit les mains de plus belle.

— Notre but était de faire peur, c'est tout. Notre groupe… et il s'agit d'un groupe influent comprenant des individus probes et de haut niveau…

— Les Citoyens pour la fierté de l'Amérique ?

Il haussa les épaules avec tout le dédain dont il était capable.

— Le CFA ? C'est juste un écran de fumée, une diversion. Notre organisation n'a rien à voir avec ces gens-là.

— Alors, je ne comprends pas. De quel groupe me parlez-vous ?

— Personne ne nous connaît. Nous avons réussi à maintenir le secret sur notre existence depuis bientôt quinze ans. C'est en toute discrétion que nous faisons jouer notre influence. Des marchés de plusieurs milliards de dollars ont été décrochés, grâce à nous, par des entreprises nationales. Nous avons exercé une pression constante sur la politique du gouvernement. Avec des pratiques qui ne diffèrent en rien du lobbying classique. Hormis le fait que certains de nos membres sont… disons… très proches du pouvoir.

— Vous dites que votre groupe inclut des membres du Congrès ?

A sa manière d'éviter son regard, elle comprit qu'il filtrait ses informations, décidant peu à peu de ce qu'il était prêt à divulguer ou non.

— Tout ce que je dis, c'est que nous ne sommes pas des bandits. Nos méthodes peuvent parfois paraître peu orthodoxes, c'est vrai. Nous faisons ce que nous estimons nécessaire pour influencer, tirer les ficelles nécessaires et maintenir l'Amérique sur les rails. J'admets que nous sommes parfois allés un peu loin. Mais je vous jure sur l'honneur que nous n'avons jamais attenté à la vie de qui que ce soit.

Il embrassa la salle de consultation d'un regard circonspect, comme pour s'assurer que l'endroit était réellement sûr.

— L'opération d'aujourd'hui avait pour vocation de réveiller l'opinion. Les sacs à dos étaient censés contenir des émetteurs destinés à brouiller les connexions électroniques. Les appareils avaient été conçus pour provoquer une défaillance généralisée des systèmes de caisses enregistreuses. J'ai moi-même aidé à les mettre au point. Nous étions supposés déclencher une sorte de black-out électronique, calculé pour survenir un lendemain de Thanksgiving. Cette journée, qui tombe toujours un vendredi, bat tous les records d'affluence dans les centres commerciaux du pays. Les commerçants auraient donc perdu des profits substantiels. Et nous aurions démontré avec éclat à quel point il serait facile pour des terroristes de faire la même chose — ou pire.

— Vous avez prouvé le pire, en l'occurrence.

Maggie se mordit la lèvre. Elle devait rester calme, posée, impassible — et conduire cet entretien sans manifester d'émotion ni de jugement. Elle s'empêcha de serrer les poings, s'interdit de se lever pour arpenter la pièce.

— Vous avez raison. Quelqu'un l'a prouvé, en effet. Quelqu'un qui avait sa propre idée derrière la tête. Mais ces trois jeunes sont innocents.

Elle réussit à ne pas tressaillir.

— Vous connaissez les trois jeunes gens dont les médias ont diffusé l'identité ?

— C'étaient des amis de mon petit-fils. Quelqu'un a manipulé Chad, Tyler et Dixon pour qu'ils acceptent de porter ces sacs à dos. Quant à Patrick, je ne sais pas pourquoi ils ont parlé de lui. Il n'a rien à voir avec cette histoire. Becca et lui n'ont rien fait, à part accompagner Dixon au centre commercial.

— Vous savez qui est Patrick Murphy ?

— Patrick et Becca logent à la maison. Ils étaient chez moi hier soir pour fêter Thanksgiving avec nous. Ils étudient à l'université de New Haven, comme Dixon. Ils sont arrivés ensemble du Connecticut. Je connaissais déjà Becca, et ils m'ont présenté Patrick. Je n'ai que du bien à dire de ces deux jeunes gens. Ils sont solides, sérieux, honnêtes.

Il secouait la tête d'un air navré et ne la vit pas déglutir avec difficulté. Patrick lui avait dit la vérité. Il n'avait rien à voir avec les attentats. De quel droit l'avait-elle questionné aussi durement ? Elle aurait dû lui offrir sa confiance au lieu d'exiger qu'il lui accorde la sienne. Assise en face de l'homme qui avait fêté Thanksgiving avec son demi-frère, elle comprit que cet inconnu en savait plus qu'elle sur Patrick.

Une crainte soudaine lui poignarda l'estomac.

— Dixon se trouvait-il en compagnie de Patrick lorsqu'il a été enlevé ?

— Non. Mon petit-fils était seul.

Maggie ressentit un tel soulagement qu'il dut transparaître sur ses traits. Mais Henry Lee ne remarqua rien : ses yeux étaient rivés sur ses mains.

— Dixon m'a dit qu'il leur avait laissé son sac à dos.

Patrick et Becca sont-ils encore vivants ? demanda-t-il à voix basse.

— Patrick est vivant, assura-t-elle. Pour Becca, je ne sais pas.

Henry Lee secoua la tête.

— Dixon m'a rejoint en urgence pour voir sa grand-mère à l'hôpital. J'étais tellement soulagé qu'il soit là, vivant, auprès de moi ! Et voilà que ces salauds sont venus jusqu'ici pour me le prendre !

Il prit quelques inspirations pour endiguer sa colère.

— Dixon était inquiet pour ses amis. Il a emprunté mon portable pour leur parler, enfin… comment dit-on déjà ? Leur envoyer des textos. C'est comme ça que ces ordures me demandent de garder le contact — en appelant sur mon propre téléphone, nom d'un chien !

— Qui sont-ils, monsieur Lee ? Qui sont ces gens qui ont enlevé votre petit-fils et troqué des dispositifs de brouillage contre des bombes ?

— Leur chef se fait appeler le Project Manager.

Il détourna les yeux. Et prit quelques inspirations supplémentaires, comme pour se donner la force de poursuivre.

— Et il a programmé une autre opération pour dimanche.

55

Patrick sentit les battements de son cœur s'accélérer. Visiblement, Frank avait l'intention de faire sa pause dans la lingerie. Optant pour le seul refuge possible, il grimpa dans l'un des grands sèche-linge industriels et se replia à l'intérieur. Il eut tout juste le temps de refermer la porte de l'appareil avant l'entrée du géant. Il se plaqua contre le tambour en métal, en espérant que ce qui apparaîtrait à travers le hublot ressemblerait à une pile de linge en attente d'être triée. De Frank, il n'entrevoyait qu'un bout d'uniforme. Et ce qui ressemblait à trois jours de provisions tirées d'un distributeur. Le gardien de sécurité s'assit à l'une des tables, ouvrit une canette de soda et un sachet de chips, et sortit un livre de poche.

Super. Une chouette pause prolongée.

Patrick essaya de faire abstraction des crampes qui paralysaient ses jambes, en torsion l'une sous l'autre. Mieux valait s'habituer à la douleur, car Frank était là pour un petit moment. Le sèche-linge voisin, dans lequel il avait fourré ses vêtements, ronronnait puissamment. Ses propres baskets résonnaient contre le métal chaque fois que le tambour faisait un tour sur lui-même. Peut-être pourrait-il se permettre quelques mouvements, tout compte fait. Le son serait couvert par le fracas de l'autre machine. A condition qu'il ne fasse ni gémir ni couiner la sienne.

Il se souvint soudain de son portable. Il n'avait pas pensé à le couper. Si Becca — ou Maggie — appelait maintenant, il était perdu.

Il songea que Becca n'avait toujours pas donné signe de vie. Lui ne pouvait pas l'appeler puisqu'il ne connaissait pas le numéro de téléphone de Dixon. Mais elle avait le sien. Pourquoi ne s'était-elle pas manifestée ? Maintenant qu'elle était en sécurité, avec Dixon, rien ne l'empêchait de lui passer un petit coup de fil. A moins que… Lorsqu'elle s'était sauvée, tout à l'heure, était-ce lui qu'elle cherchait à fuir ?

Les chocs répétés du sèche-linge voisin lui donnaient mal à la tête. Il risqua un nouveau coup d'œil dans la pièce. Frank avait à peine entamé la montagne de nourriture qu'il avait empilée devant lui.

Sentant ses jambes se tétaniser, Patrick serra les dents pour contenir la douleur. Il se poussa vers le haut et tenta de s'étirer légèrement pour soulager la pression. Le tambour en métal émit un couinement. Il se pétrifia, tendant l'oreille pour essayer d'entendre les sons de la pièce, par-delà le vrombissement du sèche-linge. Pas de bruits de pas. Pas d'uniforme qui se rapprochait. Peut-être que le grincement avait été moins sonore qu'il ne lui avait semblé de l'intérieur.

Comment en était-il arrivé là ? Pendant toutes ses années de lycée et de fac, il avait travaillé dur ; il s'était fait peu d'amis et avait veillé à ne pas s'attirer d'ennuis. Il ne courait pas les filles, ne touchait pas à la drogue, ne participait pas aux beuveries collectives, ne cherchait pas la bagarre. Il était bien trop occupé à subvenir à ses propres besoins, à financer ses droits d'inscription et à gagner de quoi payer sa nourriture, son essence et son loyer. Par quelle vacherie du destin se retrouvait-il traqué par la police, épinglé sur toutes les chaînes de télé du pays ? Pourquoi était-il seul, coincé dans un putain de sèche-linge alors qu'il n'avait rien fait à personne ?

Il ferma les yeux et serra les mâchoires pour supporter les coups de boutoir de la machine voisine. C'était épuisant de ne pouvoir compter que sur soi-même. Quand il avait rencontré Becca, il avait pensé qu'elle ressentait peut-être la même lassitude que lui — qu'elle en avait assez de la solitude, elle aussi. Alors, qu'elle soit partie sans lui dire un mot, qu'elle n'ait ni appelé ni envoyé de texto, ça lui faisait un peu mal. Mais il refusait d'admettre qu'il était déçu. S'il l'admettait, il lui faudrait aussi avouer qu'elle comptait pour lui. Enfin, quoi, ils s'étaient toujours dit qu'ils étaient amis, non ? Et quoi de plus normal pour deux amis que de se soucier l'un de l'autre ?

Maggie lui avait dit qu'il devait lui faire confiance.

Elle l'avait appelé pour l'inviter à fêter Thanksgiving chez elle, en proposant de payer son billet de train ou d'avion. Elle disait qu'il pourrait rester tout le week-end. Et qu'elle avait très envie de lui présenter son labrador blanc, Harvey. Depuis qu'ils avaient appris leur existence mutuelle, deux ans auparavant, Patrick pouvait compter sur les doigts d'une main le nombre de fois où ils s'étaient vus ou téléphoné. Il ne savait rien de celle qui s'était soudain mis en tête de jouer les grandes sœurs.

Et pourtant… Il devait reconnaître qu'elle, au moins, faisait des efforts. Alors que lui, qu'avait-il tenté ? Rien.

D'après le peu qu'il savait de Maggie, il avait déduit

qu'elle avait dû batailler ferme, elle aussi, pour en arriver là où elle était. Tout comme lui, elle avait travaillé pour payer ses études, puis elle avait décroché une bourse de recherche médico-légale à Quantico. Après la mort de leur père, sa vie n'avait pas été plus facile que la sienne. Elle avait mentionné l'alcoolisme de sa mère — sans s'appesantir sur le sujet, bien sûr. Mais il avait travaillé assez longtemps derrière un bar pour savoir ce que cette maladie voulait dire.

C'était elle qui avait initié leur rencontre. Elle était venue chez Champs, le bar où il bossait. Elle espérait le voir, mais elle ne savait pas à quoi il ressemblait. Elle s'était assise en fouillant la salle du regard, ce qui l'avait intrigué. C'était un bar universitaire, et une femme comme elle n'y était pas à sa place. Pas parce qu'elle était plus âgée que les autres. Parce qu'elle était trop classe. Puis elle avait commandé un Pepsi Light, achevant de lui prouver qu'elle n'avait rien à faire là.

Le souvenir le fit sourire. L'image de Maggie devant son verre de Coca dansait encore devant ses yeux quand le sèche-linge d'à côté s'arrêta de tourner. Plus de vibrations. Plus de coups ni de chocs. Patrick se plaqua contre le tambour et retint sa respiration. Le silence était pire que le vacarme. Il risqua un coup d'œil dans la pièce en prenant soin de ne bouger que la tête. La table était vide. Plus de chips. Plus de roman en format poche.

Il se dévissa le cou. Pas de Frank en vue. Se pouvait-il qu'il soit parti ?

Patrick se souleva lentement sur les coudes, faisant pivoter le tambour de manière à voir le reste de la lingerie. Vide. Enfin, il pouvait sortir de là. A condition, toutefois, qu'il parvienne à se contorsionner hors de ce truc. Il poussa la porte du sèche-linge. Sans résultat. Il appuya son épaule et pressa de tout son poids.

Rien.

La porte ne céda pas d'un millimètre.

56

L'agent du FBI ne l'aimait pas, Henry en était conscient. Malgré la compassion dont elle avait fait preuve envers Hannah, ni son action, ni la cause pour laquelle il se battait n'éveillait la moindre sympathie chez Margaret O'Dell. Peu importe. S'il s'était soucié de plaire à autrui, il n'aurait jamais bâti son empire.

O'Dell devait avoir la moitié de son âge. Elle n'avait jamais eu à prendre de décisions susceptibles de changer la face du monde. Il n'en avait strictement rien à foutre qu'elle l'apprécie ou non. Elle pouvait le juger autant qu'elle le voulait. Tout ce qui l'intéressait, c'était qu'elle l'aide à récupérer Dixon. Le reste était accessoire.

— Où est-il programmé, ce second attentat ?

Elle était manifestement à bout de patience. Il captait dans son regard les brèves flambées d'émotion qu'elle croyait dissimuler à la perfection. Il avait embauché et débauché plus de gens au cours de sa longue carrière qu'elle n'en avait sans doute rencontré dans sa jeune vie. Il comprit qu'elle n'était pas seulement impatiente, mais anxieuse et épuisée, prudente et soupçonneuse. Non seulement elle ne l'aimait pas, mais elle ne lui faisait pas confiance.

— J'ignore où ça va se passer exactement.

Henry constata avec satisfaction que ses mains ne tremblaient plus. Un bon signe. Il n'aimait pas perdre le contrôle de lui-même.

Elle haussa un sourcil. C'était le premier signe de langage non verbal qu'elle s'autorisait.

— Dimanche, le trafic aérien sera maximal. Le deuxième jour de l'année en termes de fréquentation. Ça se passera dans un aéroport. Mais honnêtement, j'ignore lequel. Nous avons procuré une liste en laissant le Project Manager libre de son choix.

— Pourquoi un aéroport ? Je pensais que les dispositifs de brouillage étaient destinés à semer la zizanie dans le commerce de détail ? à faire baisser leur chiffre d'affaires ?

Henry secoua la tête. Il pensait pourtant avoir été clair.

— Non. Vous n'avez pas compris. Ce n'est pas une histoire d'argent. L'enjeu, c'est la sécurité des Etats-Unis, ni plus ni moins. Il s'agit d'empêcher les terroristes de frapper de nouveau. Notre gouvernement a détruit toutes les parades que nous avions mises en place. Quel meilleur endroit pour réveiller la conscience des Américains qu'un centre commercial noir de monde ? La même chose vaut pour un aéroport bondé, si les avions restent cloués au sol et les voyageurs coincés sur place.

— Vous saviez que « l'opération » d'aujourd'hui devait avoir lieu dans le Mall of America ?

— Bien sûr. C'est le plus grand centre commercial du pays.

— Alors comment se fait-il que vous ne soyez pas informé du choix de l'aéroport ?

Il hocha la tête. Elle était maligne. Mais elle n'avait toujours pas tout à fait bien compris.

— Le choix du plus grand centre commercial du pays tombait sous le sens. Mais si nous avions su d'avance, pour l'aéroport, nous aurions pu nous trahir ou nous incriminer.

— Vous allez me procurer la liste.

Ce n'était pas une question. Henry hésita puis se rappela que c'était sans importance. La vie de Dixon valait bien ce petit sacrifice.

— Je ne l'ai pas en tête. Je vous l'enverrai par courrier électronique.

Elle sortit son *smartphone*.

— Entendu. Vous le ferez avant que je parte.

L'avait-il sous-estimée ? Elle était fine, vive. Et intrépide.

— Bon, dites-moi ce que vous savez de l'homme qui se fait appeler le Project Manager.

— Ce n'est pas moi qui l'ai recruté.

— Il a été embauché ?

De nouveau, elle laissa transparaître ce qu'elle ressentait. Une émotion discrète, mais présente dans son regard. De la surprise ? Non. Un soupçon de répulsion, plutôt.

— Aucun d'entre nous ne l'a rencontré. Il a veillé à ce que nous ne sachions pas qui il était, à quoi il ressemblait ni d'où il venait.

— Mais vous pensiez pouvoir vous fier à lui, pourtant ? Sur quels critères ?

Henry haussa les épaules. Bonne question.

— Il nous a été chaudement recommandé par une personne en qui nous avons pleine confiance.

— Et, selon vous, cet homme dont votre groupe de

pression a loué les services pour secouer les commerçants et bloquer le trafic aérien a agi pour son propre compte ?

— C'est une possibilité, oui. Ou alors il prend ses ordres d'un membre de notre groupe qui pense que nous avons besoin de bombes plus que de dispositifs de brouillage pour réveiller l'Amérique.

Malgré sa volonté de tout dire, il ne pouvait se résoudre à lui avouer que le groupe qu'il s'était toujours promis de défendre avait fait un pas de trop, trahissant des années d'intégrité et d'honneur pour… Oui, pour quoi ? Le pouvoir ? L'appât du gain ?

— Vous êtes conscient, je suppose, que je pourrais vous arrêter et vous faire subir un interrogatoire en bonne et due forme ?

— Je connais mes droits, agent O'Dell. Et quelques-uns des meilleurs avocats du pays sont à mon service. Vous ne tireriez rien de moi. Or vous avez besoin d'informations. Et moi, je veux mon petit-fils vivant.

La sympathie qu'elle avait manifestée à son encontre était à présent nettement moins sensible.

— Si vous voulez retrouver votre petit-fils, il faudra m'en dire plus. On vous a informé, monsieur Lee, que Chad Hendricks et Tyler Bennett sont morts dans l'explosion ?

Il fit la grimace. Il avait pressenti et redouté cette nouvelle.

— Leurs sacs à dos ont explosé alors qu'ils les avaient sur eux, les bombes ayant été déclenchées à distance.

Une dureté nouvelle perçait dans sa voix.

— Ces deux jeunes gens déambulaient dans le centre en pensant juste créer quelques perturbations — si j'en crois vos explications. Ils imaginaient que leur mission consistait à bloquer les systèmes informatiques, à provoquer des queues monstres aux caisses et à faire réfléchir quelques commerçants un peu trop gourmands. Je doute qu'ils se seraient portés volontaires s'ils avaient su qu'ils finiraient pulvérisés aux quatre coins du troisième niveau.

Henry chercha son regard. Il la vit gommer toute colère de son expression. Feindre que l'indignation qu'elle avait laissée éclater n'avait été qu'un subterfuge, une simple tactique d'interrogatoire.

— Inutile de vous faire violence, dit-il. Je comprends que vous preniez plaisir à m'en balancer plein la figure.

Sa remarque la désarçonna. Henry la vit lutter contre l'envie de se croiser les bras sur la poitrine. Elle plia et déplia les doigts d'une main, à l'évidence pour s'empêcher de serrer le poing.

— Pensez de moi ce que vous voudrez. Je ne l'ai pas volé. Mais mon petit-fils ne mérite pas de payer pour mes erreurs.

— Revenons au Project Manager, monsieur Lee. Vous devez bien avoir une information à son sujet !

— Juste un détail, en fait. Je ne sais pas si cela vous dira grand-chose. Il a fait allusion à sa personne comme étant LE « John Doe n° 2 ». D'après ce qu'on m'a rapporté, il a mis ce sobriquet en avant, comme s'il s'agissait d'un point fort sur son CV.

— Je ne suis pas certaine de comprendre.

— Ma fille a été tuée dans l'attentat d'Oklahoma City. Le Project Manager en savait plus à notre sujet que nous sur lui. J'ai pensé que c'était une allusion tordue au troisième terroriste présumé. Une allusion qui m'était destinée. Souvenez-vous que la presse désignait ce suspect insaisissable sous le nom de « John Doe n° 2 ». Peut-être l'a-t-il mentionné parce que c'était vrai ?

— Etes-vous en train de me dire que votre groupe de gens « probes » et « honorables » a embauché un des responsables de l'attentat d'Oklahoma ?

Henry haussa les épaules.

— Son existence n'a jamais été prouvée. Il s'agissait d'une simple supposition. Une rumeur, tout au plus.

L'agent O'Dell semblait réfléchir à toute vitesse, comme si elle essayait de déterminer si ce John Doe n° 2 était mythe ou réalité. Il interrompit son silence pensif.

— Voilà. C'est tout ce que je sais. Vous vouliez que je télécharge cette liste pour vous ?

Il désigna le *smartphone* qu'elle avait à la main.

Elle le regarda d'un œil vide, signe que la question avait glissé sur elle sans qu'elle y prête attention. Avait-elle la moindre idée du risque qu'il prenait en lui livrant toutes ces informations ?

— Nous sommes d'accord, alors ? Je vous fournis cette liste, et vous arrachez mon petit-fils des griffes de ces salopards ?

Il savait qu'elle ne pouvait rien lui promettre. Et ne fut pas surpris de la voir acquiescer d'un simple signe de tête.

57

Samedi 24 novembre
Aéroport international McCarran
Las Vegas, Nevada

Bien qu'il ait déjà perdu beaucoup de temps, Asante se força à laisser passer les trois autres passagers de classe affaires avant lui. Il ne devait pas être le premier à descendre d'avion. S'il sortait avant les autres, le personnel de cabine pourrait l'interpréter comme un signe d'anxiété. Etre premier, c'était toujours se démarquer, sortir de l'ordinaire.

La plupart des passagers — même ceux qui paraissaient prêts à se ruer dans les casinos pour jouer — étaient épuisés par le retard de l'avion. Asante fit l'effort de se fondre dans la masse des visiteurs, même s'il n'avait pas l'intention de s'asseoir à une table de jeu. Pour ce voyage, le black-jack ne figurait pas au programme.

Las Vegas n'en était pas moins un bon choix. Un excellent choix, même. La plupart des aéroports fermaient après minuit, ce qui n'était pas le cas de McCarran. Même à cette heure tardive, les lieux étaient aussi bruyants qu'en pleine journée. De loin déjà, alors qu'il sortait de la passerelle, il entendit le cliquetis et le roulement des machines à sous. Asante leur jeta un regard en passant et se retint de secouer la tête. Les bandits manchots occupaient le centre du terminal. Et la plupart des machines étaient occupées. Les passagers qui attendaient d'embarquer pour rentrer chez eux se livraient à leur addiction jusqu'à la dernière seconde.

Il se fraya un chemin parmi la foule et commença à suivre les autres passagers vers l'aire de retrait des bagages. Ajustant son sac sur l'épaule, il remit en marche le kit mains libres qu'il avait déjà placé sur son oreille. Puis il composa un numéro sur le clavier de son téléphone. L'appel passa aussitôt.

— Tu as fait bon voyage ? s'enquit la voix féminine en guise de salutation.

— Excellent, oui. L'avion a pris un gros retard mais, globalement, je devrais être dans les temps.

— Becky est ravie d'avoir retrouvé son camarade d'université.

Là encore, ils conversaient comme un vieux couple échangeant des nouvelles du quotidien. Il avait vraiment bien formé ses collaborateurs. Ils veillaient à s'en tenir au strict minimum, en utilisant le prénom, jamais le patronyme de ceux qu'ils mentionnaient.

— Formidable. Et comment va notre ami Hank ?

— Plutôt bien. Il ne fait pas de vagues, en tout cas.

— Bon, tant mieux, tant mieux. Nous sommes prêts à faire le grand ménage, demain ?

— Le plus vite sera le mieux, répondit-elle avec un léger rire.

Asante apprécia la petite touche de familiarité qui contribuait à l'impression de naturel.

— Nous mettons la dernière main aux préparatifs, en fait, précisa-t-elle.

— Préviens-moi s'il y a le moindre problème. Je te rappellerai dans un moment pour prendre des nouvelles.

Il trouva l'Escalator qui menait à la zone de retrait des bagages et s'y engagea avec une douzaine d'autres passagers.

Asante se sourit à lui-même. Ainsi en allait-il des failles. On pouvait les réparer, les reprogrammer, ou tout simplement appuyer sur la touche « supprimer ». Au pied de l'Escalator, alors que les autres voyageurs poursuivaient leur chemin vers les tapis roulants, il partit dans la direction opposée et pénétra dans une petite pièce latérale où se trouvaient les consignes automatiques. Il trouva le 83 et débloqua le cadenas d'une main experte. Un tour à gauche, deux à droite, et le battant s'ouvrit.

Dans le grand casier métallique se trouvait une enveloppe kraft collée à l'intérieur de la porte à l'aide de deux bandes adhésives. Elle contenait une liasse de billets de banque. Plus qu'il ne lui en fallait, d'ailleurs. Deux valises Pullman de 51 cm étaient empilées l'une sur l'autre. En toile noire, avec des coins suffisamment usés pour donner l'impression d'appartenir à un grand voyageur. Il sortit les deux valises et déposa son sac marin sur l'une d'elles. Puis il détacha l'enveloppe et la plaça dans une des poches latérales du sac avant d'accrocher son lourd manteau d'hiver dans le placard de consigne.

Il ne lui restait plus qu'à trouver un moyen de transport.

Il se dirigea vers la sortie. Dehors, l'air chaud le

cueillit par surprise. Deux ou trois heures de voyage et quelques milliers de kilomètres pouvaient faire toute la différence. Même s'il n'aimait guère passer d'un extrême à l'autre, la chaleur lui fit du bien.

Il chercha l'arrêt pour les navettes et attendit celle qui desservait le parking longue durée. A cette heure avancée, il était sûr de trouver le véhicule de son choix.

58

Hôpital Ste Mary
Minneapolis, Minnesota

Toujours en tenue de chirurgien, Maggie grimpa dans le 4x4 de Ceimo. Il l'attendait dans le parking des urgences, puisque c'était la seule entrée de l'hôpital ouverte au public après minuit. A peine assise, elle trouva le commutateur pour mettre le chauffage du siège passager en marche. Il lui faudrait beaucoup de chaleur pour la débarrasser de la sensation glacée que les révélations d'Henry avaient laissée en elle.

— Kunze et Wurth ont appelé, annonça Ceimo. J'ai dû leur expliquer qu'on avait une piste. Sans préciser laquelle.

Elle le remercia d'un signe de tête. En demandant de l'aide à Ceimo, elle lui avait précisé d'entrée de jeu que personne d'autre que lui ne serait informé de son projet. Pas avant son entrevue avec Henry Lee, en tout cas. Elle savait que Kunze ne l'aurait jamais autorisée à se rendre seule à son rendez-vous. Dans ce cas de figure, elle préférait présenter des excuses a posteriori plutôt que réclamer une autorisation qu'elle n'aurait pas.

Oui, il lui arrivait encore de prendre quelques libertés avec le règlement, mais jamais de manière imprudente. Elle avait retenu la leçon. Bon, d'accord, sa conception de la prudence ne recoupait pas toujours la définition qu'en avaient ses supérieurs. Une ou deux fois, Cunningham avait été furieux contre elle. Mais lorsque des vies étaient en jeu et que le compte à rebours était enclenché, il paraissait absurde d'appliquer la procédure pour le seul plaisir de respecter les règles. C'était son avis, en tout cas. Sûrement pas celui de Kunze. Elle avait donc coupé son téléphone en entrant à l'hôpital, ne le rouvrant que pour télécharger la liste que lui avait fournie Henry Lee.

— Alors ? demanda Ceimo. Vous avez du nouveau ?

Maggie entendit le son presque désincarné de sa propre voix.

— Ils ont programmé un nouvel attentat pour dimanche.

— Dimanche ? Vous voulez dire dimanche prochain ? Autrement dit… *demain* ?

Scrutant le tableau de bord de la voiture, elle chercha l'horloge des yeux. Elle avait perdu le fil du temps. Mais Ceimo avait raison, bien sûr. On était déjà samedi matin. Il leur restait moins de vingt-quatre heures.

— Oui, le dimanche d'après Thanksgiving. Deuxième journée la plus chargée de l'année en termes de trafic aérien.

— Nom de Dieu !

— Le type m'a donné une liste d'aéroports, mais il ignore lequel sera visé. Il y en a sept.

— Minneapolis ?

— N'est pas sur la liste.

Elle l'entendit pousser un soupir de soulagement.

— Désolé, dit-il en se reprenant.

— Vous n'avez pas à vous excuser, David.

Maggie tourna les yeux vers la vitre. La neige avait tout enseveli : les bancs aux arrêts d'autobus, le chapeau des lampadaires, les kiosques à journaux. Un vent tourbillonnant faisait danser les flocons devant les phares et les lumières blanches sur les arbres, déjà décorés pour les fêtes, scintillaient sur les branches chargées de givre. Le paysage semblait sorti d'une féerie hivernale.

— En quoi puis-je être utile ? voulut savoir Ceimo.

Elle choisit avec soin ce qu'elle allait lui demander. Et mit plus de soin encore à décider de ce qu'elle pouvait lui révéler. Au sujet de l'enlèvement de Dixon Lee, elle fournit tous les détails, sans rien omettre. Elle ferait tout pour honorer sa promesse à Henry Lee, même si, avec le peu d'informations qu'ils détenaient, retrouver Dixon relevait de la gageure.

Ceimo lui assura que le gouverneur serait prêt à mettre un maximum de moyens à leur disposition. Henry Lee et son empire pesaient un poids non négligeable dans le budget de l'Etat du Minnesota. Son consortium employait six mille personnes et rapportait des sommes colossales sous forme d'impôts et de taxes. Ceimo tomba d'accord avec elle pour qu'ils procèdent rapidement et en secret. Moins il y aurait de personnes impliquées, meilleures seraient leurs chances de retrouver Dixon vivant.

Maggie garda le silence, en revanche, sur la supposition outrancière que le « Project Manager », l'homme qui avait orchestré l'attentat, puisse être le fameux John Doe n° 2, le soi-disant troisième terroriste dont on disait qu'il avait assisté — voire, pour certains théoriciens du complot, dirigé — Timothy McVeigh et Terry Nichols dans l'attentat d'Oklahoma City. C'était absurde. Totalement aberrant. Enfin… à première vue, en tout cas.

Lorsque Ceimo la déposa devant l'hôtel, la foule s'était dissipée. Elle n'eut pas à se frayer un chemin parmi des cohortes de rescapés pour accéder au distributeur de boissons et de glaçons. Des réceptionnistes en blazer bleu lui sourirent en la voyant entrer. L'un d'eux lui indiqua où trouver des boissons fraîches. Un autre lui demanda s'il pouvait faire quelque chose pour elle. Ce ne fut qu'en pénétrant dans l'ascenseur qu'elle comprit pourquoi on l'avait traitée avec tant d'égards. Elle avait gardé sa tenue de chirurgien sous son manteau.

Cette fois, elle occulta résolument la chanson de Noël qui évoquait des marrons rôtissant sur le feu. Elle était exténuée, les contusions causées par sa chute contre la calandre se rappelaient à son bon souvenir, et son estomac criait famine. Ses épaules, elles, ployaient sous un nouveau fardeau : le poids de la révélation faite par Henry Lee.

Sitôt entrée dans sa chambre, elle ouvrit sa cannette et but quelques gorgées de Coca. Puis elle remit son téléphone en marche et composa le premier d'une longue liste de numéros.

Elle s'arma de courage. Le moment était venu de renouer contact avec Kunze et Wurth. En sachant qu'elle devrait tout leur dire. Quelques heures plus tôt, elle avait décidé d'agir sans le feu vert de Kunze. Il était temps de l'en informer. Et de lui présenter ses excuses.

59

Patrick avait du mal à respirer. Il devait pourtant y avoir des grilles de ventilation sur cette machine, non ? Oui, bien sûr. Forcément. Ce n'était pas comme s'il se retrouvait sous l'eau ou enfermé dans un caisson étanche. Il n'était *pas* à court d'oxygène. De l'air, il en aurait suffisamment s'il se calmait. Et s'il s'appliquait à respirer, justement.

Il songea que les pompiers se trouvaient fréquemment dans des situations similaires. Coincés dans un réduit. A l'étroit, quoi. C'était bien ce qu'il avait lu, non ? Qu'avait-il appris pendant ses cours de sciences du feu ? S'il faisait travailler sa mémoire, pouvait-il ramener une info utile, un conseil, un truc ? Une rubrique du style « Si vous vous retrouvez enfermé quelque part sans votre pic ? » Sans pic ? La bonne blague. Il ne disposait même pas d'un tournevis !

Sans compter qu'aucun pompier professionnel ne serait assez stupide pour grimper dans un sèche-linge et refermer le hublot.

La sueur ruisselait sur son visage et dans son dos. Il avait beau s'éponger, elle revenait tomber dans ses yeux. Sa combinaison de travail lui collait à la peau. Il faisait une chaleur atroce, dans cet engin. Depuis combien de temps y était-il enfermé ? Vingt minutes ? Quarante ? Une heure, peut-être.

Il avait épuisé toute son énergie lors de sa crise initiale de panique. Et il avait cogné tant de fois son épaule contre la porte qu'il ne pouvait plus bouger le bras. La seule chose qui l'empêchait d'appeler au secours était la perspective de voir surgir la face bouffie de Frank et d'avoir à lui expliquer ce qu'il fabriquait dans ce sèche-linge.

Avec un regain d'espoir, Patrick arracha, morceau par morceau, le joint en caoutchouc collé autour de la porte. Mais lorsqu'il arriva enfin au bout de sa tâche, cela ne fit aucune différence. Rien. Pas même un début d'amélioration. Cette saleté de hublot ne bougeait toujours pas d'un millimètre. Et il avait le bout des doigts massacré à force d'essayer de tordre le métal. Au creux de sa paume, la blessure ne s'était pas rouverte, mais il ressentait des élancements dans la main. Il commençait à être à court d'idées. A court d'air aussi, malgré ses théories sur les trappes de ventilation.

Bon, il était dans une sale situation, d'accord. Mais au moins, il n'était pas enfermé dans un congélateur.

La première fois qu'il avait rencontré Maggie, elle traquait un tueur dans le Connecticut. Le type avait fini par faire la une de la presse nationale — c'était un psychopathe qui découpait les parties malades des corps de ses victimes et collectionnait ces spécimens dans des bocaux avant de fourrer le reste du cadavre dans d'énormes barils entreposés dans une carrière abandonnée. Il avait réussi à s'emparer de Maggie et avait cherché à la tuer en l'enfermant dans un énorme congélateur. Lorsqu'on l'avait enfin tirée de là, elle avait atteint un tel degré d'hypothermie qu'on avait dû la vider de son sang pour le réchauffer avant de le lui réinjecter. C'était hallucinant, ce que la médecine pouvait faire. Hallucinant aussi qu'elle ait survécu. En fait, Maggie était une fille plutôt étonnante. Pourquoi ne s'en rendait-il compte que maintenant ?

A l'époque, elle n'était qu'une inconnue pour lui. Il avait eu de la peine pour elle, mais à part ça, il n'avait pas ressenti grand-chose. Ce qui ne l'avait pas empêché d'aller la voir à deux ou trois reprises, s'asseyant au chevet de son lit d'hôpital pour lui tenir compagnie. Il ne voyait pas très bien ce qu'il aurait pu faire d'autre, d'ailleurs. Sans compter qu'il était très occupé, cet automne-là.

Après cela, Maggie et lui s'étaient retrouvés de temps en temps pour déjeuner ou dîner ensemble. Il aimait bien l'entendre parler de leur père. Mais Thomas O'Dell, tout comme Maggie, avait toujours été un inconnu pour lui. Il n'avait rien de tangible auquel se raccrocher. Pas de souvenirs. Pas de photos. Il ne portait même pas le nom de cet homme.

Le pire, c'est que sa mère avait décrété le sujet tabou. Elle refusait de lui parler de son père, et entendait qu'il respecte ses réticences en la matière.

— Je sais que je peux compter sur toi pour ne pas créer de complications, disait-elle.

Elle n'avait pas l'air de comprendre qu'en refusant d'aborder le « sujet » ou la « question » elle lui barrait l'accès à une partie de lui-même. Résultat : il avait choisi de passer Thanksgiving avec des amis qui croyaient si bien le connaître qu'ils trouvaient normal de le laisser seul après un attentat. L'autre option aurait été de célébrer cette même fête avec une famille qui ne le connaissait pas du tout. Tous le considéraient comme un type mûr, indépendant, qui, à vingt-trois ans, était capable d'affronter n'importe quelle situation. Sans doute parce qu'il s'était toujours débrouillé seul. Et si, justement, il en avait marre d'être seul ? S'il avait envie de se reposer sur quelqu'un, pour changer ?

La chaleur continuait de s'élever dans le sèche-linge. Patrick posa sa joue contre le tambour. Le moment n'était pas le mieux choisi pour décider de compter sur autrui. Puisque tout le monde le trouvait si débrouillard et autonome, il devrait être capable de s'extirper seul de ce putain de sèche-linge. Peut-être devait-il prendre un peu de recul et essayer d'aborder le problème sous un autre angle ?

Où étaient les charnières de la porte ? Avait-il tiré une poignée ? Sa panique avait été telle qu'il s'était contenté de se glisser à l'intérieur et de refermer le hublot sur lui. Se pouvait-il qu'il se soit démonté l'épaule en essayant d'ouvrir la porte du côté des charnières ?

Il pouvait au moins essayer de s'y prendre autrement.

Il se tortilla en faisant couiner le tambour et finit par pivoter de façon à ce que son dos repose contre l'arrière du sèche-linge. Il écarta les genoux et plaça ses pieds nus contre la porte. Tant pis s'il brisait le verre et qu'il s'entaillait la plante des pieds. Il avait besoin de respirer. Et de sortir de là. Ramenant les jambes vers lui, il frappa de toutes ses forces avec ses talons.

Le hublot s'ouvrit sans difficulté.

60

Lorsqu'il avait reçu l'appel de Maggie, Nick était seul dans la salle de vidéosurveillance. Il visionnait les enregistrements en s'efforçant de mémoriser les explications de Yarden. Un peu plus tôt dans la nuit, il avait réussi à convaincre Jerry de rentrer chez lui pour retrouver les siens — tout en songeant que la famille de Yarden se résumait selon toute probabilité à lui-même, et que le pauvre garçon devait vivre en compagnie féline dans un studio de célibataire. Aussi avait-il dû dissimuler sa surprise quand le vigile — humble mais fier — avait ouvert son portefeuille pour lui montrer une photo où figuraient une très jolie brune et trois beaux petits garçons. Une charmante boule de poils blancs était installée sur les genoux de l'épouse. « Un petit chien », expliqua Yarden.

Erreur sur toute la ligne, donc. Y compris pour le félin.

— Vous êtes sûr que ça va aller ?

Yarden avait quitté les lieux sur cette question, en embrassant d'un ultime regard le pupitre de commande et les moniteurs de contrôle. Nick se demanda s'il avait des scrupules à le laisser seul ou s'il s'inquiétait pour son matériel.

— Sans problème, oui. Filez donc embrasser votre femme et vos enfants, Jerry. Vous avez fait un super boulot. Si j'ai besoin de vous, je vous passerai un coup de fil.

Nick était exténué et ne pouvait pas faire grand-chose de plus. Mais il n'était pas prêt à aller se coucher pour autant. Avant de quitter le Minnesota, il avait réservé une chambre dans l'hôtel qui servait à présent de centre de commande, mais il n'avait pas eu le temps d'y retourner pour ouvrir sa valise. A tout bout de champ, il regardait sa montre. Il avait déjà appelé son patron, Al Banoff, pour le tenir au courant. Il était trop tard — ou plutôt trop tôt le matin — pour composer le numéro de Christine et lui demander des nouvelles de leur père.

Au lieu de regagner sa chambre, donc, Nick était retourné au centre commercial. L'image de Patrick Murphy s'était imprimée sur sa rétine. En repassant séquence après séquence, il avait essayé de vérifier si le troisième porteur de bombe — ou l'ami qui l'accompagnait — était effectivement Murphy. Mais il n'avait pu le déterminer avec exactitude. Sur tous les enregistrements qu'ils avaient sélectionnés, les deux jeunes gens et la jeune fille disparaissaient dans l'aire de restauration sitôt arrivés en haut de l'Escalator.

Puis son téléphone avait sonné.

Maggie.

C'était stupide, d'accord. Mais il avait éprouvé une bouffée d'adrénaline au son de sa voix. Qu'elle lui demande de l'aide était inespéré. Et qu'elle l'invite à la rejoindre dans sa chambre… « Pour les besoins de l'enquête, Morrelli ! » Et quelle enquête ! Triste, terrifiante, horrible. Alors pourquoi son cœur battait-il plus vite ? Même le vent mordant qui soulevait son manteau ne parvenait pas à le glacer. Une fois arrivé à l'hôtel, après être revenu à pied du centre commercial, il retira ses gants de cuir et découvrit qu'il avait les paumes moites. Ridicule. *Il* était ridicule.

Nick fit un saut jusqu'à sa chambre pour récupérer son ordinateur, que Maggie lui avait demandé d'apporter. En retirant son manteau, il croisa son reflet dans le miroir et, sur une impulsion, continua de retirer ses vêtements. Il aurait quelques minutes de retard, mais une douche s'imposait.

61

Henry Lee fixait la pendule murale dans la salle d'attente du service de cardiologie. Il se tenait à la même place depuis un bon quart d'heure, à regarder les aiguilles se traîner sur le cadran. L'attente tendait ses nerfs déjà éprouvés. Cinq minutes encore, et il serait autorisé à communiquer avec son petit-fils.

Un exemplaire du *Saturday Tribune* avait été abandonné sur la banque d'accueil déserte. Les gros titres, ainsi que des photos en couleur de l'attentat, s'étalaient sur toute la première page. Il ne voulait rien voir, rien entendre. Ne supportait même pas la vue du journal.

Il essayait de rester immobile, sans bouger. Une bonne moitié de ses ongles était déjà rongée jusqu'au sang — comme ceux de Dixon. Une vieille manie qu'il croyait avoir définitivement remplacée par le whisky single malt. Mais il n'avait pas eu l'occasion de boire la moindre goutte d'alcool depuis le dîner de jeudi soir. Et on était déjà samedi matin.

Dans vingt-quatre heures, il y aurait un second attentat.

Il secoua la tête. Désormais, plus personne ne pourrait arrêter le Project Manager. Il doutait que l'agent spécial O'Dell parvienne à empêcher quoi que ce soit. Sauf à prévenir les aéroports et le département de la sécurité du territoire, peut-être. De son côté, en tout cas, il avait fait ce qu'il avait pu.

Henry aurait aimé croire que la jeune agente du FBI trouverait le moyen de sauver Dixon. Mais, au fond de lui-même, il savait qu'il l'avait forcée à faire une promesse qu'elle n'avait pas les moyens de tenir. C'était à lui d'agir. De mettre sa colère sous le boisseau et de négocier.

Les gens qui détenaient Dixon étaient de vulgaires mercenaires, des sous-fifres à la solde du Project Manager. Ils pouvaient être achetés. Et peu importait le montant de leurs exigences. Il s'arrangerait pour réunir la somme qu'ils lui réclameraient. Mentalement, il commença à énumérer les comptes sur lesquels il détenait des liquidités. Le week-end férié compliquait un peu les choses, mais il se débrouillerait.

Enfin. C'était l'heure. Il allait au moins entendre la voix de Dixon.

Le pénible tremblement était de retour dans ses mains. Presser la bonne touche sur le clavier du téléphone de la salle d'attente se transforma en jeu d'adresse. Henry compta les sonneries : … Trois… quatre… Ils allaient forcément décrocher. Il avait scrupuleusement respecté l'horaire qu'ils lui avaient imposé.

Un déclic, puis sa propre voix demandant de laisser un message.

— Les salauds !

Il raccrocha rageusement. Son portable était toujours ouvert. Il n'aurait pas sonné cinq fois s'il avait été coupé ou si la batterie était à plat. Pourquoi avaient-ils laissé son appel sans réponse ? Pour négocier la rançon, il fallait qu'ils en passent par lui. Car c'était forcément une rançon qu'ils voulaient, non ? Oui, ils avaient besoin de lui parler. C'était dans leur intérêt autant que dans le sien.

Il composa rapidement le numéro une seconde fois, comme si, en se hâtant, il pouvait déjouer le tremblement de ses doigts. Il prit une profonde inspiration, ignorant la remontée acide qui lui brûlait la gorge. Le téléphone sonna. Puis un nouveau déclic, et :

— Vous êtes bien sur le répondeur d'Henry Lee. Vous pouvez laisser un message après le signal.

62

Lorsque Maggie ouvrit la porte pour accueillir son visiteur nocturne, elle dut se retenir de sourire. Tout frais sorti de la douche, les cheveux encore humides et en désordre, Nick Morrelli était aussi beau qu'il sentait bon. Il n'avait pas pris le temps de se raser, mais un début de barbe le rendait plus séduisant encore, soulignant le charme de ses satanées fossettes. Il avait choisi la décontraction du jean et remplacé sa chemise par un pull ras du cou bleu tendre qui rappelait la couleur de ses yeux et en soulignait l'éclat. Incroyable. On pouvait faire confiance à Morrelli pour tirer parti de toutes les opportunités, même les plus improbables.

Elle-même n'avait pas pris le temps de se changer et portait toujours son accoutrement hospitalier. Trop de choses à faire et pas une seconde à perdre. Sans compter que l'espèce de pyjama en coton avait le mérite d'être confortable.

— Il n'y a plus de service en chambre après 1 h du matin, expliqua-t-elle en devançant Nick dans la pièce. Mais le réceptionniste m'a gracieusement apporté quelques restes.

Du menton, elle désigna un assortiment de fruits,

de fromages et de crackers sur le bureau. Elle prit une grappe de raisin et lui fit signe de se servir.

— Prends ce que tu veux.

— Royal ! Ils sont sympas.

Elle sourit et tira sur l'ourlet de sa veste en coton marine.

— C'est fou le capital sympathie qu'un médecin peut attirer.

— Excellent déguisement. Je tâcherai de m'en souvenir. Ce n'est même pas la peine d'essayer d'obtenir quoi que ce soit à titre gracieux quand on s'habille en avocat.

Elle sourit et reprit place dans un coin de la chambre, où deux bergères étaient disposées de part et d'autre d'un lampadaire. Elle avait pris une des tables de chevet pour y poser son ordinateur portable. Pour le reste, elle n'avait rien touché. Sa valise qu'elle n'avait pas eu le temps de défaire reposait toujours sur le lit.

Nick prit une assiette en carton sur laquelle il empila des parts de melon, des grappes de raisin, des fraises, des morceaux de fromage et un assortiment de crackers. Maggie lui jeta un regard en coin tandis qu'il traversait la pièce avec son chargement. Il la gratifia d'un sourire contrit en s'installant dans la seconde bergère.

— Je ne sais même plus quand j'ai mangé pour la dernière fois, se justifia-t-il en posant son portable sur le coussin à côté de lui.

Maggie lui fit de la place sur la petite table pour qu'il puisse poser son assiette.

— J'avais un sacré creux, moi aussi. Nous avons quitté le pub juste après avoir regardé le menu.

— Qu'as-tu fait de Ceimo, au fait ?

— Il est parti me rendre un service.

— Ah oui ?

Maggie chercha son regard. Et identifia le sentiment qui s'y reflétait. Nick était jaloux. Et il savait qu'elle savait.

— Tu as du nouveau pour ton frère ? s'enquit-il tout à trac.

Elle retint un soupir. Parler du *Rose and Crown* lui rappelait Patrick, à elle aussi.

— Non. Il ne répond pas quand je l'appelle. J'espère qu'il est au chaud et en sécurité.

Nick s'attendait peut-être à des explications plus étoffées, mais il n'insista pas. Il avala un bout de fromage en désignant son ordinateur portable.

— Alors ? C'est quoi ta stratégie ?

Elle ne lui avait rien expliqué au téléphone, si ce n'est qu'un informateur anonyme lui avait fourni de nouveaux éléments et qu'elle avait besoin de son aide.

— Il nous reste deux heures avant de retrouver Wurth et Kunze en bas. Ils se sont déjà fixé un certain nombre d'objectifs. Quant à moi, j'essaie de me dépêtrer d'une série de documents à caractère juridique. J'ai pensé qu'un avocat serait la personne la mieux indiquée pour m'aider à m'y retrouver.

— Surtout s'il s'agit, comme moi, d'un avocat vénal, sensible à la nourriture gratuite.

— Exactement.

Reposant son assiette, il déplaça son ordinateur pour s'asseoir à côté d'elle et voir ce qui s'affichait à l'écran.

— Tu crois que l'attentat d'aujourd'hui a un rapport avec celui d'Oklahoma City ?

— L'idée ne me serait jamais venue à l'esprit, mais quelqu'un m'a offert cette piste sur un plateau. D'après mon informateur, le cerveau qui a fait sauter le centre commercial aujourd'hui prétend être John Doe n° 2. Je sais, c'est délirant. Il est probable qu'il ne le dise que pour impressionner son entourage. Mais je dois quand même creuser un peu la piste. J'ai commencé par étudier la liste des personnes qui ont été suspectées ou accusées d'être ce fameux John Doe. Que sais-tu, au juste, des attentats d'Oklahoma ?

— Je me souviens d'avoir flippé à mort, à l'époque. Le bruit courait que McVeigh s'était intéressé au bâtiment fédéral d'Omaha, avant de fixer son choix sur Oklahoma City. Et puis Junction City, dans le Kansas, n'est qu'à quelques centaines de kilomètres d'Omaha.

— Tu as donc suivi l'affaire de près, acquiesça-t-elle avec satisfaction.

Nick avait gardé des détails très précis en tête. C'était effectivement dans la ville de Junction City que McVeigh et Nichols, les cerveaux de l'attentat, avaient loué le camion Ryder qui avait servi au stockage et au transport de la bombe.

— J'ai commencé à enseigner le droit à l'université Lincoln, au Nebraska, l'année qui a précédé l'exécution de McVeigh. C'était l'étude de cas idéale. L'inculpé aurait épouvanté n'importe quel avocat de la défense. Un vrai cauchemar.

— Parce qu'il avait signé des aveux complets, tu veux dire ?

Maggie tapota l'écran et vit réapparaître le document qu'elle avait commencé à parcourir. Nick frotta sa mâchoire rugueuse en fouillant dans sa mémoire.

— Son premier avocat… Jones, je crois. Je ne me souviens plus de son prénom…

— Stephen Jones.

— C'est ça. Ce Stephen affirmait que son client

ne lui disait pas la vérité. Il modifiait tout le temps sa version des faits, même lorsqu'ils s'entretenaient en tête à tête. Du coup, Jones était convaincu que McVeigh et Nichols n'avaient pas agi seuls.

— Il pensait que McVeigh protégeait une ou plusieurs autres personnes dont il taisait le nom ?

— Ou que McVeigh cherchait à se donner de l'importance. Une supposition qui n'est pas totalement gratuite, puisque l'homme prétendait au martyre.

Maggie haussa les épaules.

— Il n'a pas été question de martyre ici. Personne n'a invoqué de cause héroïque. L'attentat n'a même pas été revendiqué ! J'ai épluché tous les dossiers que j'ai pu trouver sur Oklahoma. Si c'est le même terroriste, il a changé de mode opératoire. J'ai beau chercher, je ne trouve aucun point commun entre les deux attaques. Même les bombes utilisées sont aux antipodes l'une de l'autre. D'un côté, deux mille quatre cents kilos de nitrate d'ammonium et de gazole entassés dans un camion Ryder. De l'autre, trois sacs à dos.

Elle passa la main dans ses cheveux en résistant à la tentation de tirer dessus. Il leur restait moins de vingt-quatre heures avant le prochain attentat, et ils tournaient en rond. A quoi bon explorer une piste qui ne les mènerait nulle part ? Henry Lee ne lui avait donné aucun indice exploitable, aucun fil à suivre.

— La technologie des artificiers a beaucoup changé depuis… C'était en quelle année, déjà ? Il y a quinze ans, non ? John Doe peut sans doute se passer de camion aujourd'hui : la technique a tellement évolué !

Elle tourna les yeux vers Nick. Il avait raison, dans un sens. A l'heure actuelle, trois sacs à dos bourrés d'explosifs au milieu d'un centre commercial bondé pouvaient exercer un effet aussi destructeur sur la psyché américaine que deux mille quatre cents kilos de nitrate d'ammonium.

— Je vais te confier quelque chose, Maggie… Je n'ai jamais pensé que la thèse John Doe n° 2 était si délirante que cela.

— Vraiment ?

— Trop de coïncidences. Je sais que les témoins oculaires ne sont pas toujours fiables, mais trop de gens ont juré que McVeigh n'était pas seul. Et la personne qui a été vue avec lui ne correspondait pas à la description de Nichols. Ça fait beaucoup de questions sans réponse, tu ne trouves pas ?

Elle haussa un sourcil.

— Nick Morrelli en théoricien du complot ? Ça m'étonne de toi.

— Si l'affaire était claire comme de l'eau de roche, pourquoi prendrais-tu la peine de te replonger dans ces vieux fichiers ? Rien ne t'oblige à tenir compte de ce que raconte ton informateur !

Elle se renversa contre le dossier de la bergère. Ses paupières étaient lourdes, et la douleur qui enflammait ses côtes ne se laissait pas oublier.

— Je ne m'acharnerais pas sur cette piste si j'en avais d'autres à explorer. Kunze s'informe sur l'informateur, si je puis dire. Wurth tente de se renseigner sur d'éventuelles menaces d'attentat que certains aéroports auraient pu recevoir. Tout ce que j'ai tiré de mon informateur, c'est un avertissement. Il y aura un autre attentat. Demain.

Elle attendit, le temps que l'annonce fasse son chemin dans l'esprit de Nick. Il se frotta la joue comme s'il venait de recevoir une gifle. C'était l'impression qu'elle avait elle-même ressentie : un coup qui vous tombait dessus sans prévenir. Elle se redressa et cliqua sur la liste qu'Henry Lee lui avait remise. Elle l'avait parcourue une douzaine de fois en essayant de comprendre pourquoi le Project Manager avait choisi précisément ces sept aéroports.

— Il m'a dit que ça se passerait dans un aéroport, mais il ne m'a pas donné le moindre indice permettant de déterminer lequel des sept serait ciblé. Wurth essaie de tous les mettre en garde, mais où faut-il envoyer des renforts ?

Nick s'était penché pour mieux regarder, le front plissé, son bras en appui contre le sien.

— Tu l'as eu où, ce truc ?

— Pourquoi ?

— J'ai déjà eu cette liste entre les mains. La même, mot pour mot.

63

Rebecca se recroquevilla sur elle-même. Une tempête sonore se déchaînait au-dessus de sa tête. Elle n'avait aucune idée de ce que trafiquaient leurs ravisseurs, mais le vacarme évoquait le fracas du tonnerre. Elle visualisa des coups de masse sur du métal. Du verre volant en éclats. On entendait des chocs sourds contre le sol — qui lui servait de plafond. Elle n'aurait pas été surprise de voir un objet lourd traverser le plancher de bois pour s'écraser à ses pieds.

Elle ne cherchait même plus à comprendre ce qu'ils faisaient. Tant qu'ils restaient là-haut, au moins, ils ne lui faisaient pas de mal. Pliée en deux, les bras toujours liés dans le dos, elle avait fait le tour de sa prison en essayant de contenir l'effroi qui lui tordait l'estomac. L'odeur d'essence lui brûlait les poumons. Par chance, elle avait le ventre vide. Ses spasmes ne se traduisaient que par des remontées acides et des haut-le-cœur. Tout ce qu'elle voulait, c'était quelque chose de pointu — un outil oublié, des ciseaux, du métal déchiqueté, n'importe quoi — pour couper les liens qui retenaient ses poignets.

Il n'y avait rien dans ce réduit, hélas. Juste les bidons d'essence vides. Quelques étagères. Et une énorme chaudière qui ronflait dans un coin. Rebecca la contempla fixement. Le bas de la volumineuse armoire métallique était rouillé. Les tuyaux qui entraient et sortaient étaient assemblés irrégulièrement. Elle s'approcha en rampant et l'examina de plus près. Elle repéra alors une pièce de métal pliée à l'un des coins qui formaient l'habillage de la chaudière. Il avait été martelé vers l'arrière, mais il dépassait toujours. Les angles étaient déchirés et… acérés.

L'excitation chassa la nausée. La pièce de métal était un peu trop élevée. Il lui faudrait manœuvrer pour se placer dos à la chaudière et lever les bras. Un élancement l'obligea à interrompre le mouvement. Elle dut s'asseoir. Attendre que la douleur s'apaise. Et reprendre son souffle. Puis elle essaya de nouveau, en levant les bras — plus lentement, cette fois. Il fallait qu'elle les soulève assez haut pour poser le lien en plastique sur le coin en métal pointu. Tiendrait-elle le temps nécessaire, tout en trouvant l'énergie pour frotter ses liens, comme si elle utilisait un couteau-scie ?

Encore un peu plus haut. Elle y était presque, quand le vacarme s'interrompit brutalement. Baissant les bras, elle attendit, l'oreille aux aguets. Ils allaient peut-être recommencer leur boucan dans quelques instants ? Elle les imagina, s'accordant une brève pause. A moins qu'ils ne soient sur le point de partir ? Elle entendit des voix. Des voix en colère. Ils se disputaient, apparemment. Elle tressaillit lorsque la trappe s'ouvrit en grinçant.

Par réflexe, Rebecca se tapit dans le fond de la cave. Cachette illusoire, mais rassurante. S'ils lui avaient laissé quelques minutes de plus, elle aurait pu trancher ses liens et tenter de se défendre. Elle se débattrait, cette fois, décida-t-elle. Elle hurlerait aussi. Et qu'importe si personne ne l'entendait.

Une lumière bleuâtre filtra par la trappe entrebâillée. Elle lui parut moins aveuglante qu'elle ne l'avait imaginée. Elle plissa les yeux, malgré tout. Depuis combien de temps était-elle dans l'obscurité ? Et sa respiration… Si seulement elle parvenait à la calmer ! Son cœur battait si fort qu'il lui martelait les tympans.

Quelqu'un allait venir. Elle vit des ombres penchées au-dessus de l'ouverture. Les voix étaient plus fortes, mais elle ne parvint pas à distinguer les mots prononcés. Des bruits de bagarre. Le crissement de semelles en caoutchouc sur du lino. Comme si on tirait quelque chose sur le sol. Puis un corps fut brutalement propulsé dans la cave. Il atterrit avec un bruit affreux sur le béton.

La trappe se referma hermétiquement, les privant de toute lumière. Mais Rebecca avait eu le temps de reconnaître la masse inerte qui gisait près d'elle.

Dixon.

64

Nick savait que c'était stupide — puéril même — mais, malgré le drame et l'urgence, il remâchait sa déception. Maggie l'avait appelé à l'aide. Pas parce qu'elle souhaitait la compagnie ou l'épaule d'un ami, mais parce qu'elle avait besoin de ses compétences juridiques. Elle avait eu la main heureuse, cela dit. Car son aide, apparemment, allait lui rapporter plus gros que prévu.

— Tu as déjà vu cette liste d'aéroports ?

Elle paraissait incrédule.

— Oui. Il y a deux semaines. Pour me former à mon nouveau poste, UAS, la compagnie qui m'emploie, m'a fait suivre un de leurs séminaires consacrés au terrorisme. Le b-a ba, pour l'essentiel : ce qu'il faut rechercher en cas d'attentat, et comment s'y préparer là où la société fournit des systèmes ou équipements de sécurité.

Nick avait beaucoup appris lors de ce séminaire, mais il n'avait pas apprécié le côté « matraquage commercial » de l'affaire. On leur avait même remis un guide pour leur apprendre à convaincre leurs clients de moderniser leurs vieux systèmes de sécurité. Pendant le stage, il s'était dit que les scénarios qu'on leur présentait entretenaient un climat de peur frisant la psychose. Il s'était demandé si ses patrons n'avaient pas recours à des tactiques alarmistes pour augmenter le chiffre d'affaires d'UAS.

— Tu as vu cette même liste à ce séminaire ?

— Ces sept aéroports sont ceux que l'on incite à passer au stade supérieur.

— Au stade supérieur ?

— Dans les centres commerciaux, UAS fournit à la fois le personnel de sécurité et les équipements. La sécurité des aéroports, en revanche, dépend désormais du département de la sécurité des transports. Notre entreprise — pour les aéroports qui sont sous contrat avec nous, du moins — se contente d'entretenir et de remplacer le matériel.

— Les scanners corporels, par exemple ?

— Oui, les scanners, les caméras, les détecteurs de métaux... En ce qui concerne ces sept aéroports, UAS ne préconise pas seulement une modernisation du matériel existant. Nous aimerions qu'ils acceptent de rééquiper complètement les zones de départ et d'arrivée.

Maggie lui jeta un regard perplexe.

— La plupart des aéroports sont sous-équipés sur le plan de la sécurité dans les aires de retrait de bagages, ainsi que dans les halls où se trouvent les guichets des compagnies aériennes, précisa-t-il. On ne commence à voir des caméras qu'en arrivant au contrôle des passeports.

Elle hocha la tête.

— Autrement dit, nous protégeons les passagers dans les airs, mais pas au sol ?

— Exactement. UAS pousse les aéroports en question à installer des détecteurs de métaux et des caméras de vidéosurveillance dans ces périmètres extérieurs.

— Pourquoi ces sept aéroports-là, précisément ?

— Ça, je n'en ai aucune idée.

Nick regarda Maggie arpenter la chambre de long en large. Il avait oublié qu'elle avait cette manie, quand elle était nerveuse.

— UAS fait partie de quel groupe ? s'enquit-elle brusquement.

— La holding s'appelle HL Enterprises, si mes souvenirs sont bons.

— HL, comme dans Henry Lee ?

Elle s'était figée, les yeux rivés sur lui. Mais son regard le traversait comme s'il était invisible.

— Oui, confirma-t-il. C'est Henry Lee, l'homme d'affaires, qui est à la tête du groupe. HL Enterprises possédait déjà plusieurs sociétés liées à la sécurité. L'une d'elles produit des équipements, l'autre conçoit et installe des systèmes. Je crois qu'ils ont racheté UAS il y a un an ou deux. Tu connais la procédure : Lee a injecté d'énormes liquidités en échange d'un paquet d'actions lui accordant la majorité au conseil d'administration.

Elle se remit à aller et venir dans la pièce. Nick la suivit des yeux en tentant de comprendre où elle voulait en venir.

— Tu penses que les terroristes visent UAS ?

Avant même d'avoir posé la question, il songea que son idée ne tenait pas debout. Maggie ne parut pas la rejeter, pourtant. Elle s'assit à côté de lui pour relire la liste qui était restée affichée à l'écran. Puis elle se tourna vers lui, posa la main sur son bras et attendit que ses yeux trouvent les siens.

— Je t'ai demandé de m'aider parce que je dois m'appuyer sur une personne de confiance pour essayer d'y voir clair.

Nick fut pris de court. Il haussa les sourcils, trahissant son étonnement.

— Impossible de me fier à Kunze, reprit-elle. J'ai été obligée de lui raconter tout ce que j'ai appris. Mais comme l'information vient de moi, je ne suis pas persuadée qu'il en fera quoi que ce soit.

— C'est quoi, son problème, au juste, à ce type ?

— Il considère que Tully et moi sommes responsables de la mort de Cunningham.

— C'est aberrant !

— Complètement, oui. Mais il assure l'intérim, et il a les moyens de nous rendre la vie intenable. Je crois que c'est la seule raison de ma présence ici, d'ailleurs. Il savait que le profil psychologique qu'il me demande d'établir serait impossible à réaliser dans des conditions pareilles. Je pense qu'il voulait me voir échouer. Quand il m'a envoyée sur le parking, il s'attendait à ce que je me plante. Tu as vu les enregistrements vidéo : personne n'aurait pu identifier Chad Hendricks et Tyler Bennett à partir de ces images ! Ni même d'un quelconque profil que j'aurais pu établir sur des bases aussi minces… Et le problème, précisa-t-elle en lui agrippant le bras, c'est que, même si j'avais réussi, cela n'aurait rien changé.

— Pourquoi ?

— Savoir ou non qui étaient les porteurs de sacs à dos importe peu pour l'enquête. L'identité de ces trois jeunes est accessoire. Ce sont de simples fusibles, des pions interchangeables.

Il y avait une urgence dans son regard, une frénésie dans le débit de sa voix, comme si elle pensait à voix haute et qu'il n'avait été là que pour l'entendre.

— En fouillant leur chambre sur le campus, les enquêteurs trouveront peut-être des recettes de bombe, cachées dans la mémoire de leur ordinateur. Ou bien ils tomberont sur des traces de substances destinées à la fabrication d'un engin explosif. Mais quels que soient le temps et les efforts que nous consacrerons à ces recherches, elles aboutiront à une impasse. Peu importe la personnalité et les motivations d'Hendricks et de Bennett. Peu importe que Patrick soit impliqué ou non dans cette histoire. Les personnages annexes ne nous mèneront jamais au cerveau de l'attentat ! Ils ne peuvent rien nous apprendre car ils ne savent rien — même pas le rôle qu'ils étaient destinés à jouer. Ils ne nous mettront pas sur la voie car le Project Manager n'a laissé aucune piste. Il avait tout en main.

— Attends une seconde. Qui est le Project Manager ?

— C'est pour essayer de le découvrir que je t'ai appelé au secours. Si je ne parviens pas à établir un lien avec l'un des suspects répertoriés comme d'éventuels John Doe n° 2, il ne me restera plus qu'une option : déterminer, à partir de cette liste, où il compte frapper demain.

65

Maggie suggéra qu'ils allument la télévision. Elle voulait un bruit de fond — n'importe quoi, sauf la rediffusion de sa scène de poursuite ou des interviews d'étudiants qui avaient connu Chad ou Tyler. Nick s'acquitta de la mission en sélectionnant une chaîne qui programmait des films de Noël en continu.

— Ah, tiens ! Mon préféré, commenta-t-il.

Maggie leva les yeux, le temps d'identifier les grosses lunettes de Ralphie dans *A Christmas Story*. Elle ne fut pas surprise que Nick ait un faible pour un film où un petit garçon était prêt à remuer ciel et terre pour obtenir l'authentique carabine à air comprimé de ses rêves.

Il leur restait une heure avant de rejoindre Kunze et Wurth au centre de commande. Maggie n'avait pas perdu espoir de trouver un indice, même minime, qui les mette sur la bonne voie. Tout en passant au crible les comptes rendus d'audience et les fichiers du FBI relatifs à l'attentat d'Oklahoma City, elle continuait de se creuser la tête pour tenter de percer la logique du Project Manager. Et deviner sur quel aéroport il avait jeté son dévolu.

Nick avait fait une observation intéressante sur la finalité de l'attentat. Totaliser le plus grand nombre de morts n'était pas nécessairement la priorité du terroriste. Il semblait s'intéresser avant tout à l'effet produit sur le moral des Américains. D'où le choix d'un centre commercial noir de monde, situé au centre du pays, le lendemain de Thanksgiving. N'importe qui aurait pu être concerné par cet attentat. Ce n'était ni une station balnéaire de luxe, ni un hôtel cinq étoiles, ni une boîte de nuit select ou un casino. Rien qu'un centre commercial au cœur de l'Amérique profonde. Quel meilleur moyen de frapper l'imagination du citoyen lambda ? Comment ne pas penser : « J'aurais pu y être, moi aussi » en regardant les images du drame à la télévision ?

Maggie se pencha vers la liste qu'Henry Lee lui avait remise. En appliquant la logique de l'impact psychologique maximal, l'un de ces aéroports était-il plus représentatif que d'autres ? La liste, d'après Henry Lee, n'avait pas été établie dans un ordre arbitraire.

Aéroport McCarran, Las Vegas, Nevada.

Aéroport international General Mitchell, Milwaukee, Wisconsin.

Aéroport international de Salt Lake City, Utah.

Aéroport international Sky Harbor, Phoenix, Arizona.

Aéroport international Cleveland-Hopkins, Cleveland, Ohio.

Aéroport Reagan National, Washington D.C.

Aéroport du comté de Wayne, Detroit, Michigan.

Levant les yeux de son propre ordinateur pour jeter un coup d'œil sur le sien, Nick fit une remarque qui interrompit le cours de ses réflexions.

— Tu ne voudras sans doute pas le croire, mais c'est à l'aéroport de Las Vegas que le trafic aérien atteint son record pour le week-end de Thanksgiving.

— Ça ne me surprend pas vraiment.

— Un attentat dans la cité du jeu… Ça frapperait les consciences, non ?

Maggie réfléchit un instant, puis secoua la tête.

— Je ne crois pas qu'il ait choisi Vegas.

— C'est ton intime conviction ?

— Tu l'as dit toi-même : « Tu ne voudras sans doute pas le croire… » Le fait est que les gens ne se sentiront pas forcément concernés si les terroristes s'en prennent à des joueurs qui préfèrent passer Thanksgiving à Vegas plutôt que chez leur grand-mère. Or le Project Manager souhaite frapper les esprits. Il veut que tous les Américains se sentent visés.

Nick s'empara de la télécommande et réduisit Ralphie au silence à l'instant où sa mère lui enfournait une cuillerée de savon dans la bouche pour avoir dit un gros mot.

— Et s'il frappait une seconde fois dans le Midwest ? Imaginons qu'il soit parti par la route… Milwaukee n'est qu'à cinq ou six heures d'ici, en voiture. Pour aller à Detroit, il faut bien en compter dix, en revanche.

— Par cette tempête de neige ? Je suis prête à parier que notre gars était à l'aéroport et grimpait dans son avion avant même que les blessés n'aient été évacués.

— Certains vols ont été retardés par les intempéries. Ceimo nous a dit que le directeur général des sapeurs-pompiers était resté coincé à Chicago. Et le directeur de la sécurité du Mall, le boss de Yarden, était bloqué dans le New Jersey.

— Sais-tu depuis combien de temps cette tempête était annoncée ?

Nick plissa le front.

— Ils en parlaient déjà en début de semaine… Si je m'en souviens, c'est uniquement parce que j'avais promis à Christine de l'accompagner vendredi choisir un sapin de Noël. Et je tablais sur une annulation de dernière minute pour cause de neige… C'est un bon jour pour regarder le foot universitaire, précisa-t-il avec un haussement d'épaules contrit.

Elle hocha la tête en songeant aux projets qu'elle avait faits pour ce même vendredi, elle aussi. Impossible de croire que c'était hier !

— Finalement, la tempête a fait l'impasse sur Omaha. Tu crois que le terroriste a pris les intempéries en compte dans l'organisation du deuxième attentat ?

Ce fut au tour de Maggie de hausser les épaules. En signe d'ignorance, cette fois.

— Je cherche une raison logique pour rayer certains aéroports de la liste. Combien d'entre eux servent de plates-formes de correspondance aux compagnies aériennes ?

Nick se pencha pour fixer l'écran.

— Milwaukee est la plate-forme de Midwest Airlines ; Salt Lake City et Cleveland sont les bases aéroportuaires de Delta. Sky Harbor est utilisé par Southwest et US Airways, Detroit par Northwest. Pourquoi ? Tu penses qu'il visera plutôt un aéroport qui sert de plaque tournante ?

— Je penche plutôt pour l'option inverse. Tu m'as dit qu'UAS incite les aéroports à améliorer leur sécurité dans les zones de départ et d'arrivée, c'est ça ? Lorsqu'un aéroport est avant tout une plateforme de correspondances, la majorité des passagers sont en transit, j'imagine ?

Il hocha lentement la tête, comme s'il la suivait pas à pas dans son raisonnement.

— Ces voyageurs ne passent ni par les grands halls d'accueil ni par les aires de retrait de bagages, continua-t-elle. L'impact ne serait donc pas assez fort. Quant à Reagan National, il n'attirera pas grand monde un dimanche soir après un week-end prolongé — hormis les députés rentrant au Capitole, bien entendu.

— Maggie… Tu viens d'éliminer tous les aéroports de la liste !

— Attends un peu… Personne ne transite par Vegas et Phoenix, n'est-ce pas ? Ce sont deux endroits où les gens peuvent aller passer quelques jours en famille. Et échapper au froid de l'hiver.

— Il y a un truc qui me revient à l'esprit, intervint Nick. Les aéroports dépendent de contributions à la fois fédérales et locales. C'est un facteur dont nous tenons compte lorsque nous leur proposons de renforcer leur système de sécurité. Or je sais que Phoenix pourrait se voir attribuer un gros paquet de dollars fédéraux. Une subvention liée à la sécurité du territoire, si mes souvenirs sont bons. Cette ville arrive en seconde position, juste derrière Mexico City, pour le nombre de kidnappings.

Maggie se souvint des explications d'Henry Lee au sujet des pressions exercées par leur « petit groupe » sur les politiques gouvernementales.

— Je suis sûre que c'est à Phoenix qu'il va frapper !

Excitée, soulagée, elle sauta au cou de Nick et voulut l'embrasser sur la joue. Mais ses lèvres trouvèrent les siennes. Elle accueillit le baiser, s'abandonnant contre lui — sans doute une seconde de trop. Lorsqu'elle s'écarta, ils étaient à bout de souffle.

— Ce n'est pas une bonne idée, Nick. Nous sommes exténués, toi et moi.

— Je ne suis pas si épuisé que cela.

Il passa la main sur son épaule, ses doigts s'attardant sur sa nuque. De l'autre bras, il lui attrapa la taille, la ramenant gentiment contre lui, assez près pour lui montrer qu'il n'était, effectivement, pas si épuisé que cela. Ses lèvres effleurèrent son cou, cherchèrent le lobe de son oreille… Peut-être n'était-elle pas si fatiguée, après tout ?

Le coup frappé à la porte trancha la question. Nick jura tout bas.

— On est obligés d'ouvrir ? murmura-t-il.

Il ne la retint pas lorsqu'elle se dégagea, pourtant.

— Ils viennent peut-être faire la chambre ?

— En pleine nuit ? Le service en chambre ne commence pas avant 6 heures. J'ai vérifié.

Elle se dirigea vers la porte en prenant note mentalement de l'endroit où elle avait posé son Smith&Wesson. Lorsqu'elle regarda par le judas, elle dut s'y reprendre à deux fois pour se convaincre. La journée avait été longue et fatigante. Son imagination lui jouait-elle des tours ?

Poussant le verrou, elle ouvrit largement le battant.

— Salut.

Patrick semblait embarrassé. Ses vêtements étaient froissés et ses cheveux en désordre.

— Comment as-tu fait pour me trouver ? s'exclama Maggie, incrédule.

— J'ai utilisé le téléphone des femmes de chambre et j'ai appelé la réception. « Mme O'Dell demande des serviettes supplémentaires. Quel est le numéro de sa chambre ? » imita-t-il avec un accent espagnol tout à fait convaincant.

Elle ne prononça pas un mot de plus. Et le serra dans ses bras sans retenir son émotion.

66

Rebecca en était quasi certaine : Dixon était mort.

L'obscurité était si complète qu'elle ne le voyait même pas. Elle tendit l'oreille, espérant entendre un râle, un gémissement, le son de sa respiration. Rien. Pas un bruit, hormis le ronflement de la chaudière.

Elle s'agenouilla dans un coin. Que pouvait-elle faire pour lui, de toute façon ? Elle avait les mains liées !

— Dixon ? appela-t-elle pour la deuxième ou troisième fois.

Sa voix lui parut étrangère, tendue et faible.

Pas de réponse.

En tâtonnant dans le noir, elle trouva le bout de métal acéré à l'angle de la chaudière. Elle reprit position et réussit à lever les bras à la hauteur requise. Toujours à tâtons, elle accrocha ses liens sur la pointe en métal et amorça un mouvement d'avant en arrière. Son bras blessé lui arracha un gémissement de douleur, mais elle continua — sans savoir si ses efforts avaient la moindre chance d'aboutir.

Ses yeux s'adaptèrent peu à peu à l'obscurité. Il faisait toujours aussi noir, mais elle discernait le corps de Dixon, à présent. Il ne bougeait toujours pas. Et elle était trop loin pour voir s'il respirait ou non.

Elle avait les nerfs à vif. Au moindre bruit, elle retenait son souffle, et s'interrompait pour écouter. Le silence qui régnait au-dessus de leurs têtes aurait dû la rassurer — s'il n'y avait personne là-haut, on ne viendrait pas la chercher pour la frapper ou la torturer. Elle était terrifiée, au contraire. Comment expliquer qu'ils soient partis, alors qu'elle pouvait s'échapper ou être libérée ?

Elle s'acharnait à scier, à frotter, à déchiqueter ses liens de plastique, malgré la douleur qui rigidifiait son bras. Ses poumons étaient en feu à cause de ces saletés d'émanations d'essence. Elle avait envie de crier, de hurler. De se mettre en colère — ça valait mieux que d'avoir peur, non ?

— Pétard ! Dans quel traquenard tu nous as fourrés, Dixon !

— Becca ?

Elle sursauta — et entendit ses liens craquer. Ses mains étaient libres.

— Dixon ?

— Où es-tu ?

Elle le vit remuer, toujours affalé sur le sol en béton.

— Je suis là, murmura-t-elle en s'approchant à tâtons.

Il avait les bras liés dans le dos, lui aussi. Il se tortillait pour essayer de se redresser.

— Tu es blessé ?

— Non, ça va. Juste un peu sonné. J'ai mal à la cheville. Et toi ? Rien de cassé ?

Il frémit lorsqu'elle lui posa la main sur l'épaule.

— Tu as réussi à te détacher ?

— Oui. Je vais t'aider à te libérer, toi aussi. Laisse-moi vérifier que tu n'as rien de cassé.

— Laisse tomber, Becca. Nous n'avons pas le temps. Il faut sortir d'ici, tu m'entends ?

Il se releva tant bien que mal, puis retomba contre elle. Comme il s'affaissait, elle le retint par la taille et sentit une matière visqueuse sous ses doigts.

— Dixon ! Tu saignes !

— Je sais. Ecoute, il faut qu'on se tire d'ici en vitesse. Ils vont tout faire exploser.

67

Maggie s'arma de courage avant d'affronter Kunze. Plus elle recoupait les informations dont elle disposait — y compris celles que Patrick venait de lui fournir —, plus elle était convaincue que son supérieur direct détenait des renseignements utiles à l'enquête. Le problème, c'est que Kunze ne partagerait sans doute pas sa vision des choses. Une fois de plus, elle dut son salut à Charlie Wurth : il appela Merrick, le chef de police, et lui demanda d'envoyer le dessinateur de portraits-robots de la police.

— Le portrait ne servira peut-être pas à grand-chose, les prévint-elle. Si l'homme que Patrick a vu est le Project Manager, il s'arrangera pour modifier son aspect.

— Ses yeux, je les reconnaîtrais n'importe où, intervint Patrick. Et sa démarche, aussi.

— Malheureusement, il peut transformer l'un et l'autre.

— Qui vous dit qu'il sera présent personnellement ? Il a l'air de préférer les jeunes porteurs, leur rappela Kunze.

— Je doute qu'il recoure à la même tactique, cette fois-ci.

Maggie coula un rapide regard vers Kunze pour voir

comment il réagissait à son objection. La tête penchée dans une attitude d'écoute, il l'incita à poursuivre.

— Il ne se donnera pas la peine d'organiser toute une mise en scène, dans la mesure où il a déjà planté le décor. Si le deuxième attentat survient bien demain, tout le monde cherchera des hommes blancs, jeunes, au look de sportifs universitaires.

Ils n'étaient que cinq — Maggie, Patrick, Nick, Kunze et Wurth — dans la pièce réservée aux enquêteurs. Ceimo avait promis de les rejoindre dès que possible. Un soleil généreux se déversait par la fenêtre — une vision bienvenue après le cauchemar glacé de la veille. Maggie ne put s'empêcher d'admirer la beauté du paysage étincelant de neige.

— Alors ? Quelles sont vos prédictions ? s'enquit Wurth.

Tous les regards étaient braqués sur elle. Wurth reprit :

— L'experte en explosifs a parlé d'une ressemblance entre son détonateur et un autre, lié à un projet de bombe sale. Dois-je demander à mes équipes de se préparer au pire ?

Maggie croisa les bras sur la poitrine. Elle avait enfilé un pantalon et un pull en maille, mais elle avait laissé le blazer assorti dans sa chambre. Elle regrettait de ne pas l'avoir enfilé, à présent. Ils attendaient ses instructions comme si la vérité allait sortir de sa bouche. Et si elle se trompait ? Même Kunze semblait prêt à s'en remettre à son jugement.

— Je ne pense pas qu'il projette de faire exploser une bombe radioactive ou biologique. C'est le choc psychologique qu'il vise. Pas le carnage total. Il aurait eu l'opportunité de faire plus de dégâts au centre commercial. S'il l'avait voulu, les morts se seraient comptés par centaines.

Elle marqua une pause, attendit des commentaires qui ne vinrent pas.

— J'aurais tendance à penser que sa bombe arrivera dans une valise. Il l'introduira sans doute lui-même et la laissera quelque part près des guichets d'enregistrement. Ou dans la zone de retrait des bagages.

Wurth releva les manches de sa chemise.

— S'il pose une valise piégée sur un tapis roulant, nous ne la retrouverons jamais à temps. Bon Dieu, ça va mal finir, cette histoire !

— C'est pourquoi nous devons l'intercepter *avant* qu'il n'entre dans l'aérogare.

— En l'identifiant comment ? Avec un simple portrait-robot ? Vous m'avez dit vous-même qu'il modifiera sans doute son apparence, intervint Kunze.

— Moi, si je le vois, je suis sûr de le reconnaître.

L'affirmation de Patrick fit sursauter tout le monde. Ils avaient oublié sa présence.

— Placez-moi à un endroit d'où je pourrai observer la foule.

— Il est hors de question que tu viennes à Phoenix avec nous !

Maggie se mordit la lèvre, regrettant déjà sa réaction. Pourquoi fallait-il qu'elle joue les grandes sœurs ? Patrick allait se sentir humilié, c'est sûr.

Elle leur avait exposé l'enchaînement logique qui l'avait amenée à conclure que l'attentat aurait lieu à Sky Harbor. Wurth n'avait pas contesté son raisonnement. Mais il avait annoncé qu'il mobiliserait des policiers de l'air dans chacun des aéroports sur la liste.

Patrick objecta :

— Tu as dit toi-même qu'il n'aura pas à se servir de pions, cette fois-ci, parce qu'on se méfiera surtout des étudiants caucasiens. Pourquoi prendrait-il la peine de se déguiser ? Je vous assure que des yeux comme les siens, ça ne s'oublie pas.

— On ne perd rien à essayer, trancha Wurth. Je propose qu'on embarque le gamin avec nous.

68

La trappe refusait de céder. Rebecca essaya de trouver un levier plus solide que ses mains pour s'y attaquer pendant que Dixon s'escrimait à scier ses liens. Au moins avait-elle réussi à trouver l'interrupteur, même si l'unique ampoule de faible puissance accrochée entre deux poutres n'éclairait qu'un périmètre restreint.

Dixon l'avait priée de ne pas s'inquiéter de ses saignements. « C'est une blessure superficielle », avait-il assuré. Et Rebecca n'avait pu s'empêcher de penser qu'il parlait comme un des personnages des bandes dessinées qu'il dévorait.

— Comment sais-tu qu'ils ont tout câblé pour que ça explose ?

— Ils me l'ont dit. Ça les faisait bien marrer, d'ailleurs.

La voix de Dixon était heurtée. Il paraissait hors d'haleine.

— Ils venaient juste de m'empêcher de répondre sur le téléphone de mon grand-père quand il a appelé. Ils lui avaient dit que s'il attendait 5 heures, ils l'autoriseraient à me parler. Mais ils n'ont pas tenu parole.

Ils ont jeté le portable sur une étagère où je ne pouvais pas l'atteindre.

Il secoua la tête et recommença à scier de plus belle.

Rebecca perçut une autre odeur, en plus de celle de l'essence. Elle se diffusait peu à peu dans la cave, s'insinuait par les bouches d'aération.

— Dixon ? Tu sens ?

Il renifla.

— Oh ! putain. La fumée.

Il accéléra le mouvement frénétique de ses mains. Rebecca cogna de toutes ses forces contre la trappe, les poings en sang.

Et si le feu avait déjà pris au rez-de-chaussée ? Avec tout le combustible renversé dans la cave… la baraque sauterait dès que les flammes entreraient en contact avec les vapeurs d'essence.

C'était sans espoir.

Elle entendit un claquement sec lorsque les liens de Dixon cédèrent enfin. Il se rua vers elle pour lui venir en aide. Mais, au même moment, des cris retentirent dans la pièce voisine. Un bruit de bottes se fit entendre, et le plancher craqua au-dessus de leurs têtes. Leurs ravisseurs avaient-ils préféré revenir les tuer avant de mettre le feu ? Rebecca se recroquevilla contre Dixon près de la chaudière.

La trappe se fendit. Ils virent apparaître la pointe métallique d'un pic. L'odeur de fumée était de plus en plus forte ; le volume des voix plus sonore. Un puissant faisceau lumineux éclaira les parois de leur réduit alors que les hommes achevaient de briser la trappe.

— Dixon Lee ? appela une voix forte. Vous êtes ici ?

Rebecca s'accrocha à son bras lorsqu'il rampa vers l'ouverture. Au-dessus d'eux, penchés sur la béance qui avait remplacé la trappe, se tenaient trois hommes en uniforme des forces d'intervention spéciales.

69

Nick faillit ne pas reconnaître David Ceimo. Il fit irruption dans la salle de conférences, vêtu d'un blouson d'aviateur. Ses lunettes de soleil étaient relevées sur sa masse de cheveux drus. Et il souriait.

Patrick venait juste d'en finir avec le dessinateur de portraits-robots — qui ne dessinait rien du tout, mais utilisait un logiciel pour élaborer, trait par trait, le visage du terroriste. Wurth était pendu au téléphone — à tel point qu'il avait délaissé son portable pour une des lignes fixes de l'hôtel. Kunze et Maggie étaient plongés dans de nouveaux documents. Mais tout le monde tourna les yeux vers la porte quand Ceimo fit son entrée.

— On vient de me prévenir. Ils l'ont récupéré, annonça-t-il directement à Maggie. Il est vivant.

— Dieu merci, murmura-t-elle.

Nick regarda autour de lui. Apparemment, Maggie était la seule à comprendre de qui parlait Ceimo.

— Les complices du poseur de bombe avaient kidnappé le petit-fils d'Henry Lee, précisa Ceimo.

Patrick se leva d'un bond.

— Dixon, vous voulez dire ? Becca était avec lui !

— On l'a retrouvée également. Vivante, elle aussi. Ils étaient enfermés au sous-sol d'un immeuble de bureaux complètement vide. Les terroristes ont dû s'en servir comme d'un centre de commande temporaire. On a trouvé des ordinateurs, des câbles, du matériel wi-fi — les équipements de bureau classiques.

— Ont-ils laissé quoi que ce soit qui puisse nous aider à localiser le second attentat ? demanda Wurth.

— Non. Ils ont tout fracassé avant de s'enfuir. Dixon les a vus emballer leurs disques durs externes. Ils sont partis avec, sans doute. Le sous-sol empestait l'essence. Ils avaient mis le feu dans l'un des couloirs, en pensant que le bâtiment entier s'enflammerait. Ce qui aurait été en effet le cas si les forces spéciales étaient arrivées dix minutes plus tard.

Nick observait Maggie. Elle ne manifestait aucune surprise. Il s'agissait, apparemment, du « service » qu'elle avait demandé à Ceimo de lui rendre.

— Comment vous y êtes-vous pris pour les retrouver ? demanda-t-il.

Il vit Maggie et Ceimo échanger un regard, comme si David attendait sa permission avant de répondre.

— Dixon avait le téléphone mobile de son grand-père. Les kidnappeurs l'avaient laissé allumé pour que M. Lee puisse appeler. Nous avons réussi à les localiser en nous servant du signal GPS interne du portable.

— Nom de Dieu, marmonna Kunze.

Ceimo esquissa un sourire identique à celui qu'il arborait en entrant dans la pièce.

— On a retourné les techniques de ces salopards contre eux. Ils pensaient qu'ils tenaient M. Lee pieds et poings liés. Ils ont cru faire les malins en laissant le mobile allumé. D'après le gamin, ils le narguaient chaque fois qu'il se mettait à sonner. Ils n'avaient pas l'intention de le laisser en vie. Ni lui ni la fille. Notre seul regret, c'est qu'ils avaient filé avant notre arrivée.

Il se tourna vers le dessinateur de la police.

— Les deux jeunes gens nous ont fourni la description détaillée de leurs ravisseurs.

— Et M. Lee ? s'enquit Maggie.

— J'ai envoyé quelqu'un à l'hôpital pour l'informer discrètement que son petit-fils est sain et sauf. Il ne pourra pas le voir maintenant, en revanche. Les terroristes surveillent probablement ses moindres faits et gestes.

Nick se tourna vers Maggie.

— Une seconde ! Henry Lee, vous dites ? Le Henry Lee de HL Enterprises, propriétaire d'UAS ? C'est lui, ton informateur ?

Elle jeta un coup d'œil autour d'elle, puis acquiesça d'un signe de tête.

70

Maggie donna une des clés de sa chambre à Patrick.

— Va te coucher, lui enjoignit-elle.

Il se laissa convaincre sans trop de difficulté une fois que Ceimo lui eut promis qu'il pourrait parler à Rebecca. Charlie Wurth proposa qu'ils s'accordent tous quelques heures de repos. Ils ne pouvaient pas faire grand-chose ici, dans le Minnesota, pour le moment. Lorsqu'il avait prévenu le sénateur Foster qu'un second attentat se préparait, ce dernier leur avait proposé l'usage de son jet. Mais l'avion ne serait prêt à décoller pour Phoenix qu'en fin d'après-midi. Wurth ne se retira pas, pourtant : trop occupé à jongler entre ses deux téléphones et le clavier de son ordinateur portable, il resta sur place.

Maggie s'apprêtait à remballer le sien quand Nick se dressa devant elle.

— Je n'arrive pas à croire que tu aies gardé l'identité de ton informateur pour toi.

Il semblait furieux. En sondant son regard, elle perçut la blessure qui pointait sous la colère.

— Je t'avais prévenu que je ne pouvais rien dire. En tout cas, pas tant que la vie de son petit-fils était encore en danger.

— Mais Ceimo savait, lui.

Maggie prit une profonde inspiration. C'était donc là que le bât blessait ? Un reste de jalousie entre deux anciens rivaux sur le terrain de football ? Dommage. Elle commençait à se dire que Nick Morrelli avait enfin grandi. Dans sa chambre, pendant une minute ou deux, elle s'était même surprise à penser qu'il avait mûri.

— J'avais besoin de l'aide de Ceimo, expliqua-t-elle patiemment. Parce qu'il bénéficie des appuis du gouverneur.

— Si tu m'avais fait réellement confiance, tu m'aurais révélé qu'il s'agissait d'Henry Lee. Mais comme je suis employé dans l'une des sociétés de son groupe… Que craignais-tu, au juste ? Que je me précipite vers Al Banoff, mon patron, pour le briefer ?

Maggie leva les yeux au ciel.

— Du calme. Je ne savais même pas que Lee était l'actionnaire majoritaire d'UAS !

— C'est ce que tu disais, oui.

Il ne la croyait pas.

— Pourquoi t'aurais-je menti ? Car c'est ce que tu insinues, n'est-ce pas ?

— Je n'en sais rien, justement. A Ceimo, que tu ne connaissais pas, tu as fait confiance sans hésiter. Mais à moi, non. Tu pensais que j'étais mêlé à… à ce complot ridicule ? Que je soutiens ces tarés qui emploient la manière forte pour amener les aéroports et les centres commerciaux à renforcer leurs installations de sécurité ?

Elle sentait sa patience s'amenuiser.

— Bien sûr que non ! S'ils t'ont envoyé enquêter sur place, c'est plutôt pour s'assurer qu'ils ne seraient pas découverts, au contraire.

Elle comprit qu'elle avait fait une gaffe en voyant les tressaillements nerveux qui parcouraient sa mâchoire.

— Ne le prends pas contre toi, Nick. Je voulais dire qu'ils ont sans doute envoyé à dessein un de leurs employés qui débutait dans le domaine de la sécurité…

— Un bleu, interrompit-il durement. Quelqu'un de trop naïf pour savoir ce qu'il foutait.

— Nick.

Il la repoussa d'un geste ombrageux de la main.

— Laisse tomber. Nous avons des soucis plus urgents à traiter.

Il était encore perturbé lorsqu'il fit volte-face, les épaules crispées. Il ne se détourna pas seulement d'elle. Il quitta carrément la pièce.

En tournant la tête, Maggie aperçut Kunze derrière elle. Il désigna la porte du menton.

— Ne vous inquiétez pas pour lui. Il s'en remettra.

Il lui montra le dossier qu'il tenait à la main.

— J'aimerais que vous jetiez un œil là-dedans.

— De quoi s'agit-il ?

Il embrassa la pièce d'un regard circulaire. Ceimo était reparti. Patrick et Nick étaient montés se coucher. Il ne restait plus que Wurth dans un coin, totalement absorbé par ses activités multitâches. Kunze entraîna Maggie à l'extrémité opposée de la salle, et lui fit signe de s'asseoir.

— C'est un rapport de débriefing. Après les événements d'Oklahoma City, révéla-t-il à voix basse.

— D'un agent qui est intervenu sur la scène de l'attentat ?

Il fit oui de la tête.

— Comment avez-vous réussi à mettre la main dessus ?

On n'accédait pas facilement aux dossiers de débriefing. Lorsqu'une enquête était particulièrement éprouvante, avec un nombre élevé de victimes, il arrivait que les rapports soient établis au seul bénéfice de l'agent — pour lui permettre de tout déballer — et classés secrets par la suite.

— Peu importe comment je l'ai trouvé. J'ai téléchargé une copie. Emportez ça avec vous et parcourez-le.

Elle ouvrit le rapport. Au premier regard, elle fut frappée par le nombre de noms occultés — un assortiment de rectangles passés à l'encre noire.

— Le dossier d'instruction pesait quarante-trois mille pages, précisa Kunze. Trente-cinq mille témoins interrogés. C'était ahurissant. Vous ne pouvez même pas vous imaginer. Certains témoins…

Retombant dans ses souvenirs, il secoua la tête.

— J'ai procédé à quelques-unes des premières auditions. Et je peux vous en parler comme si ces entretiens remontaient à la semaine dernière ! Prenez Rodney Johnson, par exemple : un gars qui se trouvait sur un parking, de l'autre côté de Fifth Street. Tout à coup, il voit deux hommes s'éloigner du bâtiment fédéral. L'un derrière l'autre, courant comme des dératés. Il se demandait pourquoi ces deux types détalaient comme des lapins. Une minute plus tard, la déflagration faisait éclater les vitres de son pick-up. Johnson a fourni une description des deux individus. L'une correspondait à Tim McVeigh. Le second type avait une peau olivâtre, des cheveux noirs, une silhouette athlétique, une casquette des Carolina Panthers. Rien à voir avec Terry Nichols.

Kunze enchaîna en prenant à peine le temps de souffler.

— Même chose à Junction City, où McVeigh a loué son camion Ryder. Joanna Van Buren, serveuse à la Subway Shop, a raconté que trois hommes étaient venus déjeuner dans sa sandwicherie. Elle s'en souvenait, car elle avait dû faire la monnaie sur cinquante dollars pour McVeigh. Elle nous a appelés presque immédiatement après les faits. Nous sommes allés à Junction City, un second agent et moi, pour recueillir son témoignage ainsi que celui de deux autres employés. Tous ont identifié McVeigh et fourni un signalement assez vague des deux autres. Là encore, l'un d'eux avait la peau olivâtre, des cheveux noirs, une silhouette musclée. La sandwicherie avait une caméra de surveillance. Je me suis dit que nous avions un joli coup de veine. J'ai confisqué la vidéo, bien sûr.

Maggie se redressa sur sa chaise. Kunze dut voir son regard s'éclairer car il secoua la tête.

— La vidéo s'est volatilisée avant même que je puisse y jeter un coup d'œil. Et ne me demandez pas ce qui s'est passé. Plus de vingt témoins ont vu McVeigh avec un autre que Terry Nichols. Les descriptions se recoupaient de façon étonnante.

— Il faut dire qu'un portrait-robot avait été diffusé, non ?

Kunze marqua une hésitation.

— C'est ce qui s'est dit, en effet. Mais la plupart des témoignages ont été recueillis avant que ce portrait n'apparaisse dans les médias. Les témoins oculaires sont souvent peu fiables. C'est ce que nos formateurs nous martèlent, en tout cas. Mais si douze personnes affirment avoir vu un type en le décrivant chaque fois de la même manière…

— Qu'essayez-vous de me dire ? Que John Doe n° 2 existe ? Et qu'il pourrait être le Project Manager ?

— Je ne peux pas vous répondre sur ce point. Nous n'avons jamais eu l'occasion de vérifier nos intuitions en la matière. Vous êtes familière de la théorie du rasoir d'Occam ?

Maggie se frotta les paupières. L'épuisement ne facilitait pas la concentration.

— Vaguement. Ça revient à dire que l'explication la plus simple est toujours la bonne, non ?

Kunze hocha la tête, puis baissa les yeux sur ses mains avant de les joindre, doigts croisés, sur le plateau de la table.

— C'est la ligne qu'on nous avait demandé de suivre. Selon le principe du rasoir d'Occam, si, pour deux ou plusieurs théories, la conclusion est chaque fois la même, la théorie la plus simple est celle que l'on retient. Dans toutes les théories que nous avons énoncées — quel qu'ait été le nombre d'individus avec lesquels McVeigh avait été repéré et même si le type au teint olivâtre revenait souvent —, la conclusion comportait… McVeigh. Le truc a été d'éliminer « à coups de rasoir » tous les éléments inexplicables, tout ce qui requérait une construction, un raisonnement.

— En d'autres termes, on vous a empêchés de faire votre boulot pour savoir si McVeigh et Nichols avaient bien un troisième complice.

— Oui. Notre théorie ne plaisait pas à tout le monde. Trop compliquée. Dès que les fédéraux ont tenu McVeigh, on a reçu l'ordre de clore l'enquête pour se concentrer sur les poursuites. Il s'agissait d'avoir sa tête. Pour le reste…

Il se tut et chercha son regard, comme pour s'assurer de sa réaction.

Maggie se contenta d'attendre.

— Cela dit, j'ignore complètement qui est ce Project Manager. Rien ne nous prouve qu'il s'agisse de l'inconnu au teint olivâtre. Mais l'allusion à Oklahoma City est troublante. On peut penser que nous avons affaire à un gros poisson… Un type qui ne veut pas seulement agiter l'opinion, ou lancer un signal d'alarme en remplaçant des dispositifs de brouillage par des bombes.

— Vous ne pensez pas que le Project Manager puisse être un voyou quelconque qui se donne de fausses « lettres de noblesse » ?

Kunze haussa les épaules.

— Après Oklahoma City, il y a eu un journaliste…

Il se pencha vers elle, et sa voix baissa encore d'un ton.

— … qui a affirmé que McVeigh et Nichols se sont fait manœuvrer par un informateur fédéral agissant comme agent provocateur.

— Vous voulez dire que le gouvernement aurait provoqué l'attentat d'Oklahoma ?

— Pas le gouvernement en tant que tel. Mon Dieu, non. Mais peut-être quelqu'un au sein de l'Etat… Quelqu'un qui aurait assez de pouvoir et de relations politiques. Quelqu'un qui n'aurait pas supporté que nous n'ayons pas tenu compte de l'avertissement que constituait le premier attentat, perpétré en 1993 sur le World Trade Center. Quelqu'un qui estimerait qu'un rappel à l'ordre énergique est devenu nécessaire pour secouer les consciences.

— Vous pensez que le groupe de pression dont parle Henry Lee existe bel et bien ?

Les épaules massives de Kunze se soulevèrent de nouveau en signe d'ignorance.

— Hier matin, vous étiez prêt à attribuer l'attentat au CFA, lui rappela-t-elle.

— Lee vous a dit que le CFA n'était qu'un écran de fumée. Mais il n'a pas nié l'existence d'un lien entre les deux groupes. Il est possible qu'ils aient recruté les étudiants par le biais de cette organisation. Ils manipulaient peut-être le CFA comme ils ont manipulé ces jeunes gens.

— Quand vous dites « ils », vous pensez à qui, au juste ?

— Est-ce vraiment tiré par les cheveux de supposer l'existence d'autres magnats, comme Henry Lee, qui auraient commencé avec des intentions honnêtes, avant de déraper vers le terrorisme ? Il vous a parlé de contrats commerciaux. Or des contrats, il y en a eu par centaines après Oklahoma City, lorsqu'il a fallu reconstruire le bâtiment fédéral, renforcer les équipes de sécurité et les installations.

— Je préfère vous le dire franchement : je me méfie beaucoup des théories du complot et de leurs adeptes.

Peut-être était-elle simplement à bout de fatigue, mais elle ne parvenait pas à trouver un lien logique entre les différents points que Kunze venait d'aligner pour elle.

— Gardez tout de même ceci en tête : une nouvelle législation va entrer en vigueur en ce qui concerne la sécurité du territoire. Et je ne vous parle pas seulement du gros paquet de dollars prévu pour Phoenix ! Deux grandes lois vont être votées prochainement, peut-être même avant les fêtes. Je ne connais pas encore les détails, mais elles réinstaurent des normes de sécurité sévères. Des normes qui devront être en vigueur avant que les bénéficiaires ne reçoivent les sommes qui seront allouées en conséquence.

Les coudes sur la table, Maggie glissa son menton entre ses mains.

— Bon, j'essaie de comprendre : vous pensez que ce Project Manager, en se référant à Oklahoma City, leur tire son chapeau, pour ainsi dire ? Et révèle par la même occasion que, comme à Oklahoma, les explosions ont été orchestrées par des conspirateurs issus des hautes sphères de l'Etat ?

Kunze voulut l'interrompre mais elle le devança en levant la main.

— Pardon. Rectificatif : par des conspirateurs issus des milieux d'affaires. Des millionnaires qui entretiennent des relations avec les politiques et se sont offert les services d'un terroriste professionnel pour exécuter deux attentats meurtriers rien que pour faire voter une loi par le Congrès ?

Kunze laissa échapper un soupir.

— Vous avez raison. Présentée comme ça, ma théorie est passablement tordue, en effet.

Il se leva, étirant les bras au-dessus de sa tête. Il mettait clairement fin à la conversation — même si tout n'avait pas été dit.

Puis il lui colla brusquement le rapport entre les mains.

— Soyez gentille, O.K. ? Jetez quand même un œil là-dessus.

71

En vol, au départ de Minneapolis.

C'était la première fois que Patrick montait à bord d'un jet privé. Les immenses fauteuils de capitaine étaient inclinables et pivotants, les parois lambrissées, le sol couvert de tapis. On leur avait servi des boissons dans des verres en cristal. Les sous-verre en étain, enchâssés dans de petites tables de bois, étaient gravés aux initiales du sénateur, A et F. Il n'avait jamais rien vu d'aussi luxueux. Pourtant, il ne pensait qu'à une chose : sa conversation téléphonique avec Rebecca.

Elle avait été brève. Trop brève.

« Je suis désolée », avait-elle lancé en préambule. Alors qu'elle avait frôlé la mort deux fois en quelques heures, c'était elle qui lui présentait des excuses ! Il n'en revenait pas.

— Dixon pensait que tu étais peut-être de mèche avec eux, lui avait-elle expliqué. Il a pris peur. Il s'est mis à se méfier de tout le monde. J'angoissais à mort, moi aussi. Tu crois que tu pourras me pardonner ?

Evidemment qu'il pourrait lui pardonner ! Il était si soulagé d'entendre sa voix, de savoir qu'elle était saine et sauve… Mais il n'avait pas pu lui parler de

Phoenix. Pas pu lui dire où il était ni ce qu'il faisait. Il avait dû se contenter d'annoncer qu'il la reverrait dans quelques jours.

Il examina l'intérieur de l'avion en se demandant ce qu'il faisait là. La semaine précédente encore, il se serait tenu à l'écart, sans imaginer qu'il pourrait offrir ses services au FBI. D'ailleurs, il ne s'expliquait toujours pas pourquoi il s'était porté volontaire pour les aider à identifier le type à la casquette.

Wurth et Morrelli s'étaient installés à l'arrière de l'avion. Ils avaient étalé un plan de l'aéroport Sky Harbor sur une table et l'étudiaient avec attention. Assis à l'autre bout du jet, Kunze dormait à poings fermés. En respirant bruyamment, nota Patrick avec un sourire.

Il reporta son attention sur Maggie. Assise en face de lui, elle regardait par le hublot, alors qu'il faisait nuit noire. Elle s'était d'abord plongée dans la lecture de ce qui ressemblait à de mauvaises photocopies de documents, avec des rectangles noirs estampillés un peu partout. Des documents secrets, à n'en pas douter. Il n'avait pas eu l'impression qu'elle lisait avec beaucoup d'attention. Elle paraissait préoccupée, comme si quelque chose la tourmentait. Quoi, au juste ? Elle ignorait tout de lui, certes. Mais lui, avait-il cherché à découvrir qui elle était vraiment ?

Il y avait au moins une chose dont il était certain : elle n'était pas ravie qu'il soit du voyage.

— Je crois que j'ai envie de vous aider, c'est tout, énonça-t-il à voix haute, comme s'il venait juste de trouver la réponse pour lui-même.

Elle tressaillit.

— Et moi, je n'ai pas envie qu'il t'arrive quelque chose.

Il sourit. Ce fut plus fort que lui. Il se surprit à essayer de le dissimuler en faisant mine de s'essuyer la bouche. Si seulement elle avait idée de ce par quoi il était passé au cours des dernières vingt-quatre heures !

— Quoi ? demanda-t-elle, sur la défensive.

— Personne ne s'est jamais inquiété pour moi.

— Ta mère s'inquiète pour toi.

Cette fois, il rit carrément. Elle ne connaissait pas sa mère non plus, de toute évidence.

— Il y a une éternité que je me fais plus de souci pour ma mère qu'elle ne s'en est jamais fait pour moi.

Leurs regards se croisèrent et il lut dans celui de Maggie une souffrance familière — juste avant qu'elle ne tourne les yeux vers le hublot.

— Nous avons peut-être plus de points communs qu'il n'y paraît, fit-elle observer.

— Ce qui expliquerait ma présence dans cet avion.

Cette fois, ce fut à elle de sourire.

— Je suis tout à fait capable de prendre soin de moi, dit-il en priant pour qu'elle n'apprenne jamais sa mésaventure avec le sèche-linge.

Un silence accueillit sa remarque. Patrick comprit que Maggie le laissait libre d'y mettre fin ou non. Libre de décider ce qu'il était prêt à partager avec elle. Il hésita. Peut-être était-ce le moment de se livrer, de lui en dire un peu plus sur son compte ?

— J'ai changé d'orientation à la fac, annonça-t-il tout à trac.

Elle le surprit en hochant la tête.

— Je sais. Les sciences du feu. Ça te plaît ?

72

En vol

Quelque chose tarabustait Maggie depuis qu'ils avaient quitté Minneapolis. Pas moyen de mettre le doigt dessus. Même le charme de Patrick et sa naïveté encore adolescente ne parvenaient pas à l'en distraire. Ils avançaient avec prudence, bien sûr — mais elle était ravie qu'il accepte de pousser leur relation hors des barrières qu'ils s'étaient imposées jusque-là. Son frère était formidable — gentil, intelligent, autonome. Mais il n'avait pas la moindre idée du danger qu'il courait. Ses aventures des dernières vingt-quatre heures lui avaient peut-être donné le sentiment d'être invincible. Sentiment erroné, bien sûr. Traquer des tueurs professionnels était une activité qui devait rester réservée à ceux qui avaient été formés pour les affronter.

Elle avait abordé le sujet avec Charlie Wurth. Ils avaient défini ensemble ce qu'ils autoriseraient et ce qu'ils interdiraient à Patrick une fois arrivés à Sky Harbor. Elle voulait à tout prix minimiser les risques que son frère serait amené à prendre. Pour cela, elle garderait un œil sur lui en permanence. Ils seraient tous reliés par un système de communication sans fil.

Pas d'émetteurs-récepteurs — ils pouvaient être interceptés facilement — mais un réseau limité à leur petit groupe. Le port du gilet pare-balles serait de rigueur sous leur tenue de passagers ordinaires. Et ils seraient équipés de système GPS. Elle multipliait les mesures de précaution. Malgré tout, s'il arrivait quelque chose à Patrick, elle ne se le pardonnerait jamais.

Elle jeta un coup d'œil à Nick, penché sur ses cartes, à l'arrière de l'avion. Pourquoi s'était-il mis en tête qu'elle ne lui faisait pas confiance, allant même jusqu'à imaginer qu'elle lui avait menti ? Elle réprima un soupir. Dès l'instant où elle l'avait vu, assis près de Yarden devant les moniteurs des caméras de vidéosurveillance, elle s'était méfiée de son jugement. Une méfiance encore accrue par le fait qu'il était l'enquêteur nommé par la compagnie de sécurité du Mall. L'alchimie qui existait entre eux — quelle que soit sa nature — semblait manquer de la profondeur nécessaire pour inclure la loyauté, la confiance.

Elle avait failli se perdre dans leur baiser, se perdre dans ses bras. L'élan qui les poussait l'un vers l'autre lui semblait si juste, alors ! Puis tout s'était dissous… et il lui en voulait, à présent. L'attirance physique ne suffisait pas à consolider leurs relations, apparemment. A moins que le problème ne vienne d'elle ? Serait-elle un jour capable d'offrir sa confiance à un homme ? Suffisamment pour lui donner une place dans sa vie ? Les événements des deux derniers mois ne lui avaient-ils donc rien appris ?

Avant d'embarquer, elle avait écouté ses messages. Et elle en avait trouvé un, laissé tôt le matin par Ben. Il avait salué d'un trait d'humour son saut médiatisé par-dessus le capot d'une voiture, avait précisé qu'il était inquiet pour elle, et lui demandait de l'appeler à la prochaine opportunité. Un peu plus que la simple sollicitude d'un médecin préoccupé par la santé de sa patiente. D'habitude, à part Gwen et son coéquipier, R.J. Tully, personne ne se faisait de souci à son sujet. Du coup, elle ne savait que penser de l'attitude du médecin colonel de l'USAMRIID.

Brusquement, elle comprit ce qui la tarabustait. Ce n'était ni Patrick, ni Morrelli, ni même Ben. C'était Kunze — ou plutôt ce qu'il avait dit quelques heures plus tôt. Pourquoi n'avait-elle pu mettre le doigt dessus ? Elle avait lu une bonne partie du dossier avant de comprendre qu'il s'agissait de la retranscription des séances de débriefing de l'agent spécial Raymond Kunze. Il s'était abstenu de préciser qu'en plus d'avoir interrogé quelques-uns des premiers témoins il avait également été un des premiers agents à intervenir sur les lieux de l'attentat.

Son regard s'attarda un instant sur Kunze. Il s'était allongé et dormait, une couverture tirée jusqu'au menton. Quinze ans plus tôt, Kunze avait l'âge qui était le sien aujourd'hui. Il était donc armé d'une solide expérience des horreurs que les êtres humains sont capables de s'infliger entre eux. Mais aucun niveau d'expérience, jamais, ne vous prépare à affronter une scène de massacre.

Pendant le trajet de la veille, alors qu'ils se dirigeaient vers le Mall of America, Kunze avait mentionné Oklahoma City. Il intervenait cette fois-ci à la demande expresse du gouverneur du Minnesota ainsi que du doyen des sénateurs de l'Etat. Et il s'était adjoint les services d'une *profiler* pour tenter de tirer l'affaire au clair. Pour quelqu'un qui, quinze ans après les faits, continuait de croire qu'un John Doe n° 2 avait secondé Timothy McVeigh avant de disparaître dans la nature, Kunze s'était montré étrangement pressé d'incriminer le CFA dans l'attentat du Mall. Sa théorie semblait hâtive, pour ne pas dire bâclée. Avait-il essayé d'orienter l'enquête dans la mauvaise direction en l'axant sur les Citoyens pour la fierté de l'Amérique, un mouvement partisan de la suprématie blanche ? L'organisation n'avait pourtant jamais commis d'acte de violence. Kunze connaissait-il déjà le groupe secret d'Henry Lee ? Ou en soupçonnait-il l'existence ?

Elle saisit la sacoche de son portable et en inventoria rapidement le contenu. Elle en tira le dossier que Kunze lui avait remis durant le vol au départ de Washington. Réunis dans cette chemise se trouvaient les avertissements du CFA — ou ce que Kunze et le sénateur Foster avaient considéré comme tels. Les copies des notes de synthèse étaient de mauvaise qualité. Elles mentionnaient des appels téléphoniques et des e-mails, mais ne comportaient aucune transcription des appels, aucune copie des courriels. L'auteur des documents restait vague sur les avertissements, mais donnait des informations détaillées sur les Citoyens pour la fierté de l'Amérique. Ce qui intéressait surtout Maggie, c'était de vérifier à qui ses avertissements avaient été adressés. Qui avait reçu ces appels et ces courriels ? Et qu'est-ce qui avait emporté la conviction de Kunze quant à la responsabilité du CFA ?

Finalement, sur le dernier feuillet, elle tomba sur une indication brève, quasiment une note de bas de page : « L'heure approximative de réception des appels et des courriels n'a pas été consignée par le staff de M. Foster. »

Ainsi, c'était le sénateur qui avait reçu les mises en garde.

Maggie s'enfonça dans son fauteuil en tapotant l'accoudoir avec la tranche de la chemise en carton. L'affaire lui paraissait de plus en plus nébuleuse. Henry Lee lui avait affirmé que le CFA n'était qu'un écran de fumée derrière lequel se cachaient les vrais coupables. Pourtant, Kunze persistait à croire que le groupe était mêlé à l'attentat. Il avait même suggéré qu'ils avaient peut-être été utilisés !

Il y avait beaucoup de choses qui ne collaient pas dans cette enquête : écrans de fumée, kidnappings, poseurs de bombe mercenaires et organisations secrètes.

Kunze avait mentionné le rasoir d'Occam. Elle se souvenait à présent d'un autre adage : ne pas se perdre en conjectures sur des éléments hypothétiques. La solution la plus simple était souvent la solution juste. En tranchant pour Phoenix avait-elle choisi la solution la plus simple ? Ou avait-elle eu recours à un de ces raisonnements spéculatifs qu'il convenait d'éviter ? Il n'était pas exclu qu'ils se dirigent vers le mauvais aéroport. Et que le Project Manager se prépare à faire sauter McCarran, à Las Vegas.

Renversant la tête contre le dossier en cuir souple, Maggie ferma les yeux. Il y avait une chose que Ray Kunze ne comprenait pas très bien et que Guillaume d'Occam n'aurait jamais songé à prendre en compte dans son principe. Et ce quelque chose était précisément un de ses outils de travail les plus précieux : son instinct. Elle aurait parié n'importe quoi dessus. Et avec un peu de chance, elle pourrait encore compter sur lui cette fois-ci.

73

Tout s'était déroulé à la perfection. Plus de failles. Plus de contretemps. Plus d'obstacles. Asante était satisfait.

Son équipe de Minneapolis s'était dispersée, non sans avoir d'abord détruit ou emporté ce qui aurait pu les compromettre. Peu importait, à présent, que la fille et Danko aient péché par négligence. Même s'ils étaient arrêtés, Asante, lui, n'aurait rien à redouter. Aucun d'eux ne l'avait rencontré ou n'avait vu à quoi il ressemblait. Ils ne savaient rien — strictement rien — de lui. Il avait de nouveau changé la carte SIM de son téléphone et même reformaté le disque dur de son ordinateur. Les numéros qu'il leur avait donnés pour le joindre n'étaient plus en service. Ils ne disposaient d'aucune information qui aurait pu les lier à Asante. Rien n'avait été laissé au hasard, ce qui, là encore, signait son talent en tant que gestionnaire de projet. Même les membres de son équipe étaient des pions amovibles. Personne ne pourrait remonter jusqu'à lui. Ni ses employés ni ses commanditaires. Et tout était en place pour l'attentat suivant.

Le choix de la Chevrolet TrailBlazer blanche qu'il avait « empruntée » sur le parking de l'aéroport de

Las Vegas s'était avéré confortable. Le fait que le 4x4 n'ait pas de système de navigation GPS constituait un atout supplémentaire. Le propriétaire avait oublié par mégarde son itinéraire de vol sur le siège passager : il ne serait de retour que la semaine suivante.

Pour mettre toutes les chances de son côté, Asante avait fait le tour du parking avant de partir pour trouver un autre 4x4 Chevrolet blanc. C'était un modèle plus ancien, une Chevy Blazer, mais il convenait parfaitement pour l'usage qu'il voulait en faire. En pleine nuit, il n'y avait eu personne pour le déranger lorsqu'il avait hâtivement échangé les deux plaques minéralogiques.

Asante avait fait le trajet d'une traite, ne s'arrêtant qu'une fois en cinq cent soixante-dix kilomètres. Il était sorti de l'autoroute pour faire une halte dans un entrepôt, juste après la frontière qui séparait le Nevada de l'Arizona. L'ensemble du trajet lui avait pris un peu plus de six heures.

A présent, il dînait dans sa chambre d'hôtel — un festin comparé à ce qu'il avait ingurgité au cours des jours précédents. Par la fenêtre, il apercevait l'aéroport, dont les lumières clignotaient en continu, signalant les derniers vols entrants et sortants de la soirée. C'était un aspect de Phoenix qu'il appréciait. On pouvait voir à l'infini, sans buildings pour vous boucher l'horizon. Il se demanda si la déflagration, demain matin, serait visible de cette même fenêtre.

Asante termina son dessert, s'essuya les lèvres avec une serviette parfaitement repassée et mit son plateau de côté. D'ici, il pouvait aussi voir le parking de l'hôtel. Les deux valises Pullman étaient restées dans la Chevy TrailBlazer, avec tout ce qu'il fallait à l'intérieur. Il avait sorti le reste — ce dont il aurait besoin demain — de son sac marin pour l'étaler sur le lit jumeau du sien.

Il palpa doucement sa casquette des Carolina Panthers. Elle commençait à montrer des signes d'usure, même s'il en avait pris soin au fil des ans. Il n'avait jamais assisté à un match des Panthers. Il avait acheté la casquette dans une supérette de Junction City. Un achat impulsif, à l'époque. Asante ne croyait pas aux talismans, mais cette casquette toute bête avait fini par y ressembler. Il se frotta les mains. Tout était en place. Pas de failles. Il allait passer une bonne nuit.

74

Dimanche 25 novembre
Aéroport international Sky Harbor
Phoenix, Arizona

Nick regrettait de ne plus avoir Jerry Yarden sous la main. Le petit homme roux avait le sens du détail et un talent certain pour manipuler les équipements de vidéosurveillance. S'il les avait accompagnés, Yarden aurait déjà fini de tout mettre en place. Alors que Nick bataillait depuis minuit, assisté par deux techniciens de sécurité, pour installer du matériel dont il n'avait appris le fonctionnement que quelques semaines plus tôt.

Comme Sky Harbor figurait sur la liste UAS des aéroports dont la sécurité demandait à être renforcée, la compagnie leur avait envoyé des échantillons d'un nouveau système. La veille au soir, en arrivant, Nick s'était mis en contact avec le responsable local d'UAS. Ce dernier avait été un peu surpris par sa visite impromptue, mais impressionné par ses références — la présence auprès de lui du directeur adjoint de la sécurité du territoire n'ayant pas peu contribué à renforcer sa crédibilité. Nick avait obtenu le matériel et les deux techniciens en se contentant d'expliquer qu'il souhaitait procéder à quelques tests. Puis il avait entrepris de poser des caméras sans fil dans les zones de l'aéroport que Charlie Wurth et lui avaient sélectionnées au préalable. Des zones qui jusqu'à présent n'avaient jamais été sécurisées.

Ces nouveaux modèles de caméras étaient de petite taille mais si le Project Manager était aussi pro qu'ils le pensaient tous, Nick ne voulait pas prendre le risque qu'il les repère. Les techniciens avaient relevé le défi avec enthousiasme, cherchant les moyens de dissimuler les caméras sans pour autant que leur fonctionnement en soit entravé. Nick était satisfait du résultat, même si les caméras n'auraient d'utilité que s'il se montrait capable d'identifier le Project Manager à partir du portrait-robot élaboré par le dessinateur de la police. Une perspective qui suffisait à le mettre en nage. Avec tachycardie à l'appui.

Wurth avait été très sélectif sur le nombre de personnes qu'il acceptait de mettre dans la confidence. Et il avait fini par convaincre Nick qu'aucune personne employée par UAS ne devait être incluse dans la liste. A part Henry Lee, rien n'indiquait que d'autres dirigeants de la société étaient impliqués dans l'attentat. Mais Wurth avait tenu à prendre le maximum de précautions. Pas question que l'information finisse par arriver aux oreilles du Project Manager. Nick s'était rendu à ses raisons, et il avait accepté de tenir sa langue.

Wurth avait averti le département de la sécurité des transports, en revanche, et des maréchaux de l'air étaient sur place. Il avait également fait venir une brigade antiterroriste ainsi qu'une unité de snipers. Tout ce petit monde était arrivé la veille au soir. A présent, alors que l'aube se levait sur Phoenix, Nick parcourait l'aéroport avec Wurth. Ce dernier lui désignait les coordinateurs d'équipes de la brigade antiterroriste. Vêtus comme des agents d'entretien, ils semblaient concentrés sur leur travail. Leurs chariots électriques étaient identiques à ceux du personnel de l'aéroport. A la différence près — selon Wurth — qu'ils contenaient ce qu'il appelait des « caissons sécurisés » au lieu des crèmes à récurer et des détergents habituels.

Wurth attira également son attention sur un couloir fermé au public par un panneau « En travaux » et des barrières de signalisation.

— Devant l'entrée correspondante stationne un véhicule blindé, prêt à emporter la bombe pour la transporter sur une piste d'atterrissage libre.

Nick appréciait la façon dont Charlie Wurth présentait les choses. Comme si tout était simple, organisé. Comme si leur plan pouvait réellement fonctionner et qu'ils parviendraient à empêcher l'attentat.

— Nos caméras couvriront tous les terminaux, précisa-t-il à Wurth tandis qu'ils achevaient leur tour des lieux. Avec une vue limitée sur la zone des comptoirs de vente. Mais dès qu'il aura quitté ce secteur, je ne pourrai plus le suivre sur mes moniteurs.

— O.K.

Nick désigna l'Escalator.

— Ici, dans le terminal 4, il y a des comptoirs commerciaux au deuxième niveau. Celui qui est à droite de l'escalier roulant n'apparaît que partiellement sur nos caméras. Il serait relativement facile d'y laisser un sac sans que le personnel s'en aperçoive avant un petit moment.

— Je vais mettre quelqu'un en faction pour surveiller.

Les deux hommes se figèrent devant la longue rangée de guichets de US Airways. Debout, les bras croisés sur la poitrine, les pieds écartés, ils se tenaient très droits, la tête haute, tout en embrassant d'un ultime regard l'aérogare encore paisible. Le personnel avait commencé à arriver, ouvrant des portes, allumant des ordinateurs. Mais, comparé à ce qui se passerait dans une heure, tout était encore très calme.

— Nous sommes prêts, déclara Wurth d'une voix confiante.

Nick se contenta de hocher la tête. Il se demandait si Charlie Wurth entendait lui aussi son cœur cogner contre ses côtes.

75

Terminal 4a
Aéroport international Sky Harbor

Maggie suivait les allées et venues de Patrick, en bas, dans le hall principal. Elle s'était postée au deuxième niveau et se tenait contre la balustrade, mais à distance des escaliers roulants. Patrick était vêtu d'un jean et d'un sweat-shirt gris à capuche. En l'observant, elle ne put s'empêcher de penser qu'il ressemblait comme un frère aux deux étudiants du Mall of America.

Wurth les avait équipés d'oreillettes sans fil, qui leur permettaient de communiquer entre eux sans se distinguer des passagers ordinaires. Ils avaient décidé de limiter leurs échanges autant que possible, mais Maggie avait insisté pour que Patrick donne signe de vie au moins une fois tous les quarts d'heure.

— Si je ne te vois pas, je veux au moins t'entendre, lui avait-elle signifié un peu plus tôt en l'aidant à enfiler son gilet en Kevlar.

Il y avait environ deux heures, maintenant, qu'ils tournaient dans l'aérogare, déguisés en passagers, avec leurs sacs de voyage sur l'épaule. Patrick avait été équipé d'un sac marin et d'un *smartphone*. Il s'immobilisait de temps en temps, faisant mine de lire ou d'envoyer des SMS. Rien ne le distinguait d'un étudiant ordinaire retournant chez lui ou regagnant son campus après le week-end de Thanksgiving. Maggie était impressionnée. Il était parfaitement crédible, même si son regard errait en permanence sur la foule. Il veillait à ne fixer personne afin que son attitude n'éveille pas la suspicion. Son regard se contentait d'effleurer les gens qu'il croisait. Jamais elle n'aurait pensé qu'il jouerait le jeu avec autant de sang-froid et de maîtrise.

Quelque part, dans une salle de vidéosurveillance improvisée, Nick scrutait les moniteurs reliés aux caméras qu'il avait installées durant la nuit dans les zones non sécurisées. Il avait étudié longuement le portrait-robot du Project Manager. Ils avaient tous mémorisé ses traits, d'ailleurs. Mais seul Patrick était convaincu qu'il saurait l'identifier.

Un flot de passagers arriva par les escaliers roulants. Les premiers vols du matin avaient décollé. L'instinct de Maggie lui disait que ce second attentat aurait également lieu dans la matinée. Mais il n'était pas exclu qu'ils passent la journée à attendre. Elle ouvrit un roman en édition de poche et s'accouda à la balustrade. Alors qu'elle semblait plongée dans sa lecture, son regard restait rivé sur le niveau inférieur, surveillant les entrées, détaillant chaque voyageur dans les files qui s'étiraient devant les comptoirs d'enregistrement, s'attardant sur les figures masculines solitaires qui se détachaient ici et là. Elle continuait également à dévisager rapidement tous ceux qui arrivaient par l'Escalator.

— Près du kiosque à journaux, dit-elle dans son oreillette en remarquant un homme qui s'y arrêtait, vêtu d'un blazer bleu sur un pantalon clair, le visage dissimulé derrière des lunettes de soleil et tirant derrière lui une grosse valise Pullman noire.

Baissant les yeux vers Patrick, elle le vit approcher d'un pas nonchalant, faisant mine de s'intéresser aux gros titres des quotidiens à travers la vitre.

— Non, je ne crois pas, dit-il en portant son mobile à son oreille pour donner l'impression qu'il téléphonait. Je vais faire un tour près des toilettes. A tout de suite.

Le hall principal était noir de monde, à présent. Corps et bagages s'entassaient devant les guichets et les billetteries automatiques. Maggie repéra Kunze à l'étage inférieur. Il conversait avec une femme en tenue d'agent d'entretien. Elle ne ressemblait ni de près ni de loin à un membre de la brigade antiterroriste ou à une tireuse d'élite. Et alors ? C'était le but de la manœuvre, après tout.

Maggie chercha Patrick des yeux. Sa poitrine se serra tandis qu'elle scrutait vainement la foule, le regard glissant sur les visages, sans s'attarder pour ne pas se trahir. Où était-il passé, bon sang ?

— Patrick ?

En guise de réponse, elle entendit un bruit de chasse d'eau. Elle vit Kunze lever les yeux dans sa direction. Mais il ne sourit pas avant d'avoir détourné la tête.

Bon, d'accord. Elle surprotégeait son frère. Et alors ? Quelques minutes plus tard, elle repéra Patrick à la sortie des toilettes. Mais il disparut de nouveau derrière l'Escalator descendant.

Du calme, Maggie. Tu vas le revoir dans trois secondes.

Elle s'accouda à la balustrade et attendit.

76

Patrick suivit le type à la sortie des toilettes. Bien que tenté de presser le pas, il veilla à marcher tranquillement, d'un air lymphatique, comme il l'avait fait jusqu'à présent.

Surtout, ne pas le perdre de vue.

Le type qu'il suivait était-il le Project Manager ? Il avait cru reconnaître sa façon de marcher, en tout cas. Les épaules en arrière et le torse bombé, un peu comme un soldat. Oui, c'était tout à fait ça. Son attitude avait quelque chose de militaire. Il faisait attention à tout et à tout le monde. Même sa tête pivotait en permanence de gauche à droite, sans jamais s'immobiliser, comme s'il était constamment sur le qui-vive.

Patrick voulait en avoir le cœur net. Il savait que l'aéroport était bourré de tireurs d'élite, de policiers de l'air et autres superflics. Et que tout ce petit monde attendait un signe. Il suffirait d'un mot de sa part pour que les forces de l'ordre neutralisent l'aéroport. Tant qu'il n'aurait pas identifié le type avec certitude, il ne pouvait rien dire. Pas question de compromettre toute l'opération en commettant une bourde. Maggie comptait sur lui.

Le gars tourna au bout du couloir comme s'il allait

prendre l'Escalator. Patrick le laissa s'éloigner de quelques mètres en faisant mine de vérifier ses messages sur son mobile. Il ne voulait pas le suivre de trop près, surtout s'ils se retrouvaient tous les deux sur l'escalier roulant. Mieux valait rebrousser chemin et passer par l'autre côté. Ce qui lui permettrait, avec un peu de chance, de voir le gars de profil. Il se retourna pour mettre son projet à exécution et faillit se heurter à l'individu qu'il était censé suivre. Le regard bleu indigo le paralysa sur place.

— Tu as oublié une chose : si toi, tu peux me reconnaître, la réciproque est vraie aussi.

Pendant une fraction de seconde, Patrick vit étinceler son sourire. Puis il se retrouva plaqué contre le mur, juste en dessous de l'Escalator, coincé par une volumineuse valise Pullman noire.

77

Maggie jeta un coup d'œil à sa montre. Même pas cinq minutes. Elle l'avait perdu de vue depuis quatre misérables petites minutes. C'était trop tôt pour le rappeler. D'ailleurs, si Nick avait vu le Project Manager franchir une des portes, il aurait donné l'alerte.

Sauf si le type s'était rendu méconnaissable.

Arrête, O.K. ? Ce n'est pas le moment de te perdre en conjectures.

Pas le moment de douter. Ni d'elle-même ni du reste de leur équipe. Et pourtant… Le Project Manager avait pu charger quelqu'un d'autre de déposer sa valise piégée. A moins qu'il ne soit déjà entré puis ressorti, en échappant à leur attention à tous ?

Elle parcourut des yeux le hall noir de monde. Les passagers, les bagages, les enfants à la traîne tirés par leurs parents et les seniors qui trottinaient à petits pas. Elle tenta de repérer les sacs qui n'avançaient pas en même temps que leurs propriétaires dans les files qui serpentaient devant les guichets d'enregistrement. Wurth passa devant elle en longeant la balustrade. Il guettait les valises abandonnées, comme elle. Quant à Kunze, il se livrait au même exercice un étage plus bas.

Et toujours pas de Patrick en vue. Maggie était sur le

point de l'appeler lorsqu'elle le vit resurgir. Indemne, a priori. Sauf… qu'il traînait une grosse valise Pullman noire derrière lui. Elle sentit ses jambes se dérober avant même de voir l'éclat métallique des menottes.

— Il tient Patrick, chuchota-t-elle dans son kit mains libres.

— Exact, lui répondit une voix qu'elle ne reconnut pas.

78

De là où il se trouvait, Patrick ne distinguait pas le visage de sa sœur. Il essaya de ne pas regarder ouvertement dans sa direction car il savait que c'était ce que le Project Manager attendait. Avec l'oreillette qu'il lui avait arrachée, il pouvait communiquer avec Maggie et les autres. Mais il ignorait qui ils étaient et où ils se trouvaient. Le Project Manager se tenait sur le côté, à une dizaine de mètres. Il l'observait, persuadé que, dans sa panique, il finirait par se trahir en appelant les autres au secours.

Il avait vraiment tout fait foirer.

Mais tout s'était passé si vite ! Le gars se trouvait à quelques mètres devant lui. Puis il avait disparu à l'angle du couloir, et… l'instant d'après, il bondissait derrière lui pour lui mettre ses menottes et l'enchaîner à la poignée de sa grosse valise noire. Le Project Manager avait si bien modifié son apparence que Patrick avait eu un doute. Le type qu'il avait repéré dans le centre commercial avait des cheveux longs et noirs sous sa casquette. Maintenant, ils étaient ras et presque blonds. Son petit bouc noir avait disparu. Dans le Mall, il portait un polo, une veste marine, un pantalon beige et des mocassins. Pas de casquette. C'était sa démarche qui l'avait trahi. Patrick avait voulu voir ses yeux pour être sûr, mais lorsqu'il les avait eus en face de lui, il était déjà trop tard. Un peu plus loin, sur le côté, il entrevit Ray Kunze, le chef de Maggie. Il se retint de tourner la tête vers lui. Du coin de l'œil, il nota que Kunze ne le regardait pas non plus. Il parlait avec un agent d'entretien, une femme qui poussait son chariot de nettoyage.

Patrick leva les yeux vers Maggie. *Oh, non.* Le Project Manager avait suivi la direction de son regard. Maggie, par chance, avait quitté son poste d'observation.

Il vit les lèvres du mec bouger et comprit qu'il leur parlait en se servant de son oreillette. Qu'est-ce qu'il pouvait bien leur raconter ? Une fraction de seconde après l'avoir attaché à la valise, il s'était écarté de lui. Il avait été si rapide que Patrick n'était même pas sûr que les autres l'aient remarqué. Sauraient-ils le repérer dans la foule ?

Patrick embrassa le terminal d'un coup d'œil circulaire pendant que le Project Manager continuait de scruter le second niveau, à l'endroit où Maggie s'était tenue quelques instants plus tôt. Ce fut le moment précis où Patrick la repéra de nouveau dans la foule. Elle descendait l'escalier roulant, souriante, et papotait avec la femme à côté d'elle. Le Project Manager lui tournait le dos. Cela ne dura qu'une seconde, mais Patrick saisit l'opportunité pour le montrer à Maggie. Il leva sa main libre, pointa rapidement l'index sur lui, puis fit mine de se passer les doigts dans les cheveux lorsque le Project Manager se retourna.

Maggie l'avait-elle vu ? Ou l'un des deux autres ?

Il avait peut-être agi trop tard : le Project Manager s'éloignait de lui, à présent. Logique. Inutile de rester près d'une bombe quand on pouvait la déclencher à distance.

79

Maggie luttait pour ne rien laisser transpirer des ravages que la panique semait en elle. C'était comme si quelqu'un ou quelque chose l'avait happée à la gorge. Si sauvagement qu'elle en oubliait de respirer. Elle devait se rappeler à l'ordre. Penser à ralentir ses gestes. Penser à regarder en bougeant les yeux, et non la tête. Rester calme. Se mouvoir avec nonchalance. Pas de tics ni de crispations. Ni soubresauts ni torsions brusques.

Elle essaya de suivre le regard de Patrick pour repérer le propriétaire de la valise. Aucun des hommes qui se trouvaient dans son périmètre immédiat ne ressemblait au portrait-robot. Le seul à avoir le teint mat était un type avec de courts cheveux blonds délavés coupés en brosse. Il portait un pantalon beige et une veste en toile marine.

Elle se dirigea vers l'Escalator.

— J'ai une commande à distance, s'éleva de nouveau la voix dans son oreillette. Vous n'avez pas le choix. Vous devez me laisser sortir.

Personne ne lui répondit. Ils n'avaient plus aucun moyen de communiquer entre eux, désormais. Sitôt intercepté, leur réseau était devenu inutile.

Maggie s'engagea sur l'Escalator pour descendre au

premier niveau. Elle demanda à la femme qui se tenait près d'elle si elle avait fait bon voyage. Sa voisine entreprit aussitôt de lui raconter ses vacances pendant qu'elle hochait la tête en souriant et regardait par-dessus son épaule. Patrick avait l'air malheureux comme les pierres. Elle sentit son regard glisser brièvement sur elle mais elle n'était pas certaine qu'il l'ait vue. Jusqu'au moment où il leva la main, pointa une direction du doigt, puis fit mine de relever ses cheveux. Il cherchait à lui désigner le Project Manager.

Maggie quitta l'Escalator et se dirigea vers Patrick. Il était suffisamment près, désormais, pour qu'elle voie ses yeux. Il détourna les siens pour regarder dans la direction qu'il venait de montrer du doigt. L'homme avec la veste en toile et le pantalon beige. C'était lui. Il se dirigeait vers la sortie du terminal tout en gardant Patrick à l'œil.

— Vous me laisserez partir, répéta-t-il.

Cette fois, elle vit ses lèvres bouger. Il ne l'avait toujours pas repérée. Et il avait cessé de regarder à gauche et à droite.

C'était Kunze, pour l'instant, qui se trouvait le plus près de Patrick. Toujours escortée de la femme déguisée en agent d'entretien, il s'était rapproché insensiblement et n'était plus qu'à quelques mètres de lui. Mais il ne semblait pas avoir identifié le Project Manager. Elle leva les yeux vers la balustrade. Pas trace de Wurth. Aurait-elle été la seule à avoir identifié leur homme ?

Elle tourna de nouveau les yeux vers Patrick. Cette fois, leurs regards se croisèrent. Il désigna le Project Manager et articula quelque chose. Il lui disait de le prendre en chasse, de ne pas le laisser partir. Mais comment pouvait-elle courir derrière lui en laissant Patrick enchaîné à la valise piégée ?

Elle réfléchit à toute vitesse. Le Project Manager franchit les portes vitrées et sortit d'un pas tranquille. Une fois qu'il serait dehors, rien ne l'empêcherait de faire exploser la bombe. Et il le ferait, elle n'en doutait pas. Il fallait l'arrêter coûte que coûte.

Kunze et son agent d'entretien n'étaient plus qu'à quelques pas de Patrick. Maggie fit signe à Kunze d'intervenir. Elle eut le temps de le voir s'élancer vers son frère, avant de piquer un sprint, zigzaguant pour éviter les voyageurs. Elle plongea la main droite dans son blazer et attrapa la crosse de son Smith&Wesson sans le sortir de son holster.

Elle se rua dehors, mais dut s'arrêter net sur le trottoir. Le Project Manager avait disparu. Elle l'avait pourtant vu partir sur la droite ! Se précipitant dans la direction qu'il avait prise, elle trébucha sur des sacs de voyage. Là ! Cinq voitures plus loin, elle l'aperçut qui montait côté passager à bord d'une berline noire. Elle se remit à courir, se frayant brutalement un chemin entre des passagers surpris. Mais la berline quittait déjà le trottoir. Elle n'eut que le temps de lire la plaque minéralogique, puis de regarder, impuissante, le véhicule s'éloigner.

Hors d'haleine, elle prit appui contre un banc en béton. Puis l'horreur se produisit. Les vibrations de l'explosion se propagèrent jusque sous ses pieds, si violentes qu'elle faillit tomber.

Trop tard. Elle avait réagi trop tard.

80

Lundi 26 novembre
FBI, 111 Avenue Washington
Minneapolis, Minnesota

Maggie se força à attendre — mais sa patience s'amenuisait. Elle ne voulait plus revenir sur le sujet. Rien de ce qu'elle pourrait dire ne changerait ce qui s'était passé. Et toutes les séances de débriefing du monde ne suffiraient pas à éradiquer la culpabilité et les regrets qui l'accablaient.

Ray Kunze entra — seul, cette fois. Il s'assit en face d'elle et posa ses mains l'une sur l'autre en croisant les doigts. Maggie tenta d'exhumer ce qu'elle avait appris du langage corporel pendant ses études de psychologie. Les mains en forme de coupe, en début de conversation, pouvaient signifier que son interlocuteur tenait une idée fragile. Cette pensée ne fit qu'accroître sa nervosité.

— Aucun d'entre nous n'avait les moyens de savoir qu'il avait posé une seconde bombe, O'Dell.

Elle hocha la tête. Changea de position sur sa chaise à dos droit. Depuis combien de temps était-elle assise ?

Elle aurait voulu se lever, marcher pour tenter de se calmer.

— L'explosion a partiellement détruit un parking souterrain. Presque une centaine de voitures. Des dizaines de blessés, mais seulement deux morts.

Kunze en parlait comme s'il s'agissait d'un incident mineur. Cela dit, à côté d'Oklahoma City et du Mall of America, deux morts et quelques blessés dans un parking, ce n'était pas grand-chose, en effet.

— Les conséquences auraient pu être bien plus dramatiques, insista Kunze.

— On a des pistes pour le Project Manager ?

— Non. Ce type est un vrai fantôme. Disparu. Evaporé. Nous pensons qu'il a fait sauter le parking pour détruire le véhicule dont il s'est servi.

— Et la berline noire ?

Kunze détourna les yeux. Contempla ses mains. Jeta un coup d'œil dans sa direction, mais évita d'affronter son regard.

— J'ai relevé le numéro des plaques minéralogiques, argua-t-elle.

Elle avait essayé de faire les recherches elle-même, en utilisant son accréditation du FBI. Mais même ainsi, elle n'avait rien pu obtenir. Chaque fois, l'accès lui était refusé. Et un code de référence apparaissait à la place.

— Vous étiez perturbée, Maggie.

Venant de Kunze, le ton était d'une douceur suspecte.

— Vous avez dû vous tromper en mémorisant le numéro d'immatriculation. Ça arrive. Les nerfs. La tension. Vous avez sans doute interverti les chiffres.

Elle le regarda fixement. Il ne croyait pas un mot de

ce qu'il avançait, elle en était convaincue. Etait-ce ainsi que les choses s'étaient passées pour lui, après l'attentat d'Oklahoma City ? Ses supérieurs avaient-ils balayé tous les faits, tous les indices qui contrevenaient à leur théorie d'un laconique « Vous vous êtes trompé » ?

— J'ai vérifié l'immatriculation moi-même, lâcha-t-elle.

Il ne parut pas surpris.

— Ma recherche n'a pas abouti. Je me suis retrouvée avec un code de référence. Mon accréditation ne me permet pas d'aller plus loin. Je pense qu'il pourrait s'agir d'un véhicule appartenant à un représentant de l'Etat.

Cette fois, Kunze soutint son regard.

— Laissez tomber, O'Dell. Oubliez tout cela.

— Vous le saviez ?

— Je n'ai pas su, je ne sais toujours pas et je ne veux rien savoir, répondit-il sans hésitation. Et c'est pareil pour vous. Rentrez chez vous. Prenez des vacances. Et réjouissez-vous que nous ayons réussi à éviter qu'un aéroport noir de monde ne parte en fumée.

— Les recherches sont loin d'être terminées.

— Mais votre rôle s'arrête là. On vous a officiellement déchargée de l'enquête.

Là encore, il y avait trop de gentillesse dans la voix de Kunze.

— Votre frère était impliqué. Le dossier devenait trop personnel pour que vous puissiez le traiter en toute objectivité.

Lui avait-on retiré l'enquête à cause de Patrick ou parce qu'elle approchait la vérité d'un peu trop près ? Elle aurait voulu lui poser clairement la question, mais il paraissait disposé à fermer les yeux.

Il repoussa sa chaise, marquant la fin de la conversation. Le sujet était clos.

Kunze se leva, ouvrit la porte, la congédiant sans lui laisser la possibilité de défendre son point de vue. Elle le suivit dans le couloir. Charlie Wurth et Nick, qui sortaient de leur propre salle de débriefing, discutaient un peu plus loin. Une porte s'ouvrit derrière elle. Patrick apparut, escorté par un autre agent. Il semblait hagard, mort de fatigue. Il se frottait distraitement le poignet, là où les menottes avaient marqué sa chair.

Son geste ramena, intact, le souvenir de la terreur qui l'avait submergée après l'explosion du parking. Une terreur qui lui avait fauché les jambes, comme si elle venait de sauter sans parachute dans un abîme. En entendant la déflagration, elle avait cru que la valise attachée au poignet de Patrick avait explosé. Mais le vacarme provenait de la bombe placée dans le parking souterrain.

Lorsqu'elle s'était lancée à la poursuite du Project Manager, la brigade antiterroriste avait scié les menottes de Patrick. En quelques secondes, ils avaient placé la valise dans un container sécurisé et l'avaient transportée sur une piste d'atterrissage déserte. Grâce au coffre en plomb, la bombe n'avait pu être déclenchée à distance.

Charlie Wurth tendit la main à Kunze.

— Mes félicitations, Ray. Je viens d'apprendre la nouvelle.

Tous les regards convergèrent vers Kunze, qui parut un peu gêné. Maggie pensa qu'il avait reçu une distinction quelconque. Elle ne s'attendait pas à ce qui allait suivre.

— Ray est officiellement votre nouveau patron, lui annonça Wurth d'un air réjoui.

Interdite, Maggie se tourna vers Kunze. Et constata que ce n'était pas une plaisanterie. Il hochait la tête, s'efforçant de sourire en acceptant les félicitations qui fusaient de leur petit groupe. Maggie, elle, n'avait qu'une pensée en tête : il avait retourné sa veste, une fois de plus.

— Nous avons terminé les entretiens, déclara-t-il, visiblement désireux de changer de sujet. Je vais trouver quelqu'un pour nous raccompagner à l'hôtel ou à l'aéroport.

Ce fut avec soulagement que Maggie déclina son offre.

— Pour Patrick et moi, ce sera inutile, dit-elle. Nous avons déjà une voiture.

Charlie Wurth serra d'abord la main de Patrick, puis la sienne, qu'il garda quelques instants dans sa paume.

— Venez travailler pour moi quand vous voudrez, agent O'Dell. La Sécurité du territoire serait honorée de vous compter parmi ses effectifs.

Il retint son regard. Il était sincère, comprit-elle.

— Merci. J'y réfléchirai.

Elle ne se tourna pas vers Kunze.

Nick insista pour les raccompagner jusqu'à la porte. Maggie s'immobilisa dans le hall d'entrée tandis que Nick passait un bras autour des épaules de Patrick.

— Je suppose que l'heure des adieux a sonné, une fois de plus ?

S'ensuivit une accolade typiquement masculine, maladroite mais sympathique. Lorsque Nick l'enlaça à son tour, il la retint un instant contre lui. Et ses lèvres effleurèrent brièvement sa joue.

Elle chercha son regard, et constata sans grande surprise qu'il fuyait déjà le sien. Nick ne s'était toujours pas remis de ce qu'il considérait comme une trahison de sa part. Elle se demanda si les « adieux » qu'il venait d'évoquer étaient définitifs.

— Quand retournes-tu à Omaha ?

— Dans quelques heures. Mon père vient d'être hospitalisé.

— C'est grave ?

— Il a été victime d'un malaise consécutif à son attaque cérébrale. Si tout se passe bien, il devrait être de retour à la maison pour Noël.

Elle hocha la tête.

— Je peux te déposer quelque part ? J'ai loué une voiture.

— Merci, c'est gentil. Mais on doit passer me chercher dans quelques minutes.

— Alors, à bientôt, Nick. Prends soin de toi.

Elle s'éloigna, regrettant déjà sa courte phrase. Trop convenue. Trop maladroite. Mais que pouvait-elle y faire ?

Comme elle descendait les marches avec Patrick, elle crut voir Jamie, l'experte en explosifs, se garer sur l'une des places de parking réservées aux visiteurs, devant les bureaux du FBI.

81

Maggie déposa Patrick devant l'hôtel après leur déjeuner au *Rose and Crown.* Elle n'avait plus qu'une démarche à accomplir avant de monter dans l'avion qui la ramènerait ce soir à Washington.

Elle entra les coordonnées de sa destination dans le GPS de la voiture de location, et se laissa guider pendant que son esprit filait dans d'autres directions. Kunze avait accepté de se taire — ou, du moins, de laisser certaines questions sans réponse — en échange de sa nomination officielle au poste de directeur adjoint du département. Ce n'était pas une première, puisqu'il avait déjà fait ce genre de compromis après Oklahoma City. Il avait eu un sursaut de loyauté lorsqu'il s'était plus ou moins confié à elle en lui remettant son propre dossier de débriefing. Pourquoi reculait-il, à présent ? L'habitude aidant, avait-il plus de facilité à monnayer sa conscience ?

Kunze avait-il manœuvré pour faire porter le chapeau au CFA ? Chad et Tyler passeraient-ils à la postérité comme les responsables de l'attentat du Mall of America et de la mort de quarante-trois victimes innocentes ? Bien qu'il n'y ait eu ni pions ni boucs émissaires à qui faire endosser la culpabilité à Phoenix, Kunze n'avait pas empêché la police locale d'entreprendre des recherches pour retrouver deux jeunes hommes blancs, probablement étudiants, suspectés d'avoir volé la Chevy TrailBlazer désormais réduite en cendres.

Que pouvait-elle faire, de son côté, puisqu'on l'avait officiellement déchargée de l'enquête ? Prise d'insomnie la veille au soir, elle s'était plongée dans des documents, des coupures de presse, des amendements et des propositions de loi. Elle avait espéré que Kunze serait disposé à l'entendre jusqu'au bout. Sans se douter que l'opinion du nouveau directeur assistant était déjà faite.

En quittant le bâtiment du FBI, elle avait passé plusieurs coups de fil, en s'en remettant à son intuition pour rappeler une faveur accordée, une promesse à tenir. Des bases bien ténues, en vérité. Et sûrement pas assez solides pour justifier qu'elle mette sa carrière en jeu.

Elle se retrouva de nouveau dans le centre-ville, sur l'avenue Washington, à quatre pâtés de maisons du bâtiment du FBI.

Charlie Wurth l'attendait dans le hall d'accueil.

— Vous êtes sûre de vous ? Vous pouvez encore changer d'avis, vous savez, murmura-t-il alors qu'ils franchissaient le contrôle de sécurité.

— Certainement pas. Mais si *vous* voulez changer d'avis, je le comprendrai.

— Je ne reviendrai pas sur ma décision, *très chère*. Je n'ai pas oublié ma dette envers vous. Et c'est à mes qualités d'emmerdeur professionnel que je dois d'avoir été nommé au poste où je suis aujourd'hui. Pensez-vous que notre ami risque de nous faire faux bond ?

— J'espère que non. Il m'a assuré qu'il nous retrouverait ici.

Rien n'était moins sûr, pourtant. Que valait une promesse dans de telles circonstances ?

Ils s'engagèrent en silence dans l'ascenseur. Maintenant qu'ils avaient leurs manteaux sur le bras, Maggie nota que Wurth s'était changé : il arborait un costume bleu acier, une chemise jaune citron et une cravate résolument orange. Par contraste, son tailleur-pantalon marine semblait terne, tristement banal. Epaule contre épaule, ils longèrent le couloir pour se diriger vers le grand bureau du fond.

— Bonjour. Vous avez rendez-vous ?

La jeune secrétaire se leva lorsqu'ils contournèrent la réception sans lui jeter un regard.

Elle tenta de les arrêter.

— Excusez-moi, mais vous ne pouvez pas…

— Ne vous inquiétez pas, intervint le sénateur Foster en surgissant de son bureau. Je les attendais. Entrez donc, monsieur Wurth… Agent O'Dell.

Il les invita à le suivre d'un geste élégant du bras.

— Je suis ravi de vous retrouver sains et saufs.

Wurth demeura calme et froid.

— Nous avons quelques questions à vous poser au sujet du projet de loi que vous présentez au Congrès.

Au cours des recherches qu'elle avait menées la veille, Maggie avait découvert que le sénateur Foster faisait partie du groupe de parlementaires qui soutenaient un projet de loi portant sur la sécurité du territoire. Ce projet, qui prévoyait d'injecter plusieurs millions de dollars dans la sécurité du pays, devait être soumis au Congrès avant les fêtes. C'était ce même projet que Kunze avait évoqué — celui qui allouerait des fonds fédéraux à l'aéroport de Phoenix.

— Je vous en prie. Posez-moi les questions que vous voudrez.

Le sénateur lissa ses cheveux argentés. Maggie chercha à détecter des signes de nervosité sur son visage, mais Foster maîtrisait son personnage hautain et réservé sur le bout des doigts.

Wurth se tourna vers elle en hochant la tête, signe qu'il la laissait prendre les rênes.

— Nous savons que vous l'avez aidé à s'échapper.

Une étincelle de surprise brilla dans son regard. Rien de plus.

— Je vous demande pardon ?

— Le Project Manager, reprit-elle. Vous lui avez envoyé un véhicule pour l'aider à fuir l'aéroport. Une voiture dont l'anonymat est soigneusement protégé. Mais malgré les codes de sécurité, nous avons réussi à remonter jusqu'à vous.

Il secoua la tête avec un sourire — ou était-ce un rictus ?

— Que me chantez-vous là ? J'ai mis mon jet à votre disposition pour que vous vous rendiez à Phoenix, mais je ne vois pas de quelle voiture vous parlez ! Vos supérieurs savent-ils que vous perdez votre temps ici, tous les deux, à proférer des accusations délirantes ?

Wurth vint à sa rescousse.

— Nous sommes au courant, pour votre organisation secrète. Nous allons recevoir la liste de tous les politiciens et hommes d'affaires qui…

— Quel tissu d'absurdités ! Vous allez vous retrouver au fond d'un bureau à jouer les gratte-papier dès la semaine prochaine. J'appelle la sécurité.

La main déjà tendue vers le téléphone, Foster suspendit son geste. Maggie vit ses yeux s'écarquiller tandis qu'il fixait un point situé entre ses épaules et celles de Wurth. Tournant la tête, elle vit Henry Lee dans l'encadrement de la porte.

Il était venu. Promesse tenue.

— C'est terminé, Allan. Il est temps de passer aux aveux.

82

Lundi soir
Aéroport international de Minneapolis

Patrick réprima un bâillement, qui n'échappa pourtant pas à l'œil attentif de Maggie.

— Nous aurions mieux fait de rester jusqu'à demain matin, dit-elle. Nous n'avons pas beaucoup dormi, toi et moi. Nous sommes aussi exténués l'un que l'autre.

— Ni toi ni moi ne sommes aux commandes de l'avion. Ça va bien se passer !

Ils étaient assis près de leur porte d'embarquement depuis vingt minutes. Mais Patrick avait l'impression que l'attente durait depuis des heures.

— Tu pourras dormir pendant toute la durée du vol, ajouta-t-il, grand prince.

Il la regarda avec un haussement de sourcils interrogateur.

— Ça m'étonnerait. Je ne suis pas très à l'aise en avion, admit-elle.

— Vraiment ?

Elle confirma d'un signe.

— Nous voyageons en première classe. Si tu prends un verre de vin…

Elle secoua la tête, bien sûr. Il se serait volontiers giflé. *Imbécile*. Il savait qu'elle ne buvait pas, pourtant. Qu'elle refusait de boire. Enfin, peu importe. Il devait reconnaître qu'il était un peu cassé. Quant à Maggie, elle était en piètre état, elle aussi.

Il fixa la pointe de ses chaussures.

— Tu crois qu'on finira par s'habituer ? Je n'arrête pas de penser que ce type se promène quelque part en liberté.

Elle haussa les épaules — mais porta la main à sa veste, à l'endroit où se trouvait habituellement son holster. Elle avait dû mettre son arme dans ses bagages pour voyager, et semblait le regretter.

— Il arrive que des criminels s'évanouissent dans la nature, en effet. Mais cela ne fait pas d'eux des personnes différentes. Généralement, le fait d'avoir échappé aux forces de l'ordre les pousse à s'enhardir. Au point de se montrer moins prudents, parfois. Le Project Manager se fera peut-être pincer pour un banal excès de vitesse ou un feu arrière endommagé. Timothy McVeigh a été arrêté à la sortie de Perry, dans l'Oklahoma, quelques heures seulement après l'attentat. Simplement parce qu'il lui manquait une plaque d'immatriculation.

Patrick écouta ses explications sans rien dire. Mais il avait du mal à imaginer le Project Manager commettant une négligence. Il ne parvenait pas à chasser ses yeux de son esprit — ce regard bleu sombre qui semblait vous épingler sur place. Il avait essayé de dormir un peu cet après-midi mais, chaque fois qu'il s'assoupissait, le Project Manager surgissait sous ses paupières, lui adressait son terrible sourire et le menottait avant qu'il ait eu le temps de comprendre ce qui lui arrivait. Parfois la bombe explosait alors qu'il était encore attaché à la valise, et l'explosion le réveillait en sursaut.

C'était ça, le « stress post-traumatique » ? Sûrement. Dans quelques jours, une semaine peut-être, le phénomène s'estomperait. Et il pourrait…

Il se raidit. Le Project Manager. Il était là, dans le hall !

Oui, c'était bien lui. Patrick reconnut sa façon de marcher, les épaules rejetées en arrière, le torse bombé, l'allure martiale. Sa façon d'être sur le qui-vive. Son cœur cognait violemment dans sa poitrine. Oh, bon Dieu ! Etait-ce possible ? Il avait toujours les cheveux blonds, la même coupe en brosse. Le même polo, la veste bleue, le pantalon beige et les mocassins de cuir. Et il tirait une valise noire.

— C'est lui, chuchota-t-il à Maggie.

Elle leva les yeux. Il tenta de le désigner en se servant uniquement de son regard et de son menton. Il sentit Maggie se figer.

— C'est possible ? reprit-il. Tu crois qu'il oserait revenir ici ?

— Ne bouge pas, surtout.

Elle se leva lentement, tout en sortant son badge du FBI. Elle ouvrit le porte-cartes, fourra un pan dans la poche de son manteau, et laissa dépasser le reste de manière à ce que son badge soit visible. Puis elle se dirigea vers le blond à la valise noire.

Patrick ne le quittait pas du regard. Il ne voyait que son profil, pour l'instant. Il se leva. Il fallait qu'il voie ses yeux. Il emboîta le pas à Maggie, mais du côté opposé. Elle tourna les yeux vers lui, comme si elle guettait une confirmation de sa part. Il lui répondit d'un signe de tête. Elle continua de suivre le terroriste. Seuls trois voyageurs les séparaient, à présent.

L'homme se dirigea vers l'une des rampes menant à un autre terminal. S'il se mêlait à la foule qui se mouvait dans la même direction, ils le perdraient de vue. Ce type était une anguille. Patrick n'oublierait jamais la rapidité dont il avait fait preuve à Phoenix. Il le croyait devant lui ; l'instant suivant, il était derrière.

Maggie s'approchait peu à peu. Plus que quelques mètres, et il s'engagerait sur la rampe, englouti par le flot des voyageurs. Patrick vit sa sœur lancer quelques mots à l'homme à la valise. Il s'immobilisa, mais avant qu'il ne puisse se retourner, elle l'attrapa par le col de sa veste et le plaqua contre le mur, un bras tordu dans le dos, en criant pour appeler un agent de sécurité.

Tout le monde se figea. Deux officiers de sécurité avaient tiré leur arme. L'un et l'autre visaient Maggie. Patrick l'entendit crier qu'elle était du FBI. Elle désigna le badge qui dépassait de sa poche d'un coup de menton.

En l'espace de quelques secondes, plusieurs officiers de sécurité convergèrent vers la zone, maintenant les passagers à distance. Un des nouveaux venus examina les papiers de Maggie. Deux autres lui arrachèrent le type des mains. Ils le maintinrent plaqué au mur, et entreprirent de palper ses vêtements. Personne ne toucha la Pullman.

Bloqué par les gars en uniforme, Patrick attendit qu'on l'appelle. Maggie lui fit signe d'approcher, et le désigna à l'un des officiers pour qu'ils le laissent passer. Il se faufila avec appréhension parmi la foule. Il atteignit Maggie à l'instant où ils obligèrent l'homme à se retourner pour lui faire face.

Son cœur s'effondra dans sa poitrine.

— Ce n'est pas lui, murmura-t-il.

Epilogue

Lundi matin, 24 décembre
Newburgh Heights, Virginie

— Super, ta déco de Noël ! commenta Julia Racine tandis que Maggie la précédait dans la cuisine.

L'inspecteur Racine se figea en voyant Gwen et Tully. Surtout Tully, en fait : les manches relevées, il arborait un tablier rouge du plus bel effet. Il ne leva pas les yeux des biscuits en forme de rennes dont il peaufinait le glaçage.

— Pas de commentaires, surtout, marmonna-t-il entre ses dents, le regard toujours baissé, pendant qu'il dessinait les bois. Où est passé ce diable de Patrick ? C'est à cause de lui que je me suis lancé dans cette entreprise !

Maggie jeta un coup d'œil dans le jardin.

— Il est dehors avec Emma et Rebecca.

Le trio lançait en riant des boules de neige à Harvey, qui bondissait pour essayer de les rattraper. Maggie fut brusquement assaillie par les souvenirs du lendemain de Thanksgiving — ce vendredi noir où elle avait été brutalement arrachée à sa maison pleine d'amis. Elle se surprit à prendre une inspiration profonde.

— Avec un peu de chance, ils convaincront Emma de s'inscrire avec eux à l'université de New Haven, commenta Tully en terminant son biscuit.

— Elle ne sait toujours pas ce qu'elle veut faire ?

— Ma fille a tendance à se laisser distraire.

Maggie n'insista pas. A peine trois mois s'étaient écoulés depuis qu'Emma avait vu son père et sa mère pris pour cibles par un dangereux meurtrier. Emma avait besoin de temps. Tout comme il faudrait du temps à Patrick pour se remettre de leur terrifiant week-end de Thanksgiving.

Rebecca et lui avaient fait le trajet en voiture depuis le Connecticut. Ils étaient arrivés la veille pour passer les fêtes avec Harvey et elle. Le soir après dîner, Patrick lui avait avoué — une fois Rebecca couchée — qu'il continuait à faire des cauchemars. Toujours les mêmes, bien sûr : le Project Manager l'enchaînait à une bombe sur le point d'exploser. Elle aurait dû le rassurer, lui offrir une réponse toute prête. Les cauchemars, elle connaissait. Plusieurs tueurs, déjà, étaient venus envahir ses nuits. Mais elle s'était contentée d'affirmer que cela prendrait du temps. Il avait acquiescé en silence.

Malgré tous ses efforts, ainsi que ceux de Charlie Wurth et d'Henry Lee, l'organisation secrète avait réussi à resserrer les rangs et à se barricader derrière un mur de silence. Il faudrait encore des mois pour rassembler les preuves et lancer les mandats d'arrestation. Le sénateur Foster faisait toujours l'objet d'une enquête. Il avait démissionné, avant d'être officiellement destitué et écarté du Sénat. Ce qui n'avait pas empêché son groupe de pression parlementaire de faire passer son projet de loi. Sans se heurter à la moindre opposition, d'ailleurs. Après deux attentats, voter une loi sécuritaire ne posait guère de problèmes. Tout le monde voulait jouer les patriotes, non ? Quant à Henry Lee, il passerait Noël avec sa femme convalescente et son petit-fils, son témoignage lui ayant valu sa liberté.

Le Project Manager, lui, courait toujours. Dans ces conditions, comment Maggie pourrait-elle apaiser les craintes de Patrick ?

On sonna à la porte. Laissant ses invités dans la cuisine, Maggie longea le couloir pour aller ouvrir. Sur le seuil, elle trouva Benjamin Platt, avec Digger, son terrier blanc, sous le bras. De sa main libre, il tenait un bouquet de gui au-dessus de sa tête.

— Joyeux Noël, Maggie.

Sans se démonter, elle tapota le dos de Digger et lui posa un baiser sur le museau. Ben secoua la tête en riant.

— Ce chien reçoit toujours plus de faveurs que moi.

Il entra et posa Digger à terre. L'animal fila aussitôt vers la cuisine. Maggie rit à son tour.

— Il ne remplit pas tout à fait ses fonctions de piège à nanas, si je comprends bien ?

Elle aida Ben à retirer son manteau et lui murmura à l'oreille :

— Tu n'as besoin ni de chien ni de gui.

Le regard qu'il lui jeta suffit à la faire chanceler.

Patrick les interrompit.

— Bon, on y va ?

— Eh ! Vous partez déjà ? protesta Ben. J'arrive à peine.

— Nous serons de retour dans une heure, promit-elle pendant que Patrick lui prenait le manteau de Ben et lui tendait le sien en échange.

— Elle m'emmène à la chasse au sapin, annonça Patrick.

Maggie passa un bras autour de ses épaules.

— Nous allons trouver le sapin de Noël le plus magique du monde.

Note de l'auteur

Après l'attentat d'Oklahoma City, une vingtaine de témoins ont affirmé avec insistance avoir vu un « troisième terroriste » ou « John Doe n° 2 » en compagnie de Timothy McVeigh. L'homme aurait été vu à différents moments et en différents endroits, mais il a toujours été décrit de la même manière. Plus de la moitié de ces témoins ont fourni leur description avant qu'un portrait-robot n'ait été établi. J'ai repris dans ce livre certaines affirmations émises à l'époque — et notamment celles qui faisaient figurer un troisième homme parmi les coupables de l'attentat. Quelques personnes, au nombre desquelles se trouve le premier avocat de Timothy McVeigh, persistent à penser que le mystérieux John Doe n° 2 pourrait avoir été le véritable cerveau du complot. Personne, cependant, ne semble savoir ce qu'il est devenu.

Remerciements

Au cours des dix-huit mois écoulés, ma famille s'est bien trop souvent réunie dans des hôpitaux, offrant à l'écrivain que je suis une surabondance d'informations. Mes remerciements vont à toute l'équipe familiale, donc : Bob et Tracy Kava, Nancy et Jim Tworek, Kenny et Connie Kava et Patricia Kava.

Donner un nom à ses personnages est un processus délicat pour bon nombre d'auteurs. J'ai très rarement utilisé le nom d'une personne réelle pour l'un de mes personnages. Ce livre fait exception.

Mes remerciements vont à :

Joanne Ceimo qui m'a autorisée à utiliser les prénoms de ses deux fils, David et Chris Ceimo. Chris possède bel et bien un pub qui s'appelle le *Rose and Crown*. Seulement vous le trouverez à Phoenix, dans l'Arizona, et non à Minneapolis.

Ray Kunze — mais non, tu n'es pas un cadavre pourrissant et privé de tête ! Et je ne trouve pas que tu t'habilles comme un videur de boîte de nuit sélecte.

Lee Dixon et son nouveau petit-fils, Henry Lee Dixon. Je n'ai pas encore fait la connaissance de ce dernier, mais je suis persuadée qu'il est aussi têtu et adorable que son grand-père.

Je remercie aussi tout particulièrement :

Leigh Ann Retelsdorf. Toutes ses questions m'ont été utiles — bon, d'accord, peut-être pas au début, mais elles le sont devenues avec le temps.

Faith Cotton, pour m'avoir prêté ses yeux en me

procurant ses magnifiques photos du Mall of America de Bloomington.

Frank Tripp, de l'Espace Santé et Bien-Etre d'Alegent, pour avoir répondu à quelques questions sur les sèche-linge.

Et, bien sûr, Sharon Car, Marlene Haney, Sandy Rockwood et Patti El-Kachouti, pour leur patience et leur amitié — et pour avoir su me rappeler qu'il existe encore une vie en dehors de l'écriture.

Je veux exprimer aussi mon respect et ma gratitude à mon incroyable équipe :

Linda McFall, mon éditrice, si bienveillante dans les moments difficiles ;

Amy Moore-Benson, agent par excellence ;

Et Deb Carlin, qui me rend toujours à ma tranquillité d'esprit.

Un remerciement tout particulier aux libraires, aux documentalistes et aux bibliothécaires qui parlent de mes romans aux quatre coins du pays.

Et le plus important pour la fin : merci à vous, mes fidèles lecteurs. Je sais que la compétition ne manque pas, pour votre temps comme pour votre argent. Je vous remercie de continuer à choisir mes romans.

BestSellers

A paraître le 1er septembre

Best-Sellers n° 434 • suspense

Pour te retrouver - Heather Gudenkauf

Calli a été enlevée. Lorsqu'elle découvre que sa fille de sept ans a disparu, Antonia Clark s'effondre dans la chaleur étouffante de l'été. Qui lui a pris sa fille, ce petit être doux et rêveur qu'elle aime de tout son cœur et qui s'est étrangement enfermé dans le mutisme trois ans auparavant ? Elle a pourtant tout fait pour être la meilleure des mères, pour offrir, à Calli et à son frère, un foyer chaleureux. Et pour les protéger. Mais elle a sans doute commis des erreurs. De graves erreurs même. Désespérée, Antonia ne sait plus aujourd'hui à qui faire confiance. Doit-elle continuer à taire les lourds secrets qui pèsent sur sa famille, ou au contraire sortir de l'isolement et accepter l'aide que lui propose un ami d'enfance, le shérif adjoint Louis ?

Best-Sellers n°435 • suspense

Mortelle confidence - Heather Graham

Indigo. C'est le dernier mot prononcé par un inconnu qui s'effondre brutalement sur Jessy Sparhawk, en pleine nuit, un poignard planté dans le dos. A peine remise de ce choc, Jessy est assaillie par de terrifiantes visions de cet homme, animé d'un profond désir de vengeance. Cauchemars éveillés ? Divagations ? Et quel peut bien être le sens de cette confidence mortelle ? Terrorisée, Jessy se confie à Dillon Wolf, le détective en charge de l'enquête qui, immédiatement sensible à son récit, lui offre sa protection. Une protection bien utile car déjà, Jessy aperçoit l'ombre effrayante d'une nouvelle victime.

Best-Sellers n°436 • suspense

Dissimulation - Carla Neggers

Quand elle découvre que Norman Estabrook, l'un de ses amis, est en réalité un véritable traitre, Lizzie Rush, fille d'un célèbre agent secret, se retrouve face à un terrible dilemme. Car malgré ses réticences, elle ne peut passer sous silence le terrible secret qu'elle a découvert. Elle se résout donc à transmettre toutes les informations dont elle dispose au FBI, afin que Norman soit arrêté. Pourtant, en agissant ainsi, elle sait bien qu'elle se met en danger. D'autant que la police souhaite profiter de sa situation privilégiée auprès de Norman pour en apprendre davantage. Et c'est ainsi que bien malgré elle, Lizzie se désigne comme la cible de la vengeance de cet ex-ami .

Best-Sellers n°437 • thriller

Le cercle du mal - Karen Rose

Brisée lors de son adolescence par la mort violente de sa sœur jumelle, ainsi que par le suicide de leur mère, Alexandra Fallon n'a jamais voulu revenir à Dutton, sa ville natale. Mais l'horreur refait brusquement surface treize ans plus tard, lorsqu'un appel pressant émanant de sa ville natale lui demande de revenir au plus vite en Georgie : Hope, sa petite nièce de quatre ans, a été retrouvée enfermée dans un placard, en état de choc… Prête à tout pour venir en aide à Hope, mais aussi pour retrouver la mère de la fillette, Alexandra accepte de coopérer avec Daniel Vartanian, l'agent du FBI chargé de l'enquête. Mais à peine l'enquête a-t-elle commencé qu'une série de meurtres rappelant celui dont a été victime la sœur d'Alexandra vient de nouveau frapper la tranquille communauté de Dutton…

Une nouvelle enquête de l'agent Daniel Vartanian

Best-Sellers n°438 • roman

L'héritage des Selby - Lynne Wilding

Orpheline et enfant unique, Vanessa Forsythe a tout quitté pour suivre Bren Selby, un séduisant Australien qui incarne ce qui lui a toujours manqué. Car en l'épousant, c'est un clan qu'elle intègre. Un clan dont elle perpétue le nom en donnant naissance à un fils. Loin de Londres, la voici désormais maîtresse d'Amaroo Downs, un ranch perdu au milieu des terres inhospitalières de l'ouest australien. Mais les proches de Bren ne voient pas d'un bon œil l'arrivée de cette étrangère sur leurs terres. Avec courage, Vanessa s'en accommode. Jusqu'au jour où un scandale, surgi du passé, menace de détruire son bonheur si fragile. Se peut-il que l'héritage des Selby auquel elle croyait tant ne soit finalement qu'une chimère ?

Best-Sellers n°439 • thriller

Coupable innocence - Nora Roberts

A peine s'est-elle installée dans la maison que sa grand-mère lui a léguée à Innocence, Mississippi, que la célèbre violoniste Caroline Waverly découvre le cadavre d'une jeune femme sauvagement assassinée. Edda Lou a été torturée avant de mourir, et son corps porte la signature barbare du meurtrier : entailles, scarifications. Mais il y a pire encore : ce meurtre, le troisième commis dans la petite ville, est sans doute l'œuvre d'un habitant d'Innocence. Les soupçons se portent sur Tucker Longstreet, le dernier amant en date de la victime, qui avait eu une dispute avec elle juste avant sa mort. Caroline, elle, ne veut pas croire à la culpabilité de Tucker. Mieux même : le personnage la fascine.

Best-Sellers n°440 • historique

Le prince du scandale - Nicola Cornick

Pour sauver l'honneur de sa famille, Catherine Fenton a accepté d'épouser un scélérat, un félon qui soumet son père à un ignoble chantage afin de s'approprier son héritage. Un sacrifice auquel elle se résigne sans hésitation. Jusqu'au jour où elle rencontre le baron Benjamin Hawksmoor, un homme totalement infréquentable dont les liaisons sulfureuses et les dettes de jeu font jaser tout Londres. Subjuguée bien malgré elle par celui que tous surnomment le « prince du scandale », Catherine n'a d'autre choix que de lui résister. Mais Benjamin semble décidé à la conquérir et met tout en œuvre pour lui faire rompre sa promesse…

Composé et édité par les
éditions Harlequin
Achevé d'imprimer en juin 2010

CPI
Bussière

à Saint-Amand-Montrond (Cher)
Dépôt légal : juillet 2010
N° d'imprimeur : 100531 — N° d'éditeur : 15101

Imprimé en France